El Sobreviviente

ROSA AMALIA GALLO

Publicado por
D'Har Services
P.O. Box 290
Yelm, Wa 98597
Estados Unidos
www.dharservices.com

Diseño de Carátula: Xiomara García

ISBN 978-0-9842033-8-3

Busca…busca con una mirada
Que lo abarque todo a tu alrededor.
Mira cómo se despliegan las luces
de un misterio inexplicable.
Y deja que se apaguen más tarde.
No sientas temor en la oscuridad…
Porque no te servirá de nada.

CANCIÓN ANTIGUA.-

Índice

Rosa Amalia Gallo

Nació en Rosario, Argentina al sur de la provincia de Santa Fe a orillas del río Paraná, creció en el seno de una familia afectiva conformada por su padre Francisco Gallo un eminente médico y su madre Amalia Busto una didáctica profesora de Dibujo.

Rosa Amalia se graduó como Psicóloga, en la Universidad Nacional de Rosario y fue durante muchos años docente en la Escuela Superior de Comercio "Libertador General San Martin" una importante escuela de enseñanza media, una dependencia de la universidad; allí ocupó el cargo de asesora pedagógica hasta su retiro. Actualmente, se dedica por entero a escribir, su gran pasión que desde pequeña emprendió; en su adolescencia incursionó en la poesía y hoy magistralmente escribe su quinta obra "El sobreviviente". "

Es orgullosa abuela de Bianca, Bruno y Dante nacidos de la unión de su querido hijo Adrián Mondalportti con Amorina Martinez.

Prefacio

Aquéllos que han recorrido los caminos escarpados que se construyen sobre esos acontecimientos en la vida de las personas que dejan marcas indelebles, podrán comprender desde un primer momento el extraño calvario de Nick Troiano.

Sigmund Freud sostenía, entre los conceptos de su asombrosa teoría -el Psicoanálisis- que **"somos"** donde **"no pensamos"** y **"pensamos"** donde **"no somos"**. **"Nadie es amo y señor en su propia casa"**, decía. Esta es la enigmática puerta abierta al inconsciente, ese oculto territorio que recorremos a diario y todo el tiempo, sin saber que lo hacemos; cargando con un "saludable" olvido sobre nuestras espaldas y aceptando sólo aquellos recuerdos que podemos soportar...

El protagonista de esta novela construyó su mundo de luces y sombras con esos retazos del inconsciente. Lo que descubrió al final de su incursión por ese territorio innombrable, fue su destino.

UNO

El hombre detrás del mostrador, lo miró con un rostro decepcionado ante su rechazo por la explicación recibida.

_ ¡Tengo que cambiar mi boleto! _ exclamó Nick Troiano, a punto de agotar su paciencia_ ¡necesito llegar a Londres antes del mediodía!

_ Y yo necesito un uniforme nuevo, pero nadie por aquí parece dispuesto a dármelo…

Bueno, había que comenzar aquella conversación una vez más y borrar la impresión de estar perdiendo el tiempo en inútiles explicaciones.

_ Escuche… *por favor.* Se trata de un asunto de negocios y mi cita es para las quince y treinta del día de *hoy* _ Nick arrastraba las palabras y su pronunciación había adquirido un tono melodramático _ Estoy a tiempo de remediar eso…pero su actitud no parece la correcta.

El hombrecillo enarcó una ceja y su rostro dejó de ser sombrío, por un breve momento.

_ ¿En serio? _ preguntó, fingiendo sentirse alarmado por el comentario _ Su cabeza parece llena de horarios y de preocupaciones, señor. No comprendo para qué le sirve…

_ ¿A qué se refiere? _ el tono de voz en Nick seguía siendo teatral, cercano al enfado.

Una mano delgada y macilenta se agitó en el aire, en un gesto que desechaba las explicaciones que Nick, anticipándose, había considerado inservibles.

_ Usted sabe…*horarios,* eso que destruye el tiempo…humano.

_ ¡Es que no habrá un próximo tren hasta las dieciséis! Perderé mi cita, mi negocio…

_ Pero no perderá la vida.

El cambio de expresión en el rostro de Nick fue imperceptible. Si el asunto iba a llegar tan lejos, debía prepararse para una discusión más aguerrida.

_ Escúcheme bien… _ siseaba su voz_ ¡Me obligará a interponer una demanda!

Unos ojos sin brillo lo observaron de arriba a abajo.

_ El tren que llega a Londres a las once cincuenta y ocho tiene pasaje completo.

Parecía una sentencia más que una explicación. Pero lo peor para soportar era la indiferencia de ese hombre frente a su amenaza.

_ ¡Es usted un empleado testarudo! ¡Seguramente habrá más de un trasbordo en esta estación, de modo que no puede negarme un lugar en el dichoso tren!

_ ¿Ha dicho trasbordo? _ A pesar de lo inerte en su mirada, cierta sorna se dibujó en la rígida curvatura de sus labios _ Esto es Carven Hills, señor. Nadie hace trasbordos aquí y mucho menos llega para quedarse.

Nick tuvo una súbita revelación interior: nada ni nadie haría cambiar de opinión al desaprensivo empleado. El había cometido la torpeza de perder su tren y él pagaría las consecuencias de aquel error. ¿Por qué había supuesto que el hombrecito indiferente al otro lado del mostrador, iba a apiadarse de su contratiempo? Le pagaban por comportarse de ese modo, exactamente. No estaba allí para complacer a nadie: sólo tenía que vender pasajes.

En tanto esta idea se apoderaba de él y se instalaba en su ánimo, como el acápite de su repentino abatimiento, Nick buscó el teléfono celular en el bolsillo de su abrigo, sin quitarle los ojos de encima a aquel "malnacido" que acababa de arruinarle el día.

Marcó el número de Russell Brighton, su editor, y aguardó a que respondiera, con el último resto de paciencia.

_ Dime, Nick…

_ He perdido mi tren a Londres. No voy a llegar a tiempo, Russ. Lo siento…

Escuchaba su propia voz y le sonaba como la de un niño contrariado en sus caprichos.

_ No te preocupes. Tal parece que todo el mundo ha tenido dificultades para este encuentro.

Cuando ya se formaban las palabras de disculpa en su mente, aquellas otras lo sorprendieron, dejándolo boquiabierto.

_ ¿Qué significa eso? _ a último momento cambió su perorata por una pregunta.

_ Carl tuvo que viajar a Boston, al funeral de su suegra. No estará de regreso hasta el viernes…

_ ¡No lo puedo creer! _ Esta vez su voz parecía un resuello. De pronto se sentía indignado _ Si íbamos a posponer la cita… ¡alguno de ustedes tenía que informármelo! En todo caso, no digo Carl que se habrá trastornado con la noticia de la muerte de su suegra, pero tú, Russ…

_ ¡Escucha, por favor! _ lo interrumpieron del otro lado de la línea _ ¡Carl y yo intentamos comunicarnos contigo pero fue imposible! Tu teléfono sólo avisa que te encuentras fuera del área de cobertura de llamadas.

_ ¡Eso no puede ser! _ se exasperó Nick, aún más _ ¡Estoy sólo a ciento noventa millas de Londres y mi compañía telefónica me aseguró que no iba a tener ningún problema en ese sentido! Si esto es lo que ha ocurrido… ¡entonces voy a demandarla!

¿Acaso no estoy hablando contigo ahora mismo, desde Carven Hills?

Nick se había alejado del mostrador de ventas, pero no lo suficiente para no percatarse de la mirada burlona que lo enfocaba. Sintió que su furia se fortalecía porque no podía evitar saber lo que el viejo empleado estaba pensando acerca de él. Y le fastidiaba aceptar que, además, tenía razón. Sólo un bravucón idiota se la podía pasar amenazando con demandas a todo el mundo.

_ Escucha, Nick... _ trató de tranquilizarlo su amigo _ Nada es tan grave como parece. Laszlo Glimbert va a quedarse en Londres por unos cuantos días. ¡Acordaremos otra cita para la próxima semana y todos en paz!

_ ¿Así de simple? _ preguntó, tras una breve vacilación _ El director de cine más exitoso de Hollywood accede a permanecer en Londres... ¿sólo porque algunos de nosotros no pudimos asistir a la reunión a tiempo? ¡Suena increíble!

_ No he dicho que lo hará por esa razón, Nick. Tiene otros negocios que atender y por eso va a quedarse más tiempo de lo previsto.

Lentamente, una especie de calor reconfortante fue acomodándose en Nick para devolverlo a la tranquilidad.

_ Parece que estamos de suerte, pese a todo...

_ Llámame un día de estos y ya tendré acordada la cita. No dejes de hacerlo...por si vuelvo a tener problemas con tu línea.

Cuando la comunicación concluyó, el mundo había vuelto a tomar color. Por un momento, Nick sopesó la idea de acercarse otra vez al viejo mostrador para ensayar alguna disculpa con el empleado. Pero éste parecía ya totalmente desentendido del asunto, por lo que creyó más prudente echar el incidente al olvido. Se volvió para marcharse al tiempo que una voz a sus espaldas lo obligó a girar sobre sí mismo.

_ Tendrá que intentar la puntualidad en su próximo viaje...

Una bella muchacha de profundos ojos oscuros lo observaba, sonriendo a medias, mientras decía aquello que era… ¡una gran intromisión en sus propios asuntos!

_ No parece muy educado de tu parte esto de escuchar conversaciones ajenas.

Su sonrisa se amplió para responderle. Y Nick quedó prendado de su simpatía.

_ Usted conversaba en voz muy alta. Demasiado, por tratarse de un lugar público, donde cualquiera puede escucharlo aun sin proponérselo.

_ Tienes razón _ admitió, sin argumentos _ Entonces, soy yo quien debe disculparse

_ ¿Por qué? _ preguntó la muchacha con evidente sinceridad.

_ Bueno… _ vaciló Nick _ supongo que…por haber gritado.

Y sonrió, él también.

La muchacha, en cambio, se puso tan seria que su rostro de piel blanca y delicada parecía, de pronto, el de una antigua estatua griega.

_ Es un día tan bello, pese al frío.

Nick se sorprendió por el modo en que lo expresaba.
Parecía abatida por una inexplicable nostalgia.

_ Podrías disfrutar de ello, en lugar de entristecerte… _ dijo, casi intentando consolarla, sin saber de qué.

_ No estoy triste _ le aseguró ella _ Rara vez sonrío, eso es todo.

_ Entonces, he sido un mortal afortunado porque lo primero que conocí de ti fue tu sonrisa. Que por cierto…es muy bella.

La joven permaneció observándolo en silencio, circunspecta.

_ ¿Cómo te llamas? _ preguntó Nick, conmovido por aquella sombría belleza.

_ Lavinia…Morgan.

_ ¡Oh, qué nombre tan…especial!

_ ¿Especial?

_ Me refiero a que no es nada común.

Ya nadie se llama así por estos días _ se apresuró a decir Nick, temeroso de haberla ofendido.

_ Fui bautizada con el nombre de mi abuela. Sé que es algo antiguo pero me gusta.

_ Te diré algo... _ Nick se sentía repentinamente ingenioso, como efecto de haber salvado su mal día, a último momento _ También me gustará, a cambio de que sonrías más a menudo.

Ella continuó enfocándolo con una mirada penetrante hasta que, finalmente, aceptó el desafío.

_ De acuerdo _ dijo. Y volvió a sonreír.

_ ¿Puedo acercarte a alguna parte? Tengo mi coche en el cobertizo de la estación...

Lavinia lo miró, de pronto, con expresión sorprendida.

_ ¿Por qué no se decidió a viajar en él a Londres, entonces?

_ *¿En mi coche?* _ Nick rió por lo bajo _ Ya sabrás la razón cuando lo veas con tus propios ojos.

En efecto, lo que había quedado estacionado en el viejo cobertizo, junto a la estación, era un destartalado modelo *"Dodge"* de 1949, que exhibía inequívocamente, la falta de atención por parte de su dueño.

_ Este *horror* no puede llevarme a ninguna parte...que esté a más de quince millas. Espero que no sea el caso de tu hogar...

A pesar de lo dicho de sí misma, Lavinia rió con ganas.

_ Debió pedir el reintegro del dinero por su fallido viaje a Londres. Usted debe ser alguien muy pobre...

Nick ya estaba conduciendo su coche, rumbo a la carretera principal, cuando escuchó el comentario de Lavinia. La miró con picardía.

_ ¿Crees que me hubiese atrevido a tanto con el "Señor del Mostrador"? _ le guiñó un ojo _ No, después de la terquedad que mostró conmigo. Si realmente escuchaste nuestra discusión, no tendrías que decir eso. Tampoco soy *tan* pobre...

_ Está bien _ se rindió Lavinia _ Es su dinero, de modo que si no le importa a usted...*carpe diem.*

Nick se volvió a mirarla, asombrado.

_ ¿Conoces el significado de esa expresión?

_ ¿Por qué lo pregunta?

_ Porque la has usado de una manera bastante adecuada, si acaso tu intención fue desearme un buen día, a pesar de mis errores…

_ Será, entonces, porque conozco su significado _ Lavinia hizo un mohín, a medias de disgusto _ Su pregunta no tuvo sentido…a menos que me tome por una campesina ignorante.

_ No seas tan ruda para decir ciertas cosas _ le reprochó Nick _ Solamente cometí el error de creer que por ser joven y bonita, tus intereses serían otros, más propios de tu generación. _ Seguro…el latín no forma parte de esos intereses _ el breve encono desapareció rápidamente _ Mi abuela lo decía todo el tiempo. ¡Y sí que sabía emplear la expresión!

Se instaló un corto silencio que Nick aprovechó de todos modos, para que el mal efecto causado por su actitud se olvidara.

_ ¿Adónde vives, jovencita? _ preguntó, por fin.

_ Puede detenerse en la próxima señalización. Caminaré hasta mi casa…

Nick decidió no insistir en acercarla más allá de donde ella pedía. Quizás no tenía deseos de mostrarle el lugar donde vivía o se avergonzaba de él.

Lavinia sintió curiosidad antes de descender del coche.

_ ¿Por qué alguien como usted maneja esta calamidad?

_ ¿*Como yo*? _ Nick enarcó una ceja.

_ Quiero decir…este vehículo parece más apropiado para un campesino del lugar.

_ Venía con la casa que compré. Nadie me pidió dinero por él, de modo que no hice ningún mal negocio por quedármelo.

_ ¿No tenía usted coche propio?

Una expresión sombría opacó, por un momento, el rostro de Nick.

_ Es una larga historia… _ fue todo su comentario, en tanto volvía su mirada sobre la lejanía del camino que tenía por delante.

Lavinia descendió tan silenciosamente que cuando Nick regresó de su breve abstracción, la vio de pie, al otro lado de la portezuela del desastroso *"Dodge"*.

Sonreía.

_ Me gusta tu nombre _ comentó él, para cumplir con el trato.

Gail se sorprendería al verlo de regreso. Por primera vez pensaba en ello, mientras conducía en medio de los extraños estertores del motor. De todos modos, estaba acostumbrado al ruido, que ya era casi música para sus oídos.

Se sentía otra vez de buen humor al saber que su importante cita en Londres no se había malogrado, después de todo.

De pronto, se reconoció como un hombre verdaderamente afortunado. Había empezado a superar aquel tiempo en su vida, después del accidente. Y aunque era a Gail a quien más le costaba sobreponerse, era evidente que haberse instalado en un lugar tranquilo y…un poco desolado «sí, tenía que admitirlo» como Carven Hills, había traído cierta mejoría a su estado de ánimo. Si bien era cierto que aún permanecía melancólica y algo indiferente, al menos ya no lloraba por los rincones ni lo miraba con aquellos ojos cargados de un encono que a él le era muy difícil de soportar.

En aquel momento, mientras se distendía, los recuerdos le llegaban con la fuerza de un río salido de su cauce…

La vida de Gail había sido dura desde un principio. Una afección cardíaca congénita le había impuesto toda clase de limitaciones y condicionamientos, aun en su propia profesión. A sus veintisiete años, había logrado cierta notoriedad como pintora y algunos de sus cuadros llegaron a venderse a excelentes precios en el mercado.

Pero, en el auge de su cotización, la enfermedad comenzó a imponerle restricciones que terminaron por minar su voluntad.

Gail abandonó la pintura en aquellos años difíciles y todo su mundo pareció desmoronarse.

Se transformó, lentamente, en una auténtica mujer enferma, que lejos de la posibilidad de sublimar a través de su obra artística, comenzó a quedar pendiente todo el tiempo de la más dolorosa carencia de su vida: el no haber podido concebir un hijo.

Pero los médicos habían sido terminantes en ese sentido. Su precario estado de salud no le permitiría sobrellevar un embarazo.

Gail debía renunciar a la maternidad o, sencillamente, pensar en adoptar un niño.

Ese breve recuerdo hizo sonreír a Nick con cierta ironía. Aquello que al principio había ilusionado a ambos de un modo esperanzador, no había tenido nada de sencillo. Ingresar a un programa de adopción y permanecer en él durante un tiempo inconmensurable, terminó convirtiéndolos en dos personas ansiosas, dedicadas a actuar nada más que como un frío número en largas listas de espera. Nick acabó por creer que su deseo de ser padre no existía y que se había dejado llevar por el entusiasmo de su mujer, casi de las narices.

Discutían mucho por entonces, a causa de esa situación y cuando la enfermedad de Gail empeoró, no dudó en retirar sus nombres del programa de adopción y enviar al olvido todo aquel asunto. Lo que sintió al hacerlo, fue simplemente alivio.

Pero a los treinta y cuatro años, la vida de Gail se apagaba inevitablemente. También recordaba el dolor y la angustia de aquel tiempo desesperante que transcurría bajo el convencimiento de que iba a perderla muy pronto.

Cuando la desolación estaba a punto de llevarlo a golpear contra la última roca en su camino, una nueva esperanza asomó en el horizonte, para ambos. Gail ingresó a otro programa, esta vez a la espera de un trasplante de corazón… ¡que llegó a tiempo para salvarle la vida!

Pero entonces, y a medida que recuperaba su salud y sus fuerzas, aquel viejo deseo de ser madre, abandonado cuando las circunstancias fueron tan adversas, resurgió en ella con todo su ímpetu intacto. Y una vez más debió enfrentar la oposición de los médicos…

Nadie quería exponer a una mujer con cardio trasplante al riesgo de un embarazo. Gail protestó y se enfadó pero apenas consiguió una tenue promesa para el futuro. "Quizás, en unos cuatro o cinco años…"

Esa fue otra etapa difícil, recordó Nick. Tal vez la más difícil de todas. Porque la recuperación de Gail fue tan rápida y contundente, que no era posible convencerla todo el tiempo, acerca de postergar aquel anhelado embarazo. Por otra parte, se daba cuenta que el transcurso del tiempo jugaba en su contra. Su reloj biológico le indicaba que su vida fértil se acortaba considerablemente.

Cuando Gail le propuso recurrir a la técnica de crio-preservación de óvulos y esperma, Nick se sintió empujado a un mundo de ciencia-ficción. Ese podría ser el argumento de una de sus novelas, pero no podía ocurrirle a él, en la vida real. Al principio, creyó que todo se debía a alguna lectura banal en una de esas tontas revistas femeninas y estuvo dispuesto a "pagar el precio". Pero cuando su esposa le aseguró haberse contactado con las personas idóneas para llevar adelante su propósito, la perspectiva cobró un realismo aterrorizante.

Terminó por acceder de muy mala gana, a presentarse en aquella primera consulta médica concertada en el Centro Rootsinal de Downing St. –la mejor y más seria clínica especializada en técnicas de reproducción asistida.

Llegar hasta allí había sido un arduo logro para Gail, porque no habían faltado discusiones encendidas y hasta desagradables peleas y portazos, antes de que él aceptara acercarse por lo menos al tema, en aquella cita médica.

El doctor Robert Lehvenson, reconocido como una eminencia en la materia a nivel mundial, «y en esto Nick repetía con precisión las mismas palabras de los tabloides y de las revistas científicas», era un hombre que a sus cincuenta años y en la plenitud de su vida, tenía fama y fortuna suficientes para comportarse con toda fatuidad si se le antojaba. No obstante, lejos de vanagloriarse de su posición profesional, resultó ser una persona agradable y bien predispuesta. Esto constituyó el pequeño primer detalle por el que Nick permaneció en su consultorio, cada vez más involucrado, hasta el final de la entrevista.

El doctor Lehvenson había dedicado la primera hora del encuentro en ponerse al tanto de las razones que los habían llevado hasta las puertas de su Clínica. Escuchó con inusitada atención la descripción detallada y minuciosa de los problemas de salud que Gail había enfrentado. Y cuando pese a ello, él creía haber pasado por alto algún detalle, les hacía repetir lo que acababan de decir y tomaba nota todo el tiempo de aquello que consideraba relevante.

Nick recordaba haber temido en algún momento, que después de tener en su conocimiento el historial clínico de Gail –que ella había respaldado con la presentación de informes médicos, placas ecográficas y análisis- el doctor Lehvenson la devolviera a la misma frustración de todos los diagnósticos. "Usted nunca podrá engendrar un hijo, señora Troiano". Casi cuando él esperaba esa sentencia, el doctor Lehvenson les ofreció la primera esperanza digna de ser tenida en cuenta.

_ Me parece que han tomado la mejor opción para llegar a ser padres en un tiempo prudencial.

Una semana después regresaban a la Clínica, dispuestos a someterse a la práctica y el tratamiento médicos de los que habían sido informados.

El propio Lehvenson les había pedido que se dieran un tiempo de reflexión, antes de encarar una decisión que por razones éticas no podrían luego descartar, al menos sin acarrearles algunas consecuencias.

Nick aún recordaba fragmentos enteros de aquellos diálogosentablados en el consultorio de Robert Lehvenson y en otros ámbitos del Centro Rootsinal, a los que éste los había derivado en busca de la información pertinente. En todos ellos aparecían, inevitablemente, las dudas y los temores propios de quienes habían llegado tan lejos en una decisión trascendental para sus vidas. Especialmente él, que había sido arrastrado a aquel límite sin ninguna convicción de su parte. Y del lado de los especialistas surgía un acopio interminable de datos técnicos, acompañados de toda clase de consejos y sugerencias que, de algún modo, tendían a aplacar todas sus incertidumbres. Aunque en ocasiones habían contribuido –al menos en él- a profundizar la confusión. No obstante, así estaban los hechos, cuando la noticia que verdaderamente había impactado a Gail, la tarde de su regreso al Centro, fue la de saber que el doctor Lehvenson se había comunicado con su cardiólogo personal. En parte, porque éste era el detalle que acomodaba toda la situación en un contexto de realismo asombroso, acerca de lo que podía suceder de allí en más. Y Gail así lo sintió.

Aguardar el resultado de aquella conversación telefónica desató toda la ansiedad agazapada en ella. Nick podía rememorar su mirada detenida en el rostro de Lehvenson y atenta a cualquier gesto que él hiciera. Por último, cuando una leve sonrisa fue insinuándose en su expresión, Gail reaccionó como si le hubiesen devuelto el Cielo. No aguardó por las palabras de Lehvenson, anticipándose a su explicación.

_ Entonces… _ comenzó a decir, insegura _ ¿Tengo el alta…del doctor Manson para…concebir un hijo?

Nick notó que sus manos se aferraban a los brazos del sillón donde estaba sentada, con una fuerza tal que la sangre había desaparecido de ellas. Estaba pendiente de una respuesta en la que, evidentemente, le iba la vida.

_ De acuerdo con los últimos estudios médicos que le practicaron, ya estaría en las mejores condiciones, señora Troiano.

Su recuperación ha sido realmente asombrosa. Ni el doctor Manson ni yo creemos que haya razón para que usted no haga una vida casi normal. Sin embargo…

Gail había vuelto su mirada hacia Nick, mientras él tomaba conciencia de que ahora llegaban a esa parte de la explicación que, descarnadamente, iba a mostrar los escollos. Tenía que haberlos, sin dudas…

_ Se trata de la medicación que no puede dejar de tomar. Usted sabe…las drogas para el control del rechazo de órganos trasplantados no son compatibles con un embarazo.

Aun observándola de reojo, Nick supo que las lágrimas se habían agolpado en ella y estaban a punto de rodar por sus mejillas.

_ Su probabilidad de abortar es altísima en este momento de su tratamiento, señora Troiano. Y lo será por los próximos años _ el doctor Lehvenson hizo el esfuerzo de no prestar atención a los sollozos de Gail _ Pero es posible que, en cinco o seis años, esta dificultad pueda ser superada. Sus dosis de medicamento serán sensiblemente menores y, además, no debe olvidar los avances que suelen producirse en el campo de la medicina para…

_ ¡Tendré cuarenta y uno por entonces! _ estalló Gail. El doctor Lehvenson tenía sus codos apoyados sobre el escritorio, las puntas de sus dedos unidas por delante de su rostro apacible. Y tamborileaba con ellas, como única muestra de cierto nerviosismo. Se aprestaba a encarar una larga explicación que conformara a Gail, en lo posible.

_ Muchas mujeres son madres a esa edad. Y, de todos modos, recurrir a una técnica de congelación de óvulos siempre implica la existencia de alguna razón para postergar un embarazo.

_ ¡Pensé que podíamos hablar de la mitad de ese tiempo! _ Lo interrumpió Gail, ahogada en su propio llanto _ ¡Usted me lo aseguró en nuestra primera entrevista!

_ No creo haber asegurado nada bajo esos términos, señora Troiano _ replicó el médico sin inmutarse _ Y me parece que su esposo puede atestiguar en ese sentido…

Nick se sintió aludido en el peor momento. Pero sabía que el doctor Lehvenson decía la verdad. Había hablado solamente de "algún tiempo" de un modo bastante inespecífico, por cierto.

_ Gail… _ Nick intentó tranquilizarla, acariciándola. Se veía tan vulnerable en aquel momento que él hubiera hecho o dicho cualquier cosa que le evitara un nuevo desengaño _ No te hará bien angustiarte por esto…

Pero lo único que Nick podía hacer, en realidad, era permanecer a su lado en silencio, soportando la misma decepción. ¡Había cometido el error de creer, como su esposa, que existía finalmente una esperanza para ellos!

El doctor Lehvenson se puso de pie y comenzó a deambular por su espacioso consultorio. Entre los sollozos de Gail y cierta mirada acusadora de Nick, consideraba que la situación se había salido de control. No le gustaba cuando eso ocurría, pero aun así, él no perdió su aplomo.

_ Creí que se encontraban mejor preparados para estas circunstancias _ comenzó a decir _ Incluso, nuestro equipo de psicólogos…

Una vez más fue interrumpido. En esta ocasión, por Nick.

_ ¡Escuche, doctor Lehvenson! ¡Tenemos un problema con esto de las esperas! Aunque no será un impedimento en este caso, siempre que Gail esté de acuerdo…

Nick no tenía demasiado en claro por qué era él quien se ponía al frente de la decisión, cuando nada había querido saber con eso, en un principio. Sólo sabía, por experiencia, que los "tragos amargos" se bebían de una sola vez.

Ambos se dirigieron con la mirada hacia el rostro compungido de Gail. Ella, por su parte, los observó con la misma expresión que hubiera reservado a un par de extraños.

_ No se confundan conmigo, sólo por derramar unas cuantas lágrimas _ dijo, en tono de reproche _ Tengo la fortaleza suficiente para vérmelas con esto…

El doctor Lehvenson sonrió, satisfecho. Pero Nick, por alguna razón inexplicable, se preocupó por aquella súbita reacción.

Lo que había ocurrido de ahí en más, tuvo que ver con un conjunto de hechos y situaciones que transformaron sus vidas en lo más parecido a un experimento de laboratorio. Y, en todo caso, Gail llevó la peor parte.

Pero para extrañeza de Nick, ella parecía animada por una fuerza superior.

Fueron tales su fortaleza y buena disposición anímica, que el doctor Lehvenson llegó a asegurarles que la actitud en sí misma ya predecía el éxito del tratamiento.

Los análisis hormonales realizados fundamentalmente para conocer su período de ovulación y el de la caída folicular, entre otras averiguaciones clínicas, fueron soportados por Gail con increíble paciencia. El método para la obtención de óvulos potencialmente fecundables resultó ser invasivo, comparado con lo que él debió sobrellevar para la donación de su esperma. Sus análisis clínicos fueron rutinarios y, por lo demás, para decirlo con franqueza, tenía que admitir que lo suyo había sido placentero en extremo.

En cuanto a los riesgos y algunos consecuentes problemas éticos, el Centro Rootsinal había encarado a todos ellos con un máximo criterio de responsabilidad. No se escatimo detalles en cuanto a la explicación de la posibilidad de subsistencia de los óvulos, una vez sometidos a la práctica de crio-preservación.

La tasa no era de las más altas, sino más bien esperable, para expresarla en los términos que Nick suponía que se correspondían con un adecuado concepto del éxito, bajo aquellas circunstancias. Un cuarenta o cincuenta por ciento de probabilidad de resistir el procedimiento de congelación, no dejó de ser una performance aceptable, precisamente para ellos, acostumbrados a vérselas con todas las desventajas.

El costo económico, básicamente enfocado en el proceso de conservación y mantenimiento que llevaría algunos años, tampoco los acobardó en su propósito. Era algo que podían encarar, en base a algunos pocos sacrificios. De modo que cuando todo quedó perfectamente establecido bajo contrato, y luego de algún tiempo de estudios y prácticas médicas, los óvulos de Gail y el esperma de Nick fueron, por último, salvaguardados en el banco privado del Centro Rootsinal.

El nivel de ansiedad de ambos había vuelto a sus umbrales normales de tolerancia, cuando fueron informados del número de óvulos sobrevivientes al procedimiento.

Pero Nick había cambiado su malestar inicial por una incipiente preocupación acerca del comportamiento de su esposa.

Gail decía haber entrado en contacto y tratativas con un antiguo museo de Southampton que se había interesado en la compra de algunas de sus nuevas pinturas, para exhibiciones privadas.

Quería aprovechar, según decía, su momento de inspiración y su regreso al arte, después de tantos años transcurridos desde que lo abandonara. Y esto era algo a lo que Nick, obviamente, no podía oponerse. Sólo le llamaba la atención que siendo Londres un maravilloso centro artístico y cultural, su elección pasara por una ciudad portuaria como Southampton, básicamente dedicada al comercio.

_ Es que allí se mostraron interesados. Y no en otra parte… _ le explicaba ella.

Sólo dos semanas después del comienzo de aquella mentira, todo se derrumbó. No fue difícil relacionar sus sospechas por la falta de datos y de folletos en poder de Gail, asociada a un museo en aquella ciudad. Y le bastó comunicarse con todos los allí existentes, para descubrir que nadie conocía a Gail Troiano. Finalmente, el olvido de su teléfono celular sobre el escritorio de Nick, le permitió a éste llegar a la verdad.

Sólo algún tiempo después pudo elaborar la conclusión de que aquel acto fallido no había sido tal y apenas ocultaba su intencionalidad.

Cuando él atendió el llamado y la suave voz de una mujer preguntó por Gail, algo muy parecido a un mal presentimiento se apoderó de él.

_ No está en casa en este momento. ¿Por qué asunto es?

La comunicación se había interrumpido inmediatamente.

Nick jamás olvidaría lo ocurrido, a partir de entonces. Acorralada por las circunstancias y aquel llamado que, en el fondo, la liberaba definitivamente de su engaño, Gail terminó por confesar la verdadera razón de sus visitas a Southampton.

_ Su nombre es Victoria Marville. La conocí ocasionalmente en una reunión en casa de Jack, ¿recuerdas?

_ ¡No! _ Nick se había exasperado _ ¿Quieres decirme de qué se trata todo esto?

A pesar de su negativa, algo acudía a sus pensamientos, vagamente.

_ Estoy intentando hacerlo. Pero tu hostigamiento lo hace muy difícil…

Sí recordaba a esa mujer, en cierto modo, y también la reunión que Gail mencionaba.

Había sido una noche, tres semanas atrás, en casa de Jack Tornquist, un amigo en común y una especie de "mecenas" de su esposa, siempre entusiasmado en promocionar su trabajo artístico.

A sus cuarenta años, había dado definitivamente la espalda a las fuertes tradiciones de una familia aristocrática para mudarse a los arrabales de Greenwich, con su pareja homosexual.

_ Estuvimos hablando íntimamente, en esa fiesta aburrida…

_¿**Íntimamente**? ¿Quieres explicarme qué demonios significa eso exactamente?

Nick aún recordaba la mirada de Gail en su rostro azorado y cómo su expresión había mudado de la gravedad a la distensión, con una carcajada estentórea y cantarina, como solían ser sus risotadas.

_ ¿Qué estás pensando, pedazo de tonto? ¡Aún sigues casado con una mujer heterosexual, enamorada de ti!

Nick permaneció en silencio, aguardando por más explicaciones.

_ Es la clase de muchacha agradable que actúa casi como una invitación a hacerle confidencias. Se la veía tan joven y bella…

Nick recuperó apenas una parte de su tranquilidad.

_ Si la explicación acerca de tu orientación sexual no hubiera llegado a tiempo, estaría ciertamente alarmado a esta altura de tu comentario.

_ Nick…me refiero a que se la veía fuerte y saludable. Y resultó ser, además, una buena persona _ Gail dejó que su mirada reflejara la importancia de lo que estaba a punto de decir _ ¡Victoria Marville es justo la mujer que necesitamos!

El comenzaba a sentirse más bien perplejo. No tenía en claro por qué lo involucraba con aquella desconocida.

_ ¿**Necesitamos**? _ atinó a preguntar, señalando con sus manos el espacio entre ambos _ ¿Tú y yo?

Se encogió de hombros, asimilando su sorpresa. Ella avanzó para abrazarlo y luego se apartó para contemplar el rostro del que conocía todas sus expresiones.

_ Lamento haber tenido que mentir, mi amor. Pero no estaba dispuesta a decirte nada hasta asegurarme acerca de la decisión de Victoria. Su llamado de esta tarde confirma una buena noticia…

_ Ni siquiera estabas en casa para responder…

_ Quedamos en que llamaría sólo en caso de aceptar mi propuesta.

Nick tembló por dentro.

¿Qué estaba a punto de saber y por qué tenía la seguridad de que iba a conmocionarlo?

_ Ella…es el vientre donde se gestará nuestro hijo.

Había creído ver a último momento, un brillo en su mirada que se intensificaba extrañamente. Pero ya no le servía para precaverse de nada: acababa de escuchar sus increíbles palabras.

Retrocedió. Recordaba aún el modo en que lo había hecho. Como si manos invisibles tironearan de él para alejarlo, con toda celeridad, de un lugar desconocido y peligroso.

_ ¿Te has vuelto loca?

Era evidente que lo que Gail había descubierto en su expresión, en ese momento, estaba cargado de algo que la desmoralizó y asustó, de pronto.

_ ¡Nick!... _ se quejó _ ¡No puedes decirme que no!

_ ¡Oh…claro que puedo, Gail! ¡No voy a tolerar un minuto más de esta conversación disparatada!

_ ¡Tampoco querías saber nada con el procedimiento de crio-preservación y…!

_ ¿Y me convenciste? _ concluyó por ella _ ¡No lo harás esta vez!

_ ¡No lo hice! _ protestó Gail _ ¡Tú terminaste por aceptarlo y hoy te parece perfectamente lógico!

_ ¡Define "lógico", por favor! _ estalló.

_ ¡Me estás lastimando injustamente y ni siquiera te dispones a escucharme!

Nick había tratado por todos los medios de apaciguarse en aquel preciso momento. Quería imponerse recordar que pese a todos sus logros, la salud de Gail podía no estar aún en las mejores condiciones para soportar toda la presión de esa discusión absurda. Y lo escogió como argumento.

_ Escucha, linda _ comenzó a decir, más contemporizador _ No es necesario que te alteres tanto por mi negativa. Creo que no has estado pensando en esto…por entero.

_ ¿A qué te refieres? _ había lágrimas en sus ojos.

_ No sería bueno para ti exponerte a toda la tensión que significaría esperar por el nacimiento de nuestro hijo, en esos términos.

_ ¿Te estás escuchando? _ Se desesperó ella _ ¡Sólo recurres a la excusa más tonta que tienes a mano, a sabiendas de que estás intentando manipularme! ¡No insultes mi inteligencia!

_ ¡No lo hago! _ volvió a ofuscarse Nick _ ¡Sólo quiero poner un límite a toda esta locura!

Se miraron, midiendo fuerzas.

_ ¡No puedes llamar locura a mi deseo de ser madre!

_ No lo haré…si permaneces en el acuerdo inicial de aguardar por un par de años.

_ No será por un par de años, Nick. Y tú lo sabes _ Gail se mostraba cada vez más obstinada _ ¡Serán muchos años! ¡Y ni siquiera entonces obtendré toda la seguridad de poder llevar mi embarazo a buen término!

_ ¡Ninguna mujer alcanza ese porcentaje de seguridad que pides para ti misma!

_ Las drogas inmunosupresoras son un obstáculo prácticamente insalvable. Y por mucho que sus efectos secundarios sean menores en relación con la disminución de la dosis… ¡siempre formarán parte del riesgo de un aborto! ¡No digas que es igual que en cualquier mujer!

_ No estás confiando en el optimismo profesional del doctor Lehvenson, Gail _ le aseguró Nick, porfiadamente.

_ Te aseguro que ese optimismo del que hablas estuvo mucho más relacionado con la supervivencia exitosa de algunos de mis óvulos y con la posibilidad de una fecundación in-vitro _ Gail parecía tan rotunda al respecto como Nick en su propio punto de vista _ Sé leer entre líneas y lo mismo te ocurriría a ti si estuvieses tan atento como yo...El doctor Lehvenson no ha dado muestras de sentirse tan positivo con respecto al nacimiento de nuestro futuro hijo.

_ ¡No de momento! ¡Fue absolutamente claro en ese sentido! Además... ¡se trata de un acuerdo hecho con él y con su clínica que tendrás que romper para cambiar tan drásticamente las reglas de juego!

_ El cambio al que te refieres no implica más que tiempo. ¡Sólo será antes de lo previsto!

_ ¡Estás hablando de involucrar a una madre sustituta, Gail! _ Nick se mostraba irreductible en su posición _ Si es necesario... ¡exigiré la destrucción de mi esperma!

Ella empalideció hasta la lividez absoluta.

_ ¡No...harías eso! _ exclamó, azorada.

El se limitó a mirarla, desafiante.

El Centro Rootsinal había incluido una cláusula contractual por la que ellos constituían una pareja que "en la plenitud de sus facultades mentales resolvía intentar acceder a la paternidad por vía de un procedimiento de fecundación asistida, basado previamente en la crio-preservación de óvulos pertenecientes a Abigail S. Troiano y la conservación del esperma de Nicholas B. Troiano, bajo idénticas condiciones, para impedir cualquier situación no contemplada al momento de la firma del contrato, que llevara a la imposibilidad de obtener como único fin la gestación de un embrión de preservada identidad genética."

En otras palabras, eso significaba que si él moría antes de la constitución de tal embrión, Gail podía exigir la fecundación de todos modos, y en forma absolutamente legal. Sólo en casos de divorcio o alguna otra razón imponderable que llevara a irreconciliables desavenencias, cualquiera de los cónyuges podía solicitar la anulación de su voluntad de continuar con el procedimiento. Esto siempre implicaba "caer" en los estrados judiciales para dirimir la cuestión del modo más ético posible, en caso de que la situación se produjera frente a un embrión ya constituido.

Gail sabía que aquel nivel de profundización no se había producido aún para ellos, por lo que la amenaza de Nick se volvía potencial y efectivamente peligrosa. No encontraría escollos para su decisión…

Para los "casos judiciales", la posición del Centro Rootsinal se volvía básicamente dificultosa, puesto que una de las cláusulas llevaba implícita bajo sus términos, la prohibición de destinar embriones a proyectos de investigación. De manera que si era la madre quien moría antes de comenzar el período de gestación, se generaba una típica situación de intereses difusos que, por lo general, se resolvía "bajo cuerda" dando lugar a la intervención de algunas propuestas del Centro y la decisión de un padre malogrado, en la búsqueda de un justo medio,

En alguna ocasión, Nick creía haber escuchado por allí –casi como una cacofonía de fondo a la que no le había prestado ninguna atención- que el "alquiler de vientres" había solucionado situaciones difíciles como ésa en más de una oportunidad. Pero el asunto se volvía completamente absurdo si se trataba de incluirlo en la lista de probabilidades de su vida cotidiana.

Porqué habían terminado una vez más en el consultorio del doctor Lehvenson para hablar del tema, ya ni siquiera lo asombraba. Había cedido frente a todos los requerimientos de su esposa –para nada dispuesta a dejarse convencer por nadie- cuanto más después de aquella descompensación de su presión arterial, tras la vehemencia con la que él había intentado defender su posición. De modo que una vez superado el problema, sin mayores consecuencias, como el propio doctor Manson lo había asegurado, retornar al Centro no había sido sino un efecto "lógico", completamente relacionado con su sentimiento de culpabilidad y sin que mediara ya ninguna ironía en el sentido que le había atribuido a la palabra.

Cuando el médico fue puesto al tanto de lo que Gail solicitaba, su azoramiento se plasmó por un momento en su expresión, aunque no lo suficiente para impresionar a nadie. Y, rápido de reflejos, logró que esto pasara prácticamente inadvertido para los Troiano.

_ ¿Es eso lo que **realmente** quieren?

Su pregunta quedó flotando en el aire como una pequeña nube amenazante. Ellos sabían que sus respuestas no eran todo lo que se necesitaba allí. Lo verdaderamente importante era la propia respuesta del doctor Lehvenson y, en el fondo, Nick se alegró por su actitud. Aún conservaba la esperanza de que Gail fuese por fin desanimada en su empeño.

_ De ser así... _ continuó _ Creo que necesitarán hacer su petición a través de un abogado.

Gail frunció el ceño, en tanto su mirada parecía atravesarlo. Pero en la expresión de Robert Lehvenson sólo había naturalidad y coherencia.

_ Hay un contrato con sus firmas que dice claramente cuál es el propósito perseguido por ustedes. Y ahora, veo que pretenden modificar los términos. Si una de las partes incumple con lo pactado...

_ ¡Doctor Lehvenson! _ la interrupción de Gail fue terminante _ ¡Si estamos aquí es porque **deseamos** llegar a un acuerdo! ¡Y usted está en la mejor posición para ofrecérnoslo!

_ Puedo hacerlo _ terminó por decir el médico, lentamente y sin dejar de observarla con una mirada penetrante, difícil de soportar _ Pero no debo antes de ponerlos al tanto del problema que van a encarar.

Gail no se dejó amedrentar.

En cambio, Nick avizoraba ya todos los reparos que se impondrían al asunto.

_ Necesitarán un abogado _ insistió Lehvenson _ Uno muy bueno para obtener el mejor acuerdo...No conmigo ni con el Centro, sino con quien será la madre sustituta de vuestro hijo.

Algo se aclaraba allí y Nick comprendió, de pronto, que el doctor Lehvenson no estaba oponiéndose ni siquiera en términos técnicos.

_ Para casos de impaciencia como el suyo, señora Troiano _ concluyó _ esto puede ser un paliativo. Siempre que comprenda a tiempo la clase de riesgos a los que se expone.

_ No serán peores al de esperar tantos años por algo que, finalmente, jamás me lleve al maravilloso momento del parto. Mi organismo es básicamente incompatible con esto y usted lo sabe, doctor Lehvenson. Aunque haya querido infundirme esperanzas, lo que por supuesto agradezco profundamente...

Tanto el médico como Nick parecieron quedar pendientes de aquellas palabras, atrapados por su drástico sentido. Hasta que la realidad se impuso.

_ No existe en la actualidad una legislación que ampare los contratos de gestación por sustitución _ comenzó a explicar el doctor Lehvenson _ Habría serios problemas frente a un reclamo judicial de quien gestó al niño. Y este reclamo podría llegar hasta la exigencia de la filiación del hijo nacido bajo esas condiciones. La ley reconocería como madre **real**, en caso de litigo, a quien portó el feto en su seno, y en ningún caso a la madre contratante. Esto es algo que no puede desconocer, señora Troiano...

_Creo que tomaré el riesgo _ expresó Gail por única respuesta.

_ ¿Su esposo está de acuerdo?

La pregunta provocó en Nick toda la incomodidad posible. Hablaban de él como si no estuviera presente en el lugar. La mirada de Gail, casi suplicante, llegó a tiempo para recordarle que aun en su supuesta invisibilidad, estaba allí para apoyarla. Aunque estuviese en desacuerdo...

El doctor Lehvenson sonrió a ambos y Nick recordaba haberse preguntado, por un momento, porqué lo que a él lo sobresaltaba por desmesurado, terminaba pareciendo siempre de un tono menor para el médico.

Decidió permanecer en silencio. Por alguna razón, suponía que ya era demasiado tarde para oponerse a nada…o no estaría allí.

_ Sólo quise advertirlos _ concluyó Lehvenson al percatarse del silencio de Nick _ Podremos incluir esta nueva cláusula en nuestro contrato. No será la primera vez que nuestro equipo de abogados se ocupa de estas cuestiones.

Nick se encontró pensando que alguien allí estaba siendo completamente sincero. "Adivina quién", le había soltado una irónica vocecilla interior. El cariz que aquel asunto tenía como negocio no iba a ser desperdiciado tan fácilmente. "Después de todo", se dijo, "negocios son negocios, aun para el doctor Lehvenson, con todo su carisma y su prestigio a cuestas".

"O gracias a ello…"

Fuera del consultorio y de regreso a casa, la conversación con Gail había vuelto a ser áspera y desagradable.

_ ¡Todavía no puedes apreciar por entero todas la ventajas de esta decisión, créeme!

¿Era su idea o Gail ya se comportaba como una mujer completamente obsesionada?

_ Tú dime a cuáles ventajas te refieres, cariño. Escuchamos algunas advertencias del doctor Lehvenson, de modo que no están demasiado claras para mí…

_ Es lo que trato de decirte. ¡Se reduce nuestra inversión en tiempo y en dinero! _ le respondió Gail, obviando adrede el tema que Nick intentaba introducir con su comentario_ ¡La fecundación in-vitro tendrá lugar apenas en un par de semanas! ¿Has tomado conciencia de eso? ¡Estaré **embarazada** en unos pocos días más!

Nick sintió que era necesario construir alguna contención a tanto entusiasmo disparatado.

_ Nada de eso ocurrirá hasta que Victoria Marville se someta a una exhaustiva revisación médica. Tú misma lo escuchaste…

_ ¿Y qué hay de malo en eso? Ya te dije que es una mujer que reboza salud.

Nick se hubiera quedado observándola por un tiempo verdaderamente prolongado de no haber estado conduciendo.

No podía terminar de aceptar el modo en que su mujer estaba encarando aquel asunto de su maternidad. No obstante, lo pertinaz de su obstinación no era ni lo más llamativo ni lo más alarmante.

Ni siquiera lo obsesivo de su reacción le preocupaba tanto como aquella actitud que parecía llevarla hasta su supuesta y futura función maternal por un atajo inexplicable: algo que ni siquiera le estaba permitiendo simbolizar correctamente la idea de un hijo.

Pero los acontecimientos se desencadenaron del modo previsto por Gail. Cuando él conoció a Victoria Marville, gran parte de la tranquilidad perdida le regresó al cuerpo. Inexplicablemente, Nick siempre terminaba tranquilizándose y, hasta el momento, no había podido conseguir que esto le reportara algún beneficio.

Se trataba de una muchacha sensible que escribía poesía y había cuidado de su madre enferma hasta el día de su muerte. La publicación de sus libros de poemas alimentaba su espíritu mucho más que su estómago y no dudó en admitir que el problema con sus finanzas era una seria razón por la cual aceptaba aquella propuesta. A Nick le había agradado su sinceridad.

_ Además… _ expresó con su mejor sonrisa _ Gail merece su oportunidad de ser madre.

Dicho esto, cualquier otra cosa hubiera perdido sentido y se hubiera desvanecido, dejando como efecto, una límpida claridad en aquel inesperado vínculo, libre de cualquier temor o sospecha; a pesar de todas las incertidumbres de Nick, al menos ésta era su apariencia…

El sabía, sin lugar a dudas, que hubiera deseado que los hechos no ocurrieran de ese modo. Pero en aquel punto de la encrucijada, ya no le estaba permitido ni siquiera volver su mirada atrás.

El acuerdo con el Centro Rootsinal fue modificado. Victoria Marville se mudó a Londres sin demostrar ninguna nostalgia por abandonar Southampton, la ciudad donde había nacido y vivido hasta el momento. Los abogados que representaban al doctor Lehvenson y su Clínica, asentaron todas las cláusulas imaginables para no dejar fuera de la firma de aceptación de Victoria hasta el detalle de acceder a practicarse una amniocentesis, para conocer el estado de salud del niño por nacer. Aunque el doctor Lehvenson les había asegurado que no existía la menor posibilidad de asociar a la fecundación asistida con malformaciones congénitas, el fantasma de su patología cardíaca persiguió a Gail en aquel tiempo de espera. Por último, Carl Morrison –el abogado de partes- revisó las condiciones contractuales para dar la aceptación final.

De manera que los hechos se precipitaron y llevaron a Nick al centro de una vorágine que, en gran medida, lo aturdía.

Y al mismo tiempo le hacía desear llegar de una vez por todas a la meta de aquel camino que había emprendido, sin proponérselo. Que allí estuviera aguardándolo un hijo parecía, en perspectiva, algo de lo que no podía de momento disfrutar. Y eso era lo que más lo atormentaba: que Gail hubiese elegido el atajo difícil.

Los nueve meses del "embarazo" de su esposa en el cuerpo de otra mujer habían resultado, para él al menos, una de esas experiencias de irrealidad. Entonces, cuando todo llegó a su fin, cuando Victoria anunció sus primeras contracciones y más tarde Joel vino al mundo, Nick tuvo la sensación de haber atravesado un desierto, ardiendo en sed, para divisar, afortunadamente, un oasis al que llegó aliviado y feliz.

Pero lo que Nick había olvidado tomar en cuenta era que, muchas veces, un oasis en un desierto no era más que un espejismo. Al que, desde luego, se hacía imposible alcanzar...

El equipo médico que asistió el parto de Victoria, les había advertido acerca de ciertos momentos delicados que sobrevendrían. Uno de ellos se relacionaba con la angustia que aquejaba a la madre durante el período puerperal, que la volvía sumamente sensible y vulnerable. Según el doctor Lehvenson, no solía extenderse más allá de dos semanas, pero era el tiempo que la madre necesitaba para reponerse del trauma inconsciente que le provocaba la separación de su hijo.

Gail no pudo evitar indignarse ante la advertencia médica. Y fue tal su fastidio que no escatimó comentarios de un tenor bien contundente.

_ Cuando hable conmigo, doctor Lehvenson, tendrá que recordar que la **única** madre de ese niño, soy yo. ¡Yo lo he concebido!

El médico se limitó a observarla con esa extraña comprensión que siempre solía surgirle frente a todas las exigencias de Gail.

_ Nadie lo pone en duda, señora Troiano _ y, entonces, como siempre hacía también, la sacudió con cierto toque de realidad _ Pero ella lo engendró y lo dio a luz. Dos hechos que ninguna teoría humana ha podido aún descartar como acciones propias de la maternidad. Me parece que esto ya le fue advertido...

Nick jamás olvidaría el odio repentino, acumulado en la mirada de su esposa. No le había gustado aquella expresión, apenas contenida.

Como no le había gustado, además, aquel modo en que se había referido al pequeño Joel.

"La única madre de ese niño..." Parecían las palabras de la exacerbada propietaria de un objeto.

El otro momento delicado se produjo a causa de la lactancia. Los pechos de Victoria se habían transformado en fecundos frutos nutricios y fueron motivo de disgustos y contrariedades para Gail.

__ ¡Puede quitarse toda esa leche para que **mi** Joel la tome en biberones!

Pero esto, lamentablemente para ella, había sido desaconsejado por los pediatras.

_ Lactar directamente del pecho materno es lo más saludable y gratificante para el bebé, en los primeros meses de vida.

Gail no estaba dispuesta a escuchar que los pechos de Victoria fuesen, efectivamente, **maternos**. Y mucho menos aceptaba que constituyeran una fuente de placer para su hijo.

En ese punto de sus vidas, todo se volvió desquiciado. Y esto era algo a lo que Nick no podía resignarse. Después de todo lo vivido y sobrellevado, y justamente cuando la llegada de un hijo debía coronar todos sus esfuerzos y desdichas del pasado, Gail había abierto las puertas del infierno, con sus celos enfermizos e inexplicables.

Sin embargo, sus recuerdos de aquella época se volvían confusos y vacilantes. Recordaba una esposa que profería gritos y extrañas amenazas, por razones inverosímiles y de un modo absurdo e insensato, lo había acusado de estar intentando algún amorío con Victoria Marville.

Y aquel fue el límite que Nick no estuvo dispuesto a cruzar…

Convenció a Victoria de comenzar a poner cierta distancia entre ella y sus vidas, ya que a todas luces se percataba que el intento de aquella amistad resultaba absolutamente fallido. De haber sido necesario, hubiera recurrido a recordarle las cláusulas del acuerdo firmado algunos años atrás, por las que resignaba todo derecho al reclamo de su maternidad. Pero, afortunadamente, Victoria se había comportado con buen tino y prudencia hasta el final y, en el cumpleaños número cuatro de

Joel, comprendió y aceptó que la situación se había tornado intolerable para todos.

La relación obtenida alrededor del amor y la crianza de Joel no había sido más que un permanente motivo de discusiones y verdaderos arrebatos de furia por parte de Gail.

Y a pesar de que Victoria había conservado un estricto segundo plano todo el tiempo, era obvio que el esfuerzo de conservar aquella amistad no había sido una buena idea.

Ya nada iba a satisfacer a Gail más que su alejamiento definitivo del niño. Dolorida por la decisión tomada, aquel día les había anunciado que regresaba a Southampton para siempre.

_ Es lo que debiste hacer desde un principio _ se limitó a expresar Gail, con una sonrisa a medias, en la que podían leerse a las claras, todos sus pensamientos de encono: desde "el niño nunca te perteneció" hasta "jamás hemos sido verdaderamente amigas."

Después de todo, se dijo Nick, Victoria simplemente se había limitado a estar junto a ellos, tomando todos los recaudos de una necesaria distancia y sin interferir en nada que hubiera tenido que ver con la crianza y la educación de Joel. Era probable que, a su modo, amara al niño que había gestado en su propio vientre. Pero jamás lo había expresado en esos términos durante aquellos años, seguramente mucho más por su alto sentido del respeto hacia las circunstancias que por las consecuencias de su rúbrica en un contrato.

Bueno, al menos ya todo eso llegaba a su fin y generaba en Nick una suerte de alivio. Quería recuperar a la verdadera Gail y olvidar para siempre que en aquella época, ella había sido una persona desagradable y que se había comportado todo el tiempo al borde de la paranoia, por sus celos.

Por alguna razón, Nick recordaba que esa época a la que se refería había sido, además, la de su mayor producción artística. Como si todo el encono que alimentaba su alma constituyera la fuerza oculta e inexplicable de su propia inspiración.

Todas aquellas pinturas habían partido de su ático, empacadas en lotes, para ser vendidas y exhibidas en importantes galerías de arte europeas. Y aunque ya había olvidado el motivo, le llamaba la atención no haber visto ninguno de sus cuadros en elaboración, antes de ser terminados y vendidos, como había ocurrido en el pasado.

Seguramente tenía que ver con su ánimo siempre afectado por peleas y discusiones sin sentido, en relación con Victoria. Y conque –tenía que admitirlo- su esposa ya no disfrutaba de compartir nada con él. Su trabajo y sus nuevas ocupaciones maternales absorbían todo su tiempo. Pero él sabía que más allá de esto, el encanto entre ellos se había roto…

Era cierto que el resto de sus recuerdos perdía cierta claridad y él creía saber porqué. No le era fácil aún, aceptar su responsabilidad en el accidente…

Sucedió aquella apacible tarde en que llevaban a Victoria hacia Heathrow, de regreso a Southampton. Sí recordaba, en cambio, cómo era el ánimo de todos en aquella ocasión. Gail, por supuesto, rebosaba felicidad y no se molestaba en disimularlo. Joel, demasiado pequeño para comprender ciertos hechos, se ocupaba de hacerle asegurar a Victoria que regresaría a visitarlo, cargada de juguetes para él. Y aunque ella así se lo prometía, todos allí sabían que esto jamás iba a suceder.

Nick se ahogaba en medio de toda clase de sentimientos encontrados. Nunca debió subir al coche y conducirlo camino al aeropuerto, bajo aquellas circunstancias. A causa de su estado anímico, sus reflejos no lo acompañaban bien aquel día. Estaba alterado y un extraño malestar lo recorría, sin que terminara de aceptar que se sentía triste, afectado por un especial desasosiego, por la partida de Victoria.

Iba a extrañarla sanamente. Pero, al mismo tiempo, se alegraba de que aquella relación llegara a su fin, sobre todo por Gail y en beneficio de la armonía familiar perdida.

El recuerdo del momento mismo del accidente era algo que su memoria se negaba a registrar con precisión. Intentaba dejar de lado todos los detalles. Obviamente, por un rechazo inconsciente de lo traumático. Así se lo había explicado el doctor Ferguson, su psiquiatra, asegurándole que lentamente iría recuperando aquellos espacios en blanco, como él mismo los llamaba.

Sólo recordaba haber perdido el dominio del vehículo sobre un pavimento húmedo y resbaladizo. Y por allí flotaba alguna idea acerca de otro coche que tuvo que evitar colisionar, cuando lo vio venir hacia él por el carril contrario, al que había invadido con su mala maniobra. También recordaba, aunque vagamente, los gritos en el interior del automóvil que comenzó a dar tumbos, y la sensación de no ser más que una desmadejada marioneta en su interior, sacudido hacia todas partes, a pesar de haber contado con el cinturón de seguridad.

Después, todo había sido oscuridad...

Cuando despertó, se encontró tendido en la cama de un hospital y el primer pensamiento que acudió a su conciencia tenía que ver con los sonidos apagados que le llegaban a su alrededor y le hacían comprender que a pesar de todo... ¡estaba vivo!

Al abrir los ojos, una intensa claridad lo invadió, haciéndole parpadear dolorosamente. Cuando pudo acostumbrarse a ella, trató de enfocar su mirada en algún punto determinado. ¡Y allí estaban ellos, gracias a Dios! Todo había terminado siendo un milagro maravilloso.

Gail y Joel lo observaban desde el borde de la cama y por sus expresiones se daba cuenta que estaban pendientes de él. Intentó sonreírles para indicar que había regresado al mundo de los vivos, pero su sonrisa quedó a medio camino cuando comprendió que cualquier movimiento que hiciera, sólo le causaba dolor.

Ellos se veían un tanto pálidos, como consecuencia del trauma reciente y, lógicamente, se mostraban preocupados. Cuando pudo comenzar a tomar en cuenta más detalles, se percató de un par de moretones sobre la frente de Joel y una herida cortante que ya no sangraba ni parecía profunda, en una de las mejillas de Gail.

Que los tres hubiesen salvado sus vidas y que su mujer y su hijo estuviesen, además, ilesos, le provocó una emoción tan intensa que no pudo evitar que las lágrimas asomaran al borde de sus párpados.

Finalmente, cayó en la cuenta de que alguien no estaba allí. Y esto no era para nada bueno en sí mismo…

_ ¿Cómo está…Victoria? _ logró preguntar con un hilo de voz.

Gail se limitó a mirarlo, con su rostro demacrado, en tanto que con un movimiento de negación, silencioso pero elocuente, supo darle a entender lo que había ocurrido con ella.

Nick rompió a llorar, desconsolado. Una enfermera llegó hasta él para tratar de tranquilizarlo. Gail había tomado a Joel por los hombros y juntos se habían retirado hasta un rincón de la habitación, para no interferir en su tarea.

_ Todo estará bien _ lo consoló la enfermera.

Pero Nick sabía que ya nada estaría bien para él, en mucho tiempo. Se sentía culpable de la absurda muerte de Victoria Marville…

Sin embargo, aquellas terribles circunstancias no consiguieron modificar en nada la actitud de Gail. Muy por el contrario, Nick tenía la impresión que todo se había agravado, para hacer interminable su calvario.

Ella jamás le perdonó aquellas lágrimas derramadas por la infortunada Victoria y aunque él intentaba explicarle acerca de sus remordimientos, Gail nunca aceptó la explicación. Se volvió distante y retraída, y cuando él regresó del hospital, comprendió que ni aun sin Victoria en sus vidas, las cosas volverían a ser como antes. Gail ya ni siquiera le permitía acariciarla...

Los amigos llamaban todo el tiempo para interesarse por su recuperación, pero Nick se había aislado del mundo. Una de las razones que lo llevaban a permanecer en casa y evitar toda clase de salidas, se debía a su negativa de volver a conducir. Cuando asistía a la consulta del doctor Ferguson, prefería cualquier otro medio de transporte. Y esto también terminó por ser causa de malestar entre él y Gail, como si ella tampoco aceptara que su dolor por la muerte de Victoria le hubiera provocado aquella inhibición.

De modo que algo había ya que no podría recuperar jamás, más allá de su salud, y tenía que ver con su felicidad y con su matrimonio. Fue entonces cuando decidió que un cambio de aire sería lo perfecto para todos...

Una tarde en que leía con más detenimiento el periódico que se limitaba a hojear durante el desayuno, descubrió un interesante aviso en la sección de clasificados."Antigua casa señorial se vende. Necesita refacciones. Buena oportunidad. Contactar al Sr. L. W. Hornfeld. Casilla de correo 191 East. Carven Hills."

Nick dejó que su espíritu partiera a soñar tan lejos como él se lo permitía. Darle un verdadero giro a sus vidas: eso era lo que necesitaban.

Joel no iniciaba su etapa escolar hasta septiembre, de manera que si lo hacía en algún lugar por fuera de Londres, no perdería absolutamente nada con ello. Los niños pequeños, se dijo, contaban con sus recursos de adaptación intactos, más aún si no habían iniciado su período de socialización fuera del hogar. Joel no tendría que elaborar duelos complicados. La explicación sobre la muerte de Victoria había sido un primer referente y él sólo había comentado lo necesario, es decir, nada que el pequeño no hubiera preguntado. Y, a decir verdad, no había preguntado prácticamente nada.

El trabajo de Gail tanto como el suyo podía trasladarse a cualquier sitio sin ninguna complicación.

Y aún más: la inspiración artística solía depurarse en un lugar tranquilo y apartado, como prometía ser Carven Hills. ¿Qué diría Gail si en medio de todas las dificultades matrimoniales, cobraba valor y se lo proponía?

Su respuesta lo había sorprendido. Porque demostrarle que se sentía tan entusiasmada como él por aquella idea, no había sido precisamente lo esperable. Sin embargo, Gail sonrió, abandonó por un momento su gesto adusto y sombrío y dijo, simplemente, que sí. Por lo tanto, en un par de días más, la idea había cobrado la sólida forma de un proyecto.

El señor L. W. Hornfeld respondió a su carta y esperó por ellos una cálida tarde de finales de julio, en el lugar acordado. Nick no se asombró demasiado por su aspecto atildado de viejo caballero inglés, con su traje pasado de moda. Alguien que conservaba el encanto de ignorar el moderno medio del correo electrónico y llamaba "casilla de correo" a su propia caja postal, graciosamente instalada al comienzo del camino de acceso al número 191 de la calle East, no podía ser sino lo que efectivamente parecía: un anciano afable y encantador.

Por lo demás, a Nick le dolía aceptar que el resto de lo que veía lo obligaba a pensar en una sola palabra: decepcionante.

Sin dudas, la casa había conocido mejores tiempos. Construida en una lejana época victoriana, conservaba de ella su estilo sobrio y señorial, con altos ventanales y balcones de anchos barandales. El pórtico, que seguramente había sido un maravilloso lugar de recepción, sólo exhibía un piso de baldosas rotas y descoloridas. Y en sus gruesas columnas, crecían el moho y la hiedra a sus anchas.

La casa en su conjunto era como una amante reencontrada veinte años después. Si uno cerraba los ojos para recordarla en el esplendor de su pasado, no podía sino sentir desasosiego al abrirlos, para enfrentar su patético presente.

_ Necesita arreglos, desde luego _ aseguró el señor Hornfeld con una voz increíblemente potente y cristalina para su edad.

Nick lo miró casi cuestionando su optimismo.

_ Demasiados _ le aclaró al anciano.

_ Los dormitorios están en buen estado. Y la cocina sólo requiere…

_ ¡Aguarde un momento, señor Hornfeld! _ Lo interrumpió Nick, mientras por el rabillo del ojo veía cómo Joel se avocaba al descubrimiento de nuevos juegos y diversiones, en medio del caos de la sala _ No es precisamente lo que habíamos maginado

_ No hables por mí, cariño.

La voz de Gail le llegó a sus espaldas, en un tono cuya dulzura él había creído perdida para siempre. Se volvió a mirarla, entre sorprendido y alarmado. Si *alguna vez* la había conocido, no podía estar entusiasmándose con la compra de aquella casa.

_ Es acogedora…a su modo _ dijo como si esto pudiera resultar tan obvio _ En un mes tendremos refaccionada la mayor parte de la planta baja si contratamos rápidamente una buena cuadrilla de trabajo. Yo puedo ocuparme de la pintura en ciertos lugares…Sabes que eso es lo que me gusta.

_ Su esposa sí que sabe apreciar lo bueno cuando lo tiene por delante…

A Nick no le pasó por alto el guiño del anciano a Gail y pensó que lo que menos necesitaba en ese momento era esa clase de complicidad.

_Gail… _ Nick le hacía toda clase de gestos altamente expresivos, sabiendo que estaba fuera de la vista del señor Hornfeld.

Pero como tantas veces había ocurrido en el pasado, dejó que ella lo convenciera. Después de todo, podía tratarse de un primer atajo hacia la recuperación de su matrimonio, más destruido aun que la vieja casona de Carven Hills.

A pocos días de haberse instalado y habiendo ya dejado de lamentar el dinero invertido –que, al menos, había resultado una ganga- Nick decidió modificar su mirada sobre la casa y se dispuso a disfrutar de un sueño hecho realidad «al que en algún momento, había confundido con una pesadilla» aun cuando le faltaran los detalles que él había imaginado. No obstante, se dijo, todo eso tendría remedio muy pronto, cuando el equipo de arquitectos que contratara en Londres, llegase a más tardar el sábado por la mañana, para los primeros reconocimientos del trabajo que había que encarar.

Luego, Nick se había alejado por el camino que llegaba hasta la carretera, dispuesto a compartir de un modo inaugural, el mismo entusiasmo de Gail por el lugar.

Cuando se volvió a mirar a la antigua casona que resaltaba a la distancia, le pareció que su fachada no se veía, en realidad, tan mal.

Aunque de seguro la lejanía colaboraba con su impresión. Al menos, no era igual que la liviana apreciación que había tenido al verla por primera vez, porque ahora su visión se entremezclaba con un sentimiento más profundo: a pesar de todo, se había transformado en su hogar.

Además, se habían ocupado de quitar el polvo y desenfundar los muebles y, por las noches, él encendía el gran hogar a leña de la sala, porque pese a encontrarse a finales del verano, la temperatura descendía bruscamente al oscurecer.

De algún modo, todo esto había contribuido a crear cierto clima hogareño que, hasta cierto punto, le había quitado su aspecto lúgubre al lugar y había alejado el insoportable olor a humedad.

Cuando fue por los leños al cobertizo en aquella primera ocasión, se había encontrado con el viejo "Dodge", cubierto con una lona sucia y raída. Se había quedado largo rato contemplándolo, preguntándose a quién de los antiguos propietarios habría pertenecido, aunque por su estado comprendió que, compasivamente, sólo había sido abandonado como un trasto más de los tantos que abundaban por allí.

Entre el cobertizo y el contrafrente de la casa, había una especie de patio trasero bastante bien conservado, si se tomaban en cuenta las inclemencias que habría sufrido por efecto de la intemperie. Remataba con dos grandes ábsides cavadas en la pared, a los lados de la puerta de ingreso. A su resguardo, descansaban sendas fuentes ornamentales. El detalle decorativo alrededor de los arcos eran pequeñas aulétridas con sus festivas flautas entre los labios. Nick se había quedado extasiado en la contemplación de aquellas molduras de una antigua arquitectura gótica, mientras una apretada sonrisa se dibujaba en su rostro. Se presentía allí todo el intento de cierto erotismo solapado; que nadie se diera cuenta pero allí estaba. Después de todo, la reina Victoria "no tenía piernas" y nadie se hubiera atrevido a comentarlo...Pero estaban quienes se ingeniaban para que la estricta moral de la época tuviera su respiro de vez en cuando, en inverosímiles detalles.

Más allá de la casa, la hierba se convertía en greda y luego podía verse la profunda hondonada causada por los mallines, donde el terreno se volvía húmedo y anegadizo. Por último, un río caudaloso y un frondoso bosque se unían al conjunto del paisaje.

Con un movimiento de finta de su pensamiento, Nick regresó lentamente a la realidad...

Estaba volviendo a casa, desde la estación, y el panorama era el mismo de aquel día, aunque más gris y desolado porque era así como el otoño anunciaba su llegada.

El motor del *"Dodge"* se quejó por el esfuerzo, pero él lo obligó a tomar el sendero hacia la casa.

D O S

A Russell Brighton –como a todo el mundo- le había parecido una locura aquella decisión apresurada por parte de Nick.

El tenía su vida hecha en Londres y era en Londres donde tenía que rehacerla, después del accidente. Pero era sabido cómo muchas personas modificaban todas sus perspectivas luego de vivir una situación traumática en extremo. Por lo tanto, había decidido no fastidiar con opiniones ni consejos que nadie le había pedido.

En lo concerniente al plano laboral, sus intereses quedaban a salvo, de manera que él mismo sabía cuál era la verdadera naturaleza que le atribuía a su preocupación, puesto que la amistad que lo unía a Nick era férrea y sincera «y pesaba mucho más que cualquier especulación financiera».

Había comprendido que, a veces, cuando alguien pasaba el límite de lo soportable, ni siquiera un amigo podía hacer demasiado, y Nick se lo había demostrado apartándose durante largos meses de toda clase de compañía. El sabía que necesitaba de su tiempo para reaccionar y estuvo dispuesto a dárselo.

"Pero todo sigue siendo una locura".

Lamentaba que en el fondo, aquel pensamiento prevaleciera. Cuando comprendió que nadie iba a hacerlo torcer su decisión, se resignó a seguir de cerca el modo en que los acontecimientos se precipitaban, sin decir una palabra al respecto. No fue sencillo, desde luego. Le dolía ver a Nick equivocarse tanto, al momento de marcharse.

Hasta que conoció a Laszlo Glimbert en una de esas reuniones *vip* a las que solía asistir y, al ser presentados, éste se interesó directamente por Nick.

_ ¿Usted es el editor de Nick Troiano?

Por un momento, Russell se sintió como el hermano menor del genio graduado en Eton. ¿Nadie por allí iba a reconocerlo por su propio mérito? Sonrió y se encogió de hombros, dispuesto a aceptar el papel.

_ Entre otras cosas _ dijo. Y le extendió su mano en un apretón fuerte y sincero, como todo él.

Glimbert, cuyo instinto para los negocios no descansaba ni en los *cocktails* ni en los funerales, no se dejó impresionar por aquel supuesto sentido del humor.

_ Que me encuentre con usted esta noche y en este lugar, confirma que la Providencia existe.

El comentario era grandilocuente aun para las verborrágicas exageraciones de Laszlo Glimbert. El era la clase de persona que podía decir cosas como ésa. En realidad, era quien podía permitirse decir todo lo que se le antojara.

Hijo de un refugiado político de la antigua Yugoslavia, había abandonado largamente el complejo por sus orígenes y se había instalado en California, casi con la seguridad de haber llevado a cabo su propio exilio. Unos padres apegados a tradiciones inaceptables que incluían la elección de su futura esposa, lo obligaron a huir de su hogar a edad temprana. Y aunque el transcurso del tiempo había remediado todo, cuando regresó a Oregón para ocupar su lugar junto al lecho de muerte de su madre, como el resto de sus hermanos, él ya no se sentía parte de esa familia.

Laszlo Glimbert siempre había sido básicamente un espíritu libre y al despedirse de todos ellos, para volver a California después de enterrar a su madre, jamás reconoció en él, el deseo de volver a verlos.

Amasó su buena fortuna en aquellos años y Russ Brighton lo cruzaba en el mejor momento, ya que se había transformado en el cineasta "mimado" de todo Hollywood, de modo que podía permitirse reunir los presupuestos más desorbitantes para rodar sus exitosas películas. Que se mostrara interesado en una novela de Nick

Troiano para el argumento de una de ellas, no era sino lo mejor que podía ocurrir en aquellas circunstancias, para devolver a Nick al centro neurálgico de su vida.

Russ estaba seguro de lograr su regreso a Londres, atraído por el proyecto, como una abeja al néctar de la flor.

Nadie desestimaba semejante llamado de la fortuna. Y desde luego que en eso no se equivocó. Sólo que había habido algunas dificultades en el medio y ahora aguardaba por un llamado de Nick, atrapado en su propia ansiedad.

El teléfono sonó justo a tiempo, cuando ya creía que el negocio se hundía en lo inevitable.

_ Llego a Londres en dos horas. Esta vez hice las cosas bien.

Si esto había sido alguna clase de broma, sólo Nick estaba en condiciones de comprenderla. El y Carl aguardaban con sus nervios de punta. Contactarlo en su propia línea telefónica había vuelto a ser imposible y Glimbert dejaba Londres esa misma noche. Si el juego se llamaba *averigua qué tan fuerte está tu corazón*, Nick iba a ganarlo por lejos. Aunque, evidentemente, perdería otras cosas.

Cuando lo vieron ingresar a la lujosa oficina de Russ, un mismo pensamiento los obligó a intercambiar miradas. Nick se veía, para decirlo por entero, en un estado deplorable. Estaba tan demacrado como el día que abandonara Londres, y pese a que habían transcurrido apenas cuarenta y cinco días desde entonces, ellos habían supuesto que el aire de la campiña iba a remediar rápidamente las secuelas de un accidente que le costara tanto tiempo de convalecencia. Era el único modo de poder valorar algo en la descabellada decisión de Nick.

No era sólo la palidez extrema en su semblante sino, además, cierto desaliño en su arreglo personal lo que se volvía más llamativo, puesto que ellos conocían su rutina de cuidada pulcritud.

Desde luego que ambos hicieron el esfuerzo de no denotar asombro y tras las presentaciones de rigor y los saludos, todos quedaron un tanto tensos, como si dudaran acerca de lo que debían hacer o decir. Seguramente, Glimbert lo tomó por un excéntrico cuando lo recorrió con su mirada atenta y penetrante. Aunque en la expresión de sus abogados, se notaba que el asunto no caía en saco roto. Un escritor de cierta notoriedad con aquel aspecto indicaba que era probable que tuviera problemas con el alcohol. Y eso no era bueno si iban a incluirlo como parte de un negocio que valía millones de dólares.

Russ captó en el aire aquellas prejuiciosas miradas de desaprobación y un arrebato de furia le azotó la sangre.
No iba a permitir que su cliente y amigo fuese juzgado tan livianamente por aquellos dos patanes.

Pero Nick, cuya perspicacia era inagotable, no pasó por alto la situación que estaba por crearse, y soltó una ruidosa carcajada.

_ ¡Disculpen si parezco recién llegado del Valle de Josafat! _ exclamó _ Vivo en una casa derruida y mi esposa aún no encuentra los enchufes donde conectar su plancha…

Hubo un instante de silencio. Tan breve que una vez transcurrido fue difícil creer que se había producido, en efecto. Lo primero que anegó el aire fue la incontenible risotada de Laszlo Glimbert. Y resultó ser tan contagiosa que un momento después todos reían a mandíbula batiente, festejando algo que había terminado por ser, supuestamente, una broma graciosísima.

A partir de entonces, no fue necesario mucho más.

En la expresión del director de cine había quedado plasmada su seguridad acerca de que alguien con aquel exquisito sentido del humor, no podía ser desaprovechado como escritor.

Una hora más tarde las condiciones del trato estaban acordadas. La fortuna había llamado, efectivamente, a las puertas de cada uno de los allí presentes; el éxito y el dinero se olían por todas partes.

Nick era el más entusiasmado puesto que su propio narcisismo entraba en juego. Pero cuando Glimbert y sus acompañantes se retiraron, algo en su rostro se convirtió en un rictus y mostró la tensión y el desencanto que fluían bajo su esfuerzo de aparentar bienestar.

Había hecho valer sus derechos de autor de un modo que no hubiera creído posible en otro tiempo, y hasta allí todo estaba de maravillas. Pero lo que ocurría de ahí en más, se parecía demasiado a cierta desolación interior que no estaba seguro de resguardar con su firma en aquel contrato.

No, si permanecía en Carven Hills, aunque no estuviera dispuesto a dar su brazo a torcer tan fácilmente.

Era probable que su capacidad de adaptación no hubiese comenzado siquiera; era demasiado pronto para eso.

Y el hecho de encontrarse momentáneamente de regreso en Londres «donde lo tradicional y lo cosmopolita podían convivir y afectar la vida de una persona, según había dicho cierto periodista conocido», junto a sus amigos más preciados, provocaba en él un terrible sentimiento de añoranza.

Estar en la ciudad era reconfortante y acogedor... pero, al mismo tiempo, le causaba una profunda tristeza, mezcla de nostalgia y convicción acerca de lo irreparable de su pérdida.

_ Lamento la muerte de tu suegra, Carl... _ recordó decir, de pronto.

Carl se quedó observándolo, casi convencido que cierto gesto de pesar en su rostro acompañaba sus palabras a la perfección.

Apenas le sonrió, agradeciéndole sus respetos.

Pero Russell, en cambio, decidió enfrentarlo.

_ ¿Qué pasa contigo, Nick? Estuvimos a punto de perder nuestro negocio y te presentas a último momento... ¡como si hubieras olvidado rasurarte durante una semana y te hubieras terminado de vestir en el camino!

A Nick no le agradó el comentario y se mostró dispuesto a rebatirlo.

_ Escucha... ¡no fue broma lo que dije al respecto! ¿Crees que es fácil vivir en Carven Hills?

_ Entonces, ¿por qué lo haces? _ se enfureció Russ aún más _ ¿Por qué no te decides a regresar y olvidas toda esa tontería del "cambio de vida"? Por lo que veo... ¡no te está dando ningún resultado!

Nick se percató de que sus ojos se habían llenado de lágrimas, mucho antes de descubrir un sentimiento de angustia instalado en medio del pecho. Las palabras de Russ no hacían sino abarcar el sentido que él no se permitía aceptar. Pero saber que tenía razón no contribuía más que a fortalecer sus contradictorias ideas al respecto.

_ ¡Invertí dinero en este proyecto! ¡No puedo abandonarlo sin pelear por él a poco más de un mes de instalarme allí!

Tampoco diría que era a Gail a quien le había entusiasmado el lugar y que Joel lo pasaba en grande. Y que él, siempre terminaba dejándose arrastrar por proyectos que eran ajenos a su deseo...

_ No me parece bien que permanezcas tan apartado, justo ahora que acabas de firmar un contrato millonario. Seguramente serás requerido por los canales de televisión y hasta por las revistas del corazón. ¡No será bueno para el negocio que nadie pueda dar contigo! ¡Dudo que a alguien se le ocurra verlo como una excentricidad de tu parte!

Nick se quedó mirándolo en completo silencio. Russ estaba describiendo una parte de su vida que también a él había comenzado a preocuparle.

Por lo visto, todo el mundo encontraba dificultades para llegar a Carven Hills, lo que volvería ímproba la tarea del periodismo.

Seguramente, era lo que también le había ocurrido, hacía sólo un par de días, a la cuadrilla de trabajo contratada para las refacciones de la casa.

_ Mi único negocio consiste en escribir _ le dijo, no obstante _ Es el lugar perfecto para hacerlo, de modo que todo está bien así. La prensa no tendrá demasiadas ocasiones de fastidiarme.

Sin embargo, mientras hablaba, tomó nota mentalmente de lo que haría en Londres en las próximas horas. Dejaría un pequeño plano hecho por él mismo, en manos del arquitecto a cargo de la cuadrilla y ya no tendrían forma de equivocar el camino. Por último, se presentaría en las oficinas de su compañía telefónica con una queja formal por los inconvenientes en la comunicación. Obviamente, iba a tener bastante ocupado el resto del día. Pero esperaba regresar a Carven Hills con todos aquellos asuntos solucionados.

Cuando Russ y Carl decidían funcionar como los buenos amigos que eran y todos dejaban de lado los intereses laborales que los unían, entonces la situación cobraba otro aspecto y todo se volvía placentero entre ellos.

_ Tomemos unas cervezas y almorcemos algo en el *pub* de Dorset St. _ propuso Carl, sonriente, para distender la densidad de aquel momento.

_ ¿Donde solíamos hacerlo? _ preguntó Nick, sin lamentar su obviedad.

_ Exactamente _ aclaró Russ, dando por zanjado el asunto _ Donde tres viejos amigos necesitan volver a charlotear de sus antiguas andanzas.

Nick no dudó que se trataba de un excelente plan y le gustó la idea de que nadie allí mencionara que tambíen podía incluirse el éxito del reciente negocio, como celebración. Y aunque seguramente brindarían por ello, todos deseaban destacar el sentido de un anhelado reencuentro. Decidió que pasaría sus ocupaciones de la tarde a última hora. Aún así su boleto de regreso le daba el tiempo suficiente de abordar su tren a horario.

El *pub* de Dorset St. era un lugar frecuentado tanto por intelectuales como por ejecutivos que acababan de dejar sus oficinas.

Y entre ellos era posible distinguir a los primeros, enfrascados en acaloradas discusiones, con su vehemencia ideológica en alto, de estos últimos, por lo general de rostros circunspectos y aburridos.

Ese día, el bullicioso local estaba atestado de público.

Pero ellos lograron trepar al escaño, en cierto lugar apartado y más tranquilo que el resto.

Ese fue el momento en que los tres sintieron, al unísono, que la cálida camaradería de otrora retornaba con cierta naturalidad que había parecido perderse un poco antes, entre extrañas bromas y ansiedades.

Era una más de aquellas ocasiones de las que solían disfrutar en el pasado, cuando cada uno de ellos podía tomar del otro lo que más apreciaba de su amistad, olvidando las cuestiones laborales.

Que Nick fuera al momento, un escritor exitoso, a punto de saltar a lo más alto de su fama y que Russ se hubiese decidido por ganarse la vida como propietario de dos de las más importantes librerías londinenses, a la vez que editaba libros, como corolario de su pasión por las letras y que, finalmente, Carl Morrison –graduado en Oxford con honores- estuviese a cargo de los aspectos jurídicos que las actividades de ambos requerían tener bajo la mira, no eran más que detalles sin sobresaltos, en medio de la comodidad que les producía el hecho de volver a estar juntos, en tren de juergas.

Sobre todo porque la prolongada ausencia de Nick «aun antes de marcharse de Londres» había estado a punto de provocar cierto naufragio indeseado en aquella relación de amistad que los había unido por años. Pero todo parecía a salvo ahora y, además, volvía a estar en su lugar.

Sin saber que Carl también lo estaba pensando, Russ decidió ni siquiera mencionar el tema del accidente. Porque estaba seguro que iba a ser difícil abordarlo sin que el dramatismo del dolor ingresara a aquel maravilloso momento de distensión y alegría.

Por su parte, Nick sólo estaba ávido de un par de cervezas y de recordar todas las anécdotas posibles de sus vidas. Como si pudieran volver a ser tres veinteañeros irresponsables y felices. Pero en el trasfondo de sus pensamientos, aligerados como la brisa de primavera, y aun en medio de toda su algarabía, la marca perduraba sobre la piel y sobre el alma: tenía cuarenta y cuatro años y no veinte. Ya no vivía en Londres sino en un lugar desolado y había matado a Victoria Marville, en un accidente del que era *auténticamente* responsable.

_ ¿Cómo se llamaba? _ preguntaba entre risotadas, dejando atrás cualquier agrio sabor de los peores recuerdos_ ¡Tenía esa cara de "perro de aguas" y se pasaba el tiempo expresándose con palabras melifluas!

_ ¿Te refieres a Dennis Coleman?

Carl había acertado con su pregunta justo en aquel punto del recuerdo de Nick que volvía intransferible el modo en que se ahogaba en su propia risa. Los detalles de un recuerdo eran los secretos del alma…

Y el olvido de otros, también.

Russ reconoció en aquél, un buen momento. Porque estaba recuperando a Nick, a un antiguo Nick que por mucho tiempo había permanecido perdido en un dolor desgarrador.

Verlo reír de aquel modo, era una especie de regalo inesperado. Allí mismo se juró que acababa de perdonarlo por todos los disgustos por los que lo había hecho pasar en ese día.

Carl aún secaba sus lágrimas, provocadas por la risa incontrolable y, a su manera, valoraba las mismas cosas que Russ.

Nick dejaba que ellos disfrutaran porque no estaba seguro de poder repetir aquel encuentro, en mucho tiempo, al menos. Sabía que lo aguardaban negras y amargas noches. Y todas ellas estaban en Carven Hills. Las luces iban a apagarse más tarde y cuando llegara la oscuridad, el temor lo acompañaría…

La canción antigua que escuchara de niño lo decía y, por alguna razón, él presentía que había llegado el tiempo de comprobarlo. Pero por lo menos en esa tarde, no iba a dejar que el estribillo creciera en él, como un tintineo que aún era apenas audible y, por lo mismo, amenazador.

Cuando gran parte de su risa ya no era más que una farsa para sí mismo, alguien pasó a su lado y lo reconoció. No era algo que a Nick lo asombrara o lo fastidiara expresamente.

Era un poco del precio de la notoriedad que estaba dispuesto a pagar, hasta cierto punto. El hombre también pareció reconocer a sus amigos y esto tampoco era sorprendente.

Russ y Carl solían asomar sus rostros en la prensa especializada y en uno que otro programa de televisión, de tanto en vez.

Pero lo que en esta ocasión se transformó en malestar hasta revolverle el estómago, fue su seguridad de descubrir compasión en la mirada de aquel hombre y, fue por esto que creyó ver algo extrañamente familiar en su expresión.

Era algo que venía sucediéndole últimamente: detectar gestos y miradas que parecían repetirse en los demás. Y que, supuestamente, le expresaban o devolvían…parte de su propia pena. Pero como eso no tenía ningún sentido, decidió de pronto, regresar a la algarabía del momento.

El hombre que había pasado a su lado, reconociéndolo, retornó por el mismo lugar, poco después. Era casi un anciano, aunque su mirada conservaba toda su intensidad y la volcaba en él, mientras le palmeaba el hombro. En medio del bullicio reinante, Nick estuvo seguro de lo que había dicho al pasar, por el movimiento de sus labios.

_ Carpe diem…

Entonces, recordó a Lavinia al mismo tiempo que sentía cómo su ánimo se desacomodaba y comprendía que, pese al deseo de aquel desconocido y al momento feliz que transcurría, su día no iba a terminar bien.

Carl y Russell se dieron cuenta del modo en que toda la situación decaía, mientras Nick comenzaba a dar muestras de cansancio y desánimo. Pero aun así intentaron el esfuerzo de sostener el encuentro, un poco más. Si bien en el fondo ambos sabían que no iban a lograrlo. Quizás, era el momento de "hacer el tonto" como solía decir Russ, por lo que ocupó su atención en lo que ocurría en el televisor sobre su cabeza, por detrás del escaño. Carl pidió otra cerveza y se volvió hacia sus amigos, aguardando por ser imitado. Pero en la expresión de Nick, con sus ojos como platos y su boca entreabierta, había desaparecido todo contacto con la realidad que lo rodeaba. Estaba pendiente de las noticias en el televisor…

_ ¿Vieron eso? _ preguntó, cuando pudo volver a hablar, atónito _ ¡El tren a Londres de la semana pasada tuvo un accidente!

Russ y Carl no sabían a qué atenerse tras el comentario.

_ Son noticias viejas… _ empezó a explicar Russ con cierto resquemor _ ¿Por qué estarán insistiendo aún con eso?

_ No tendrán nada más importante para pasar _ se lamentó Carl, meneando su cabeza _ ¡Mira esas imágenes! Las mostraron hasta el hartazgo…

Había habido un descarrilamiento y uno de los vagones estaba seriamente dañado. Había salido despedido de la vía y lo que la televisión mostraba era su estructura rota y retorcida sobre sí misma. A través de un gran agujero en uno de sus lados, podían verse algunas butacas desprendidas de su lugar que, evidentemente, habían volado por el aire. Una de ellas tenía manchas de sangre en el respaldo.

Russ y Carl se miraron con preocupación. De pronto, comprendían que no era bueno para Nick estar frente a aquellas imágenes. Seguramente, el recuerdo de su propio accidente regresaba, potenciado por ellas.

_ ¡Ese es el tren que yo quería abordar el día que hablamos por teléfono, Russ!

El tren de las 11.58 a Londres...tiene pasaje completo.

"¡Y eso me salvó la vida!" El recuerdo lo hizo estremecer. Aún podía rememorar su discusión con aquel viejo empleado de la estación y el modo empecinado en que éste se había opuesto a cambiar su pasaje.

Sus amigos lo observaban, temiendo alguna clase de crisis. Decidieron restar dramatismo al momento.

_ ¡Mira lo que ganas por vivir en Carven Hills! _ exclamó Russ que no perdía oportunidad para enrostrárselo _ Ni las noticias llegan a ese lugar...

_ Además _ aseguró Carl _ todo pudo ser mucho peor. Afortunadamente, sólo una persona murió. Y a pesar de lo espectacular de esa imagen en la televisión, no hubo heridos de gravedad.

Nick les devolvía una mirada ajena a todo lo que se esforzaban por decirle. El sabía que había algo más allí, de lo que no se atrevía a hablar, a menos que deseara que sus amigos lo tomaran por un desquiciado.

De pronto, sintió la imperiosa necesidad de abandonar el lugar. Si permanecía allí, su sensación de ahogo crecería y ese ardor sobre la piel que comenzaba a incomodarlo, lo volvería loco. Se arrojó de su butaca, buscando la salida casi con desesperación.

A esa hora, muchos de los parroquianos ya no conseguían un lugar decente donde sentarse, por lo que estaban de pie dando vueltas por el recinto, con sus copas en mano y obstaculizando la circulación de todo el mundo. Nick empujaba a unos y a otros, sin preocuparse por sus modales. Sólo quería tomar el aire y encontrarse afuera lo antes posible.

Una vez más, lo vio. Era uno de los que deambulaban, aunque ahora se encontraba apoyado contra un ventanal del fondo, en una actitud displicente. Cuando Nick lo miró a la distancia, alzó una copa imaginaria en el aire, a modo de un brindis también imaginario. Y otra vez sus labios se movieron y, a pesar de que él no podía escuchar lo que decía, *sabía* lo que estaba diciendo. Una especie de disimulada sonrisa acompañaba su gesto.

Nick le quitó los ojos de encima bruscamente, al sentirse avergonzado. Como si hubiese estado mirando algo obsceno.

Cuando el aire fresco de la tarde le golpeó el rostro, un alivio del que anhelaba disfrutar por un momento, lo invadió por entero. De reojo, veía a sus amigos acercársele y era consciente de que estaban en su derecho de dudar de su cordura.

_ Lo siento… _ dijo, con un hilo de voz, al volverse hacia ellos _ Admito que la noticia del descarrilamiento me trastornó. Aunque sea una noticia ya vieja para ustedes, yo desconocía lo que había ocurrido. De veras, lo siento.

_ Está bien _ lo tranquilizó Carl _ No te preocupes por eso. Es una reacción lógica…

Se interrumpió al comprender que iba a avanzar más de lo conveniente en lo que estaba diciendo. Pero por la actitud de Nick, parecía haberse dado cuenta demasiado tarde.

_ ¿*Lógica*? ¡No tiene que ver con el recuerdo del accidente! _ exclamó, exasperándose _ ¡No actúen conmigo como si no pudiera pronunciar esa palabra! Se trata de otra cosa… ¡Yo pude estar en ese tren y correr la suerte de la persona que murió!

Russ no se mostró, precisamente, conmovido. Suponía que la conmiseración no iba a ser la actitud correcta.

_ Es un poco forzado lo que estás diciendo, ¿no crees? ¡Viajaban cientos de personas en el tren! ¡No tienes necesidad de identificarte justamente con la única víctima fatal!..

Nick mordió sus labios hasta casi hacerlos sangrar. Un terrible nerviosismo lo consumía por dentro y creyó ver en la indiferencia de Russ, un intento por apartarlo de una nueva preocupación.

Después de todo, tenía que admitir que sus amigos se esforzaban realmente con él.

Y él, en cambio, se comportaba como si quisiera arrastrarlos a su abismo. Al mismo abismo al que acababa de caer. Y eso no era justo para ellos.

_ Escuchen... _ expresó, tratando de calmarse _ Lamento haber actuado como un verdadero imbécil. No fue mi intención ser un aguafiestas y les pido disculpas por eso. Pero debo marcharme ahora...

_ ¿Marcharte? _ se sorprendió Russell _ ¿Para volver a perderte en Carven Hills hasta tu próximo viaje a la ciudad?

Nick sólo reparaba en que su necesidad de salir huyendo crecía, como un monstruo agazapado.

_ Si lo pones de ese modo...

_ ¡Es el único modo en que todo sucede desde que te fuiste!

_ Russ... _ Carl intentaba transmitirle cierto mensaje de cautela con la mirada _ Déjalo hacer lo que le plazca...

De cualquier manera, hubiera sido tarde para impedírselo. Nick se alejaba de ellos, corriendo por la acera de Dorset St.

Se quedaron observando la escena, más llenos de compasión que de sorpresa.

_ Vino vestido como un pordiosero _ remarcó Russ una vez más, mientras lo veía alejarse _ Y saliendo del paso con su broma insensata...

_ Y ahora escapa de aquí por alguna razón que sólo está en su cabeza _ concluyó Carl _ Tenemos que aceptar que nunca ha vuelto a ser quien era, después del accidente.

Russ asintió lentamente.

_ Por mucho que nos duela _ aseguró.

Nick sabía adónde dirigirse si quería información periodística sobre aquel accidente ferroviario. Aún contaba con dos horas por delante hasta la salida de su tren desde Paddington, de manera que tiempo era lo que le sobraba. Desde luego que hubiera preferido pasarlo con Carl y Russ, pero incluso lamentando la incomprensión de sus amigos, aquel asunto era de una gravedad extrema para él.

Tenía que conocer más detalles del descarrilamiento y no creía que esto tuviera que ver con ninguna actitud de morbosidad. Se sentía involucrado por un designio fatídico en relación con el accidente.

Porque lo que no había mencionado, sumido en la impresión de lo que veía en el televisor, era lo que ocurría con el número de la butaca ensangrentada, arrancado de su panel y colgando como un pequeño cartel azotado por una borrasca: detrás de una salpicadura de sangre, ¡aún podía leerse el número que se correspondía con el de su boleto! ¿No se suponía que en los trasbordos –de haber habido uno en Carven Hills- se respetaba la numeración acordada para aquéllos que solicitaban una butaca que hubiera quedado disponible?

Tal vez no, se dijo Nick. Casi siempre había alguien ocupando la butaca de igual número «no existían las coincidencias absolutas en la devolución de pasajes» y sólo en caso de tan extraña coincidencia, ésta se liberaba debido a la cancelación del viaje. Era un pensamiento tranquilizador. Aunque tratándose del nefasto vendedor de boletos de Carven Hills, uno nunca hubiera sabido a qué atenerse. De todas formas, era una tontería creer que de haber tomado aquel tren…

Un incipiente dolor de cabeza interrumpió sus pensamientos. Y cuando otro llegó al trasfondo de su mente, lo hizo trayendo consigo todo el fuego del infierno: ¡quizás sólo se había tratado de un mensaje!

De un mensaje inexplicable…

Como las luces de un misterio, decía la vieja canción.

Nick trató de tomar el camino de la racionalidad, una vez más. El había sido un verdadero escéptico toda su vida; un practicante del agnosticismo. ¿Qué clase de trampa estaba queriendo preparar para sí?

No lo sabía. Pero aquella idea lo hizo sudar. Tal vez, en algún lugar, no se perdonaban los accidentes donde uno causaba la muerte de otra persona… ¡y se pagaba con mensajes *inexplicables*!

En la hemeroteca de Abbey St., una empleada de gruesas gafas con marco de carey, lo observaba tras su pequeño mostrador. Nick le sonrió, abruptamente, para que en aquel rostro se borrara cualquier preocupación por su actitud y por su aspecto.

Cuando estuvo frente a la computadora, suspiró aliviado. Nada de mensajes…sólo quería información útil.

"Define *útil*", le pidió su propia mente afiebrada. ¿Útil para qué? ¿Para admitir que, efectivamente, ciertas coincidencias podían quitarle su causalidad a un acontecimiento, aun a riesgo de convertirlo en la aciaga extrañeza de lo fatal? ¿O, simplemente, para descargar del alma el pesado lastre de una noticia cuyo conocimiento le impedía aceptar que, pese a todo, a él le había correspondido permanecer vivo?

En este caso, se dijo, lo que estaba ocurriéndole tenía, en efecto, mucho que ver con su propia experiencia. Y Carl no se había equivocado al haberlo explicado como una reacción "lógica".

Quizás, había tomado por el camino equivocado y en medio de su confusión exageraba la importancia de lo sucedido con aquel tren, como una respuesta insensata a todo lo que aún se asociara con muerte y accidentes.

No podía tratarse de un mensaje. La sola idea le resultaba absurda. Intentaba aferrarse a esa creencia –lo único que aportaba racionalidad bajo aquellas circunstancias- mientras sus dedos se movían con rapidez sobre el teclado de la computadora, hasta dar finalmente, con el sitio que buscaba.

Allí estaba la misma imagen que había visto en el televisor, detenida en una fotografía. Nada de la información que la acompañaba, agregaba alguna novedad o algún dato relevante: la descripción del accidente «se había debido a una falla humana», el día y la hora en que ocurriera, el número de heridos y sus nombres.

"Si estoy frente a esta pantalla es porque necesito saber algo *más*".

Busca…con una mirada.

Que lo abarque todo a tu alrededor.

La impaciencia crecía en él, mientras aguardaba por un dato cualquiera, que lo tranquilizara en algún sentido. ¿Eso quería? Nick se asombraba de sí mismo. ¿Acaso alguien habría escrito en el periódico *"Nick Troiano nada tuvo que ver con esto?"*.

Por más que se repitiera ese pensamiento, él sabía que había tenido que ver con algo mucho peor…Con la muerte de Victoria. Por un estúpido error de su parte, exactamente igual a lo que le había ocurrido al conductor del tren descarrilado. Una mala maniobra al volante…era suficiente para haberse convertido en el remordimiento que se llevaría a la tumba.

Volvió a concentrarse en su tarea, odiándose por hacerse eso de vez en cuando. Y entonces fue cuando descubrió aquella noticia que agregaba algo más a la tragedia del tren de las 11:58 a Londres.

Se llevaron a cabo las exequias de la única víctima fatal del accidente.

Era un título de bastante importancia, por el tamaño de sus

letras en el *"Times"*. Destacaba entre otras noticias a su alrededor.

Thomas Neville falleció a la edad de 70 años en el descarrilamiento del martes pasado. Lo sobreviven su viuda, sus hijos y nietos…

Y luego, lentamente, como los añicos de un cristal que se rompía en alguna parte y comenzaba a caer en copiosa lluvia, ciertas luces coparon el campo visual de Nick. También esto debía ser una reacción lógica a lo que su mirada recibía en aquel momento. Allí estaba la fotografía de Thomas Neville, como un último acto de respeto a su memoria.

Nick no podía dar crédito a lo que veía.

¡El rostro en la fotografía era el del hombre que lo cruzara y lo reconociera en el *pub* de Dorset St.!

Tal vez transcurrió un siglo, o tal vez sólo un minuto. El tiempo había desaparecido en una sensación algodonosa, en la que él se hundía y era arrastrado hacia ninguna parte.

Nada de eso era posible. Como primer pensamiento racional que asomaba a su mente obnubilada, Nick descubría su intento de permanecer del lado de la cordura. Del lado de las cosas reales y tangibles que el mundo ofrecía para conformar el sentido de una vida. Creía que si en ese preciso momento le soltaba la mano a su precaria realidad, estaría perdido. De modo que se decidió por cierta acción reconfortante.

Imprimió la fotografía. La retuvo en sus manos un largo tiempo. Repasaba los rasgos de aquel rostro, una y otra vez, buscando desesperadamente cualquier detalle que le permitiera descubrir algún error de percepción. Algo que le ofreciera la posibilidad de pensar en parecidos y semejanzas con un suficiente margen de duda. Pero nada de eso ocurrió…

Sólo cuando todas sus puertas interiores se cerraron y lo abandonaron en su propio desierto, aquel sentimiento de externalidad de sí mismo se afianzó, convirtiendo en hielo cada gota de su sangre.

Cuando alcanzó la calle, Nick Troiano sólo iba en busca de un pequeño rayo de luz, en medio de la oscuridad que lo rodeaba. Sin embargo, su regreso al *pub* donde apenas una hora antes había estado disfrutando de la compañía de sus amigos, fue un paso equivocado.

Si bien gran parte de los concurrentes ya se habían marchado y el lugar había recuperado algo de su tranquilidad, el asistente detrás de la barra, a quien le suponía un viejo entrenamiento en el modo en que podía reconocer a los asiduos clientes, lo decepcionó con su respuesta.

_ No tengo tiempo para detenerme a mirar el rostro de nadie, señor _ le explicó, desalentándolo _ No lo he visto por aquí ni sé de quién se trata.

Nick guardó la fotografía en uno de los bolsillos de su saco. Miró a su alrededor, con la loca esperanza de verlo por allí, dispuesto a aclarar el equívoco mientras le sonreía a la distancia, como antes había hecho. O volvía a susurrarle aquellas palabras, al pasar a su lado, para convencerlo definitivamente que todo se trataba de alguna clase de broma.

Instintivamente, su mirada se dirigió al último lugar donde lo había visto: el ventanal del fondo, apoyado contra su marco.

Pero él ya no estaba…

Si acaso había estado alguna vez.

Recorrió un par de mesas, nuevamente con la fotografía en su mano. Y sólo recibió negativas de todo el mundo. En algún momento, le pareció que alguien lo reconocía «a él», algo nada improbable por la popularidad obtenida como escritor, y esto le causó cierto embarazo. No obstante, un sentimiento aún peor lo embargó de pronto.

Había alguien que lo había reconocido entre la multitud de parroquianos reunidos allí, esa tarde. ¡Alguien que supuestamente estaba muerto, que en el mundo de las evidencias fácticas en que él vivía, *nunca* hubiera podido estar allí…*reconociéndolo*!

Y, además, ¿por qué tenía la angustiante sensación de haber sido buscado, encontrado y escogido, en medio de todos? ¿Por qué sólo él, habiendo tanta gente a su alrededor?

¿Acaso, se trataba en efecto, de mensajes?

¡Carl y Russ tenían que haberlo visto también!

Estaban junto a él, frente al escaño, pero el gran espejo en la pared les ofrecía todo un panorama del lugar. Y por lo que él recordaba, Carl –al igual que él- apoyaba su espalda contra el mostrador y se volvía todo el tiempo para mirar a los demás.

Tomó el teléfono celular y lo llamó. En medio de su impulso, pudo comprobar que se sentía ofuscado.

No estaba dispuesto a asumir su desquiciante experiencia, sin pelear por su propio sentido común.

_ Hola, Nick _ Carl parecía sorprendido.

_ ¿Puedes regresar al *pub* de Dorset St.? Estoy aquí y necesito hablar contigo. No me pidas que lo haga por teléfono…

Acordaron el encuentro, en veinte minutos. Nick sabía que la espera, aun breve, iba a resultarle interminable. Cuando Carl llegó al lugar, lo encontró sentado a una mesa en el rincón más alejado, al reparo de cierta penumbra. En conjunto, Nick parecía formar parte de una oscura escena en una mala obra de teatro. Pero a medida que se acercaba a él, algo en su expresión reconcentrada fue inundándolo de temor y preocupación. Su mirada brillante y sus ojeras le conferían el aspecto de un tísico en la etapa terminal de su enfermedad. Quizás, era el efecto que la luz mortecina provocaba, pero la apariencia de Nick parecía haber empeorado desde la última vez que lo viera. Y esto había ocurrido hacía menos de media hora.

Por su parte, Nick tenía ya preparada la fotografía de Thomas Neville sobre la mesa y apenas Carl llegó hasta él, se la extendió, en un movimiento cargado de nerviosismo.

_ Dime que lo viste cuando estuvimos aquí. Fue alguien que pareció reconocernos, al menos a mí, cuando pasó a nuestro lado junto al escaño…

En el fondo, temía por la respuesta de Carl, a pesar de conocerla de antemano.

_ No, no lo recuerdo. Pero había tanta gente…

Si Carl no hubiese dicho *pero*, Nick nunca hubiera notado el esfuerzo de su amigo por intentar demostrarle, como ya lo había hecho antes, que todo era de una sencillez apabullante. Que cualquier situación que él complicara con sus negros pensamientos contaba con una simple explicación en alguna parte. Y, a decir verdad, esa actitud había terminado por hastiarlo. ¡El no necesitaba ni *quería* ser tratado como un delicado cristal a punto de romperse! Todo lo que necesitaba era que alguien estuviese allí para creer en lo que le había ocurrido. Y si Carl no lo hacía, su lucha por conservar el sentido de la realidad…no le servía de nada.

No temas porque no te servirá de nada…

Ya lo decía su canción de la infancia.

_ Es el hombre que murió en el accidente ferroviario. Se llamaba Thomas Neville…

Carl se echó hacia atrás, en la silla que ocupaba, casi de un modo instintivo. Como si debiera evitar un gran puñetazo en pleno rostro. Nick sólo miraba por encima de su hombro, mientras aguardaba por un comentario. Cualquier cosa que dijera en ese momento iba a ser mucho mejor que si permanecía en silencio. ¿Intentaría dar con alguna explicación coherente, una vez más? Sabía que no podía hacerlo en esta ocasión.

_ ¡Di algo, por favor! ¡Lo que sea!

_ ¿Lo que sea? _ Carl trató de salir de su asombro y estaba dándose tiempo para encontrar una respuesta posible a tanto disparate _ ¡No puedes pedirme que reconozca haber visto a alguien que está *muerto*! ¿Qué pasa contigo, Nick? ¿Estás tratando de jugar otra más de tus bromas?

_ Si se trata de una broma...es de mí de quien se están burlando _ terminó por decir.

Carl procuró recomponer algo delicado y frágil.

_ ¿Has pensado en una consulta médica desde que te dieran de alta en el hospital? Me refiero a que...puedes estar sufriendo alguna clase de confusión postraumática.

Sé que esas cosas ocurren, Nick.

Nick se aferró a aquellas palabras. Eran absolutamente racionales y mencionaban algo perfectamente posible. Tenía que cambiar su actitud y tomarlas como la mano que Carl le extendía, justo a tiempo, para salvarse.

Pero había algo más. Siempre había algo más...

Estaba el número de la butaca ensangrentada, Aunque existía la palabra "casualidad" para hechos como ése.

Y le flotaba por allí una idea que aún permanecía sin cobrar forma ni claridad pero que él sabía que cuando lo hiciera, arrasaría con su último refugio de cordura.

"A menos que continúe tan aferrado a la palabra **casualidad**, como me sea posible".

Pero no sería posible...Y eso era lo que temía, en el fondo.

_ Voy a pedir una cita con el doctor Ferguson _ dijo, de pronto _ Fue mi psiquiatra y logró ayudarme después del accidente. Quizás tengas razón, Carl, y algo no esté aún del todo bien en mi cabeza.

En apariencia, aquello había conseguido apaciguar a su amigo. Pero al despedirlo a la salida del *pub*, Carl no había podido recuperar su aplomo.

Que Nick lo citara para mostrarle la fotografía de un hombre muerto, a quien decía haber visto, y esperara de él más o menos lo mismo, era algo que acababa de sumirlo en una gran intranquilidad.

TRES

Recién cuando el tren de regreso a Carven Hills dejó atrás la estación y gran parte de los suburbios londinenses formaron la última vista de la ciudad, Nick recordó lo que había olvidado: hacer los reclamos correspondientes en el estudio de arquitectura y en la compañía telefónica.

Pero en ese momento, eran hechos que no parecían tener demasiada importancia para él.

"No estoy para eso", se dijo, todavía trastornado. En cambio, había hecho su llamada al consultorio del doctor Ferguson, consiguiendo una cita para la semana entrante. Se aferraba así a algo perfectamente racional y, en algún sentido, funcionaba. Era una especie de salvoconducto que le permitía permanecer en un único lugar conocido y respetado por él: los avatares de su vida cotidiana. No había necesitado de ello en el pasado, aun cuando atravesara toda clase de situaciones extremadamente difíciles. Pero le estaba ocurriendo ahora. Y lo mejor sería asimilarlo, sin perder la calma.

Gail no recibiría con agrado su olvido, especialmente que no hubiera reclamado a la gente que iba a refaccionar la casa. Pero, seguramente, neutralizaría su enojo cuando contara cosas como su encuentro con Laszlo Glimbert. De todos modos, ella aún permanecía distante y, en cierta forma, resentida.

En ese momento, sintió un repentino encono por todo aquello. Podía aceptar que el recelo que había desarrollado por Victoria la obligara a molestarse por ese asunto de sus lágrimas. Pero ya era tiempo de reconocer que estaba llevando su disgusto a extremos francamente innecesarios. Sólo se había tratado de unas lágrimas inevitables que él había derramado al saber de su muerte y por no poder evitar sentirse culpable de esto.

Si lo pensaba con detenimiento, tenía que admitir que Gail se había vuelto una mujer celosa, a partir de haber convertido a Victoria en el vientre que engendró a Joel. De modo que sus celos parecían provenir de los términos de su maternidad y no de algo que pusiera en riesgo su orgullo de esposa. Si bien en alguna ocasión había intentado acusarlo de haberle sido infiel con ella, esto no parecía sino la prolongación de su resentimiento por la primera circunstancia.

El hacía esfuerzos por comprenderla aunque también su paciencia tenía un límite. Creía que el hecho de haber atravesado toda suerte de dificultades hasta haber podido llegar a ser madre, era una razón más que relevante para haberla puesto en aquella situación en que parecía actuar como la cuidadora del tesoro más valioso de su vida. Y Nick sabía que estaba siendo justo al no implicar en esta idea el amor *verdadero* por Joel. Se trataba de otra cosa, mucho más compleja y bastante menos agradable. Pero también era cierto que pese a las advertencias recibidas y a las objeciones que él le hiciera, ella había decidido involucrar a Victoria como madre sustituta. Por lo tanto, había pagado hasta cierto punto un justo precio.

En mitad de ese pensamiento, la adrenalina en retirada comenzó a hacer su efecto. Sus párpados se volvieron pesados y se adormeció al ritmo del sonido de fondo del vagón, al deslizarse sobre las vías. Aun adormilado, algunos ruidos a su alrededor   conservaban la vigencia en su campo de percepción hasta que, lentamente, ingresaron a su propio sueño.

Mientras cabeceaba, algo similar a un chillido agudo y altisonante llegaba a sus oídos y se transformaba en el sonido de un gozne herrumbrado en una de las puertas de la casona en Carven Hills. Alguien lo observaba a través de esa puerta entreabierta, aunque en realidad parecía espiarlo. El, que por alguna razón tenía su cabeza gacha y un oscuro deseo de desviar la mirada hacia otra parte, finalmente se decidió a dirigir sus ojos hacia allí, para atisbar a través de la estrecha rendija y ver a quien estaba del otro lado.

El chillido había cesado y se había transformado en un golpe seco, propio de una puerta al cerrarse con brusquedad. Pero él había tenido el tiempo suficiente para ver a quien lo esperaba y pudo reconocer aquella mirada penetrante que lo había escudriñado un momento antes y le era tan familiar.

El último golpe seco lo despertó abruptamente y, por un instante, fue un hallazgo volver a verse en el vagón. La puerta que cerraba automáticamente al final del pasillo había sufrido un desperfecto y volvía sobre sí misma, produciendo aquel sonido que antes había formado parte de su sueño.

Por un momento, Nick permaneció enfocando el monótono espectáculo, con una mirada en la que aún se notaba el desconcierto por el brusco y reciente contacto con la realidad. Sabía que su tonto sueño no podía haber sido más que breve. Y su pecho todavía se movía, agitado por la taquicardia provocada por aquel despertar.

Sí, él llamaba a su sueño "tonto". Le daba cierta seguridad acerca de algunos hechos. Quizás, cuando llegara a Carven Hills, otros más podrían acceder a esa categoría, y su extraño incidente en el *pub* comenzaría a adquirir contornos más nítidos y realistas. Tal vez pudiera llegar a convencerse de haber confundido los rasgos de dos personas parecidas pero absolutamente diferentes. Eso sería lo que sucedería, de seguro.

Además, Carl se había percatado de algo que él mismo quería pasar por alto, pero era tan evidente que estaba ocurriéndole: ciertos resabios de su estrés postraumático no habían abandonado aún su cuerpo. Y cuando algún leve dolor de espalda le recordaba las viejas heridas del accidente, él sabía que algo más que el dolor físico se hacía presente para lastimarlo. Pero, en medio de su propia terquedad, se esforzaba por rechazarlo.

A veces, lo que uno se proponía ocultar de sí mismo, retornaba de la peor manera…

Un guarda de riguroso uniforme gris se movía a lo largo del pasillo, asegurando a todo el mundo que el desperfecto de la puerta ya estaba a punto de ser corregido. Los pasajeros reaccionaban de distinto modo. Algunos le sonreían, comprensivos. Otros, no se cuidaban de exhibir su fastidio. Nick se ubicó entre los primeros. Pero su sonrisa terminó transformándose, lentamente, en un rictus de sorpresa y amargura.

El sol había comenzado a ocultarse, a su parecer, bastante antes. Nick no había tenido en cuenta que el otoño que avanzaba y cierta acumulación de nubes sobre la línea del horizonte, proveían al paisaje de la campiña de una agrisada oscuridad prematura. Por lo mismo, las luces en el interior del vagón parecían ahora más brillantes y permitían que los contornos de lo que había en su interior se delinearan con suavidad sobre el cristal de las ventanillas.

Entonces, Nick no pudo –una vez más- dudar de lo que veía…

Cada vez que el panel de la puerta descompuesta volvía a cerrarse, sobre el cristal de su parte superior se reflejaba… ¡el rostro de Thomas Neville!

Iba sentado en el primer asiento, del otro lado del pasillo, de modo que su visión era inevitable. Nick dejó de sonreír y se puso de pie, casi de un respingo. Llegó hasta el lugar con los ojos desorbitados y el corazón saliéndosele por la boca. El guarda se quedó mirándolo, abruptamente preocupado por su actitud.

_ ¿Por qué está siguiéndome?

Alguien que había estado absorto en el paisaje hasta ese momento, y estaba sentado en la butaca del lado de la ventanilla, se volvió hacia él, desconcertado. No daba crédito a lo que veía ni escuchaba.

Nick cerró sus ojos y permaneció con los párpados apretados hasta que recuperó el valor para volver a abrirlos y ver...lo que fuere. Pero el hombre a quien increpara con su pregunta, se había levantado de su butaca y se alejaba con pasos tranquilos por el pasillo.

Algo lo sobrecogió de horror en aquel momento. Al pasar junto al guarda, de sobras se dio cuenta que éste no había visto a nadie caminando a su lado y que todas las leyes de la física se precipitaban sobre su cabeza, porque en ese maldito pasillo no había espacio suficiente... ¡para que dos personas pasaran al mismo tiempo, sin notarlo!

Fue cuando la palabra *fantasma* se formó en sus pensamientos, por primera vez.

El fue el único pasajero que abandonó el tren en la desolada estación de Carven Hills. ¡Y vaya si tomó recaudos en ese sentido! A pesar de lo abrumado que se sentía, la soledad que lo rodeó en el andén se constituyó en su mejor reaseguro. Nadie había descendido del tren junto con él, para convertirse en indeseada compañía. Por lo menos, así era como le había parecido y, en el fondo, lo agradecía.

Permaneció quieto por un largo rato. Sosteniendo su maletín, y con su arrugado abrigo agitado por el aire frío de la noche, parecía una extraña figura, llegada al lugar por motivos espurios.

Las tenues luces encendidas bajo el tinglado que hacía las veces de recepción, se habían transformado en un motivo acogedor y reconfortante. Nick se volvió con lentitud, mientras sus ojos parecían querer atravesar la oscuridad de la noche que lo rodeaba, por fuera del círculo luminoso de la estación, a la manera de un refugio.

Lo que había más allá de su vista, inmerso en aquellas penumbras, era algo amenazante y temible que posiblemente había estado allí afuera, toda su vida, cuando jugaba en el patio trasero de su casa de la infancia y recordaba a su madre asomándose por la puerta de la cocina, cuando anochecía, para conminarlo a entrar, con cierto apremio nervioso en la voz. Tal vez su madre ya sabía por entonces, acerca de lo que se ocultaba en las sombras y que un buen día podía salir desde allí… ¡para atraparlo!…cuando regresaba de la escuela en los atardeceres de invierno, por aquel sendero que se abría paso a un lado del bosque y que él recorría a diario, con el corazón sobrecogido de miedo, latiéndole con fuerza. Era el momento en que todas las historias de fantasmas que leía a escondidas, en su habitación, salían a flotar a su alrededor. Y entonces, sus pequeños pies haciendo crujir las hojas secas sobre el camino y el silbido del viento metiéndose entre las ramas deshojadas de los árboles, lo convencían de que aquello que iba a surgir de la oscuridad, estaba vistiendo su horroroso cuerpo antes de salir a cazar.

Quizás lo había atrapado, por fin, el día en que tuvo el accidente, en el preciso instante en que la oscuridad cayó sobre él, un momento después de los tumbos, los gritos, la sangre…Pero no había sido justo que extendiera su amenazante presencia a las personas que estaban a su lado, en el automóvil. Gail y Joel habían salvado sus vidas por milagro, no había sido así con Victoria y él…había sido soltado por sus terribles garras, nada más que para pagar el precio de la muerte ajena, el resto de su vida.

Se volvió una vez más hacia la noche para asegurarse que, de momento, continuaba siendo el único en el lugar. Mientras hurgaba en uno de sus bolsillos por las llaves del *"Dodge"* que lo aguardaba unos pasos más allá, bajo el cobertizo, un recuerdo lo tomó desprevenido y le heló la sangre.

Las palabras del empleado de la estación el día que se negara a cambiar su boleto para viajar en el tren accidentado, comenzaron a invadir sus pensamientos como una asfixiante lluvia de cenizas.

Parecían leves y claramente intencionadas, al principio. Al menos, Nick no había dudado de la exactitud de su intención: fastidiarlo. No obstante, ahora se apoyaban sobre el borde de su mente, transformándose en algo oscuro, denso y aterrador. *"Pero no perderá la vida"*, le había dicho aquel hombrecillo desquiciante.

¿Acaso todo se había reducido a eso? ¿Alguien allí sabía qué iba a ocurrir con ese tren y estaba dispuesto a impedir que lo abordara? ¿Todo su empecinamiento al negarse a cambiar su boleto…había sido para salvarle la vida?

Por un momento, Nick se dijo que eso era imposible. Que el empleado de la estación no podía haber sabido nada al respecto y todo consistía en una increíble coincidencia. *"Eso es"*, pensó para apaciguarse. Pero en el fondo de sí no se quedaba tranquilo. Esta vez no confiaría en casualidades. Sabía que había cosas aún peores que ésa. Peores de creer y de aceptar. Que ya formaban parte de la noche que lo rodeaba…

A través de las ventanas, escudriñó en el interior de la oficina. Esta incluía la sala de espera para los pasajeros por un lado, y el mostrador de la boletería, por el otro. Adentro, la luz era mortecina y algunos rincones permanecían en penumbra. El lugar estaba desierto y el silencio era imponente. Si uno se atenía a las características de Carven Hills, no era difícil de sospechar que a esa hora de la noche, el servicio de la estación ya no funcionaba. Su llegada era un hecho fuera de toda rutina y nadie estaba allí para recibirlo.

Se adelantó unos pasos y extendió una mano no demasiado firme hacia el picaporte de la puerta de doble hoja, convencido que la hallaría cerrada.

_ ¿Estas son horas de llegar?

La voz a sus espaldas le hizo pegar un respingo. Se volvió, dispuesto a dar batalla. La jovencita que aseguraba no sonreír casi nunca, estaba haciéndolo mientras lo observaba.

_ ¡Lavinia! _ exclamó Nick, impelido por su propio sobresalto _ Parece tu costumbre tomar a la gente por sorpresa...

_ Lo siento _ se disculpó la muchacha _ Pero usted estaba demasiado ensimismado en sus pensamientos.

_ Me preguntaba si...

_ ¿Si la estación permanece abierta?

Nick asintió. Lavinia negó con un movimiento de su cabeza, en un gesto muy gracioso.

_ Son las nueve de la noche, señor Troiano. Es el límite para cualquier actividad en Carven Hills.

Nick sonrió comprensivo y comenzó a caminar hacia el cobertizo, en busca de su "Dodge" viejo y arruinado, pero fiel. Caminaba con lentitud premeditada. Quería que Lavinia lo siguiera, pero no se lo pediría como lo había hecho la vez anterior.

La muchacha no se movió de su lugar. El se volvió, sorprendido.

_ ¿Vas a quedarte aquí, sola, en medio de la noche y pasando frío?

_ Usted no me ha pedido que lo acompañe...

Nick se quedó mirándola, con detenimiento. Se veía tan hermosa como el día que la conociera, pero cierto juego de sombras sobre su rostro, la hacía verse mayor de lo que le había parecido la primera vez.

_ ¿Qué edad tienes, Lavinia? _ le preguntó, seriamente.

_ La que usted seguramente me da _ se limitó a responderle _ Demasiado joven para morir…

Nick soltó su risa que sonó fuerte y extraña en medio del silencio reinante.

_ Con que tienes sentido del humor, después de todo.

_ Si no lo tuviera, no podría permanecer en un lugar como éste.

Nick se sentía dispuesto al diálogo. Algo terrible había ocurrido en su vida, ese día. Y algo muy bueno, también. Dos hechos tan importantes y tan opuestos que, por un momento, estar allí conversando con Lavinia, se asemejaban a algo que él podía reconocer como una especie de solaz inesperado.

_ ¿Con quién vives aquí?

La pregunta había sido hecha con verdadero interés. Nick estaba serio y en su mirada se reflejaban las luces de los focos del andén.

_ Con mis padres, por supuesto.

Por alguna razón, a Nick le pareció la respuesta apropiada. O, al menos, la que él había deseado escuchar. Le daba a Lavinia cierta vulnerabilidad, necesaria para una jovencita de su edad. Porque a fuerza de ser sincero consigo mismo, le había parecido un poco autosuficiente desde el primer momento.

_ Te llevaré de regreso a tu casa. Es tarde y ellos podrían preocuparse…

_ No lo harán _ aseguró Lavinia _ Saben que suelo extraviarme por ahí.

Nick se percató que su liberalidad regresaba de un modo peligroso.

_ No debes decirle eso a cualquier extraño, en medio de la noche. Podrías…causarle algún mal pensamiento.

_ Entonces, tengo suerte. Porque se lo estoy diciendo a usted que ya no es un extraño.

Nick se rindió ante su lógica irrebatible, en parte, halagado por su comentario.

_ Sí, claro _ aseveró, no obstante sin convencimiento _ Pero igual vienes conmigo.

_ ¿Tendré que subirme otra vez a ese horrible y destartalado coche?

_ Creo que la compañía de taxis de Carven Hills ha colapsado y los autobuses pasan repletos, de modo que… ¿tienes alguna otra sugerencia?

Lavinia volvió a sonreír. Fue en ese momento que Nick notó por primera vez que aquello que dijera de sí misma, el día que la había conocido, cobraba cierto extraño sentido. No era tanto que no acostumbrase a sonreír sino que lo hacía, en realidad, de un modo en que la verdadera expresión de su rostro no se borraba por debajo de ninguna sonrisa. Por mucho que ella lo intentara. Lavinia era una muchacha taciturna y cualquier otra actitud parecía insumirle grandes esfuerzos.

Esta vez el "*Dodge*" ronroneaba como un gatito. Su rugido natural había desaparecido sin que Nick pudiera atribuirlo a ningún motivo en especial. De modo que el recorrido quedó libre de ruidos estridentes y hasta los sacudones que, de tanto en vez, estremecían la carrocería, no resultaban así tan fastidiosos.

_ ¿Qué hay del hombrecito esmirriado y latoso con el que discutí el otro día? _ preguntó Nick, de pronto _ ¿Ya no trabaja en la estación? No he vuelto a verlo esta mañana…

_ Debe haber tomado sus vacaciones. Siempre lo hace en esta época del año _ conjeturó Lavinia _ ¿Por qué lo pregunta?

_ Bueno, no sé. Quizás fue todo un alivio no haber vuelto a toparme con él.

Nick decidió no avanzar en el tema. Aunque el viejo malhumorado y terco estuviera a su lado, en ese preciso momento, no creía que iba a encontrar el valor de enfrentarlo con ningún comentario sobre sus palabras de aquel día. ¿Acaso suponía que iba a confirmarle algo, en ese sentido?

¡Qué tontería! Lo mejor sería olvidar aquel asunto de una vez por todas.

"*Pero no vas a olvidarlo*", le aseguró su parte más tenaz.

Lavinia descendió del "*Dodge*" en el mismo lugar que ya lo había hecho antes y se adelantó a lo que se leía como preocupación en la mirada de Nick.

_ Caminaré desde aquí hasta mi casa. Es cerca y conozco muy bien el lugar...

_ Esas luces no parecen lo bastante potentes.

Nick había alzado la vista hacia los postes de luz que alumbraban un estrecho atajo. Este atravesaba un campo de girasoles muy descuidado y permitía observar un poco más allá, algo que parecía ser una pequeña casa rústica, típicamente lugareña. La distancia no le dejaba apreciar detalles pero volvió a preguntarse si, acaso, Lavinia se avergonzaba de ella y ésta era la razón por la que le impedía acercarse, más allá de la carretera.

_ No se preocupe, señor Troiano. Me las arreglaré muy bien...

Antes de permitirle reaccionar, la muchacha comenzó a caminar hacia su destino. Lo último que Nick vio fue su mano, agitándose en señal de despedida.

Permaneció un momento sondeando en la oscuridad que se abría a los lados de la hilera de focos y, cuando un viejo pensamiento conocido regresó hasta él, se perdió en sus propios e insondables laberintos por cierto tiempo hasta que decidió marcharse del lugar, un tanto intranquilo. De cualquier manera, ya había perdido de vista a Lavinia.

El resto del camino intentó dedicarlo a poner en orden sus ideas, a sabiendas de lo difícil que iba a resultarle.

Aún conservaba en su ánimo, el extraño sentimiento de felicidad que le había provocado el reencuentro con su antiguo mundo. Russ, Carl, Londres, sus citas de negocios y sus juergas en los *pubs* de la ciudad.

Era una felicidad que él ya sabía perdida pero aún podía devolverle un añejo resabio de alegría. Ahora, regresando a su hogar en Carven Hills, todo se transformaba en nostalgia. Pero lo que más daño le causaba y terminaba por empañar su felicidad por el recuerdo, aquello capaz de arrancarle lágrimas de rabia y amargura, era haber entregado su pequeño tesoro de dicha… ¡al encuentro imposible con un hombre muerto! Y aún algo mucho peor, que le costaba asimilar más allá de todos sus esfuerzos: *Quizás, muerto en su lugar.*

"Como Victoria".

Sólo él hubiera merecido morir en el accidente. Sólo él, porque era quien lo había causado.

¿Le contaría a Gail de su extraño encuentro con Thomas Neville? Seguramente no lo haría. Las cosas no estaban bien entre ellos y no le parecía que esto pudiera contribuir a nada bueno. Tal vez pensaría que estaba tratando de justificar su olvido de algo realmente importante. O terminaría burlándose de él. Sería suficiente con mostrarse feliz por su negocio con Laszlo Glimbert. Quizás le contara, además, de su encuentro con Lavinia. Creía haber olvidado hacerlo la primera vez.

Sus pensamientos cambiaron de dirección y las palabras del viejo empleado de la estación volvían a sobrecogerlo. Nick sentía el sudor pegado a su piel, por debajo de la camisa, en el momento en que decidía aferrarse una vez más a la idea de casualidad. Sabía que más tarde volvería a dudar. Y llegaría hasta el límite de lo soportable, cuando la cordura parecería abandonarlo nuevamente. Pero de momento, no estaba dispuesto a aceptar otra cosa.

Fantasmas y palabras premonitorias. Era demasiado para un solo día. El doctor Ferguson iba a hacerse un festín con él, la semana entrante.

Algo llamó su atención al girar hacia el número 191 de la calle East…

La casa estaba a oscuras. No parecía lógico que ninguna luz permaneciera encendida. Tal vez, Gail había olvidado encender el farol del pórtico, en un gesto más de su indiferencia hacia él, por su regreso a casa. Pero tampoco se veía ninguna luz en el piso superior, donde estaban los dormitorios. Y eso sí que era extraño.

A medida que se acercaba, una sensación de desasosiego crecía en él.

El hecho de que la perspectiva de su visión le permitiera observar la antigua mansión desde la distancia, le proporcionaba algunos detalles extras. La casa se veía ciertamente vieja y deteriorada, aun en medio de la noche y pese a que él no estaba construyendo conscientemente esa idea, sintió que aquel lugar no podía ser considerado un verdadero hogar.

Estacionó el *"Dodge"* de cualquier manera sobre la grava de la entrada, y a grandes pasos sorteó los escalones rotos que llevaban hacia el pórtico. Con manos nerviosas tanteó por las llaves en todos sus bolsillos, hasta dar con ellas.

Ingresó a la sala empujado por su propio huracán de ansiedad y buscó el interruptor de la luz. Cuando el lugar se iluminó bruscamente, el sentimiento que lo sobrecogía fue aún más intenso. La hermosa araña de finos caireles que pendía del techo en el centro de la habitación, parecía olvidada allí por el signo de una época de perdida magnificencia. Apenas tres de sus lamparillas encendían, aunque la luminosidad era suficiente para mostrar el deterioro del lugar, con sus paredes descoloridas y su piso en muy mal estado. Gail había prometido ocuparse de la pintura, al menos como pasatiempo, pero no lo había hecho. Y, para colmo, él había olvidado reclamar por la cuadrilla de trabajo.

Miró a su alrededor y el silencio, junto con las penumbras del resto de la casa, lo inquietaron de un modo desagradable. ¿Qué estaba ocurriendo allí?

_ ¿Gail? ¿Joel?

El sonido de su propia voz quebrando la profundidad de aquel silencio, lo sobresaltó. Al momento comprendió que nadie iba a responder a su llamado y con su mirada clavada en la oquedad del piso superior, buscó con su mano el segundo interruptor.

Click. Click.

Lo accionó varias veces pero nunca encendió. Una maldición escapó de sus labios apretados. Su respiración se había vuelto más agitada. Sabía que, tarde o temprano, el sistema eléctrico de una casa tan antigua iba a proporcionarle un disgusto.

Y también sabía que tendría que llegar hasta el piso superior…a oscuras.

_ ¿Gail?

Insistía obstinadamente con su llamado, aunque en el fondo lo hacía como un modo de sentirse menos solo. También hubiera podido silbar o tararear su canción infantil…

O podía subir de una vez y encontrar…aquello que siempre se ocultaba en la oscuridad.

Debía haber una explicación razonable para todo. Lo único que ocurría allí tenía que ver con que él estaba sensibilizado por los acontecimientos de Londres y cualquier detalle fuera de lugar a su alrededor, tensaba sus nervios al extremo.

La casa era enorme. Gail podía estar en cualquier parte, incluso en el ático, y no escucharlo.

Nick se fastidió consigo mismo. Tenía que tomar partido definitivamente por la lógica de los hechos cotidianos y encontrar, por lo tanto, las explicaciones racionales que tanto necesitaba o…reconocer para sí que en la oscuridad, las cosas del mundo no se veían iguales.

¿Pero Joel? ¿Estaría tan profundamente dormido para no haberlo oído llegar? Esto sí que era extraño, porque su hijo jamás dormía hasta que él regresaba a casa. Al menos, así había sido en el pasado y ahora temía que vivir en ese lugar, hubiera modificado la rutina de todos.

La casa *se sentía* deshabitada y gran parte de ella estaba a oscuras. Pero él tenía que encontrar a su familia de una vez por todas, en lugar de quedarse allí, paralizado, al borde de la gran escalera de la sala.

Lentamente, fue reaccionando al calor de aquella idea.

Comenzó a subir, apoyándose en la balaustrada y dejando que todos sus terrores le recorrieran la piel hasta sentir que el cabello se le había erizado en la nuca.

Sonrió y todo. En un momento de máximo terror, el cuerpo parecía reaccionar con gestos incongruentes. Se dijo que ya no era un niño y que las historias de fantasmas no lo acosarían. Los fantasmas estaban en los *pubs* y viajaban en los trenes. Allí no había nadie…

Pero esto no era bueno en sí mismo. ¡Gail y Joel *tenían* que estar en alguna parte!

Cuando llegó al piso superior, decidió deshacerse de toda clase de pensamientos.

Sólo estaba allí, en medio del corredor apenas iluminado por la luz que llegaba mortecinamente desde la sala, para avanzar hacia los dormitorios y el resto de las habitaciones. Su búsqueda había empezado a ser desesperada…

Abrió puertas y encendió luces que, afortunadamente, funcionaban. Pero cada vez que un lugar se iluminaba era para decepcionarlo. Los dormitorios estaban en silencio, las camas tendidas y había un orden que comenzó a llamarle la atención. Los juguetes en la habitación de Joel habían desaparecido y en los grandes roperos empotrados… ¡no había quedado un solo rastro de sus ropas!

¡Se habían ido! ¡Gail lo había abandonado finalmente y se había llevado a Joel con ella!

Cuando sintió que las fuerzas le flaqueaban y la absoluta soledad de la casa caía como nieve sobre él, tuvo que apoyarse contra el marco de una puerta para no desplomarse en medio de su desolación.

"¿Por qué lo hiciste, Gail? ¿Por qué nunca hablamos de esto? ¿Tan mal estaba todo entre nosotros?"

Comenzó a percatarse que la caldera –algo que inexplicablemente funcionaba de maravillas allí- estaba apagada y un frío glacial atravesaba sus huesos. Veía su propio aliento helado abandonar su garganta, con cada movimiento de la respiración. El miedo había desaparecido de su sangre y, en su lugar, un agobio indescriptible lo invadió.

_ ¡Perra!... _ exclamó para sí.

Las primeras luces de la mañana cayeron sobre su cuerpo desmadejado y tendido sobre la enorme cama matrimonial. Estaba vestido y con los zapatos puestos. Sólo recordaba haberse dormido, vencido por el cansancio, después de llorar amargamente durante horas.

El sol que penetraba entre postigos rotos y una gruesa cortina de terciopelo descolorida y con sus cenefas completamente desgarradas, había quitado parte del frío insoportable de la noche. La posición fetal de su cuerpo aún indicaba el modo en que lo había sobrellevado, aunque ni siquiera había intentado cubrirse con una frazada.

Ahora, su mente abotagada por el mal descanso y el dolor anímico, comenzaba a tomar contacto con su triste realidad, lentamente. La idea con que se había dormido regresó para atormentarlo otra vez.

¿*Cómo* empezaba a buscarlos? ¿Habían regresado a Londres? En el fondo, no creía que lo hubieran hecho. Era el lugar más obvio donde él los buscaría. Pero, tal vez, no se trataba de ocultarse sino simplemente de...*abandonarlo*. Porque no había sido perdonado. Porque seguramente, Gail seguía sospechando de un amorío entre él y Victoria y el dolor manifestado por su muerte era una afrenta imposible de soportar para ella.

Sólo él sabía que Gail se equivocaba. Y, como parecía que la claridad del día le devolvía cierta capacidad de pensar de un modo diferente y más racional, pronto se dijo que no tendría que hacer ningún esfuerzo para dar con su familia. Sin dudas, Gail volvería a contactarlo, simplemente para pedirle el divorcio. Si se detenía en esta idea lo suficiente, le encontraba todo su sentido: esto sí que sería algo propio de Gail, siempre dispuesta a tomar decisiones fuertes. Se había marchado sin dejarle siquiera una carta de despedida. Le arrebataba a su hijo, desconociendo sus derechos sobre Joel. Y todo lo había hecho sin que un solo gesto, ni una sola actitud la hubiera delatado en los días previos. Se había limitado a esperar por el momento apropiado…

Quizás debía aprender de eso y aguardar él también por su propia oportunidad. Si se desesperaba y regresaba a Londres en las condiciones anímicas en que ahora se encontraba, sólo mostraría debilidad. Sabía cómo funcionaba todo eso porque ya lo había vivido después del accidente. Todo el mundo se acercaba a uno, cargado de una conmiseración que nadie les había pedido.

Tal vez Russ y Carl se comportarían de un modo diferente. Eran sus amigos y, seguramente, saldrían a respaldarlo en un momento como éste. Pero ¿acaso ya no los había fastidiado bastante con su conducta errática y desquiciada? Hasta era probable que, aun sin decírselo, terminaran tomando partido por Gail. Al menos, no iba a resultarles tan extraño que ella lo hubiera abandonado.

Desde luego, también estaba Joel, a quien ya echaba de menos entrañablemente. En este punto de su pensamiento, cierto rancio rencor lo invadió, al recordar cuánto había hecho él para acompañarla en su propósito indeclinable de ser madre, aun contra su voluntad en determinados momentos, excesivamente temerarios a su entender. ¿Y así le pagaba? ¿Arrancándolo de su lado?

Un dilema se apoderaba de Nick frente a todos los acontecimientos. No obstante, comenzaba a creer que lo mejor, en medio de aquel desastre, sería tomarse más tiempo para decidir sus próximos pasos. Nada que hiciera *en caliente* le serviría como solución o como paliativo. De momento, iba a permanecer en Carven Hills. Quizás no era la mejor decisión, pero sabía que no se encontraba en condiciones de actuar en ningún otro sentido.

No había abandonado aún la cama, y en parte disfrutaba de la suave calidez que le llegaba, después de haber sufrido el terrible frío de la noche. Era una sensación que lo ayudaba a pasar lista a sus reales opciones, en medio del caos en que se había convertido su vida. Pero no iba a ceder a esa idea…

Busca con una mirada que lo abarque todo a tu alrededor…

Bien. ¿Con qué contaba verdaderamente en ese momento?...Además de la fotografía de Thomas Neville que había guardado en su maletín.

Desechó el pensamiento y se incorporó en la cama con buena agilidad, a pesar del entumecimiento de sus músculos.

Conocía a alguien en el lugar: a Lavinia Morgan. Ya tenía allí un modo de relativizar su soledad. La casa era un desastre, pero tal como dijera el viejo Hornfeld, el dormitorio –salvo detalles– era uno de los ámbitos rescatables. Y el frío no volvería a ser un problema puesto que la caldera funcionaba.

El enorme refrigerador en la cocina estaba atestado de alimentos que habían comprado antes de instalarse. Podía pasar un mes completo sin preocuparse por la comida. Allí había desde piezas de carne congelada, cartones de leche de larga duración y panes envasados en bolsas plásticas, hasta latas de conserva y cajas de todos los tamaños, con su riquísimo y poco saludable contenido.

Sólo estaba ese tonto detalle acerca de no haber preparado ni una sopa de lata, jamás en su vida. Pero nunca era demasiado tarde para ciertos aprendizajes. Además, tampoco la cocina era el peor lugar de la casa. Si sabía mantenerla limpia y se proponía quitar toda la grasa acumulada en su viejo horno a leña –que hacía las veces de un buen detalle decorativo- quizás, sólo quizás, su vida cotidiana no terminaría siendo tan desgraciada allí.

Hasta era posible comenzar a pensar en darle forma a su próxima novela... Seguro de tener por delante, un día muy atareado, se decidió por lo primero: tomó su teléfono celular y llamó al estudio de arquitectura. Si en algún momento optaba por vender la casa, era consciente de que no sería tan sencillo encontrar un cándido comprador como él lo había sido. Lo mejor sería empezar con las dichosas refacciones, de una vez por todas. En ese momento, insuflado de un extraño optimismo, creía a pies juntillas que esa gente nunca se había tomado la molestia de intentar "desembarcar" en Carven Hills. Lo más probable era que estuviesen atiborrados de trabajo y hubieran tomado más compromisos de los que podían llegar a cumplir.

_ No hemos podido dar con ese lugar en el que vive, señor Troiano. Cuanto menos con la casa. Y su teléfono sólo avisa que la línea está fuera del área de cobertura de llamadas...

Ya se lo había dicho Russ en una oportunidad y también había olvidado reclamar por esto.

Sí, en realidad, se habían perdido. Esa era la única razón por la que nunca llegaron hasta allí.

_ Ayer estuve en Londres _ aseveró Nick, con incomprensible firmeza en su voz _ Me llevó menos de hora y media regresar aquí, en tren. ¡No estoy del otro lado del mundo!...

_ Lo siento. Debimos perdernos.

_ Estaré de regreso en la ciudad la próxima semana _ dijo, recordando su cita con el doctor Ferguson _ Les acercaré un plano del lugar. No podrán equivocarse esta vez.

Y él no podía volver a olvidar hacerlo.

Su segunda llamada fue a la compañía telefónica. Tal vez tuviera suerte –aunque no era algo de lo que podía jactarse en ese día- y alguna voz humana le respondiera, después de hacerle marcar todas las opciones. Pero lo único que pudo conseguir fue cierta "promesa" sobre la atención de su problema a la brevedad posible, hecha por un mensaje grabado, poco confiable. No le quedaba ninguna certeza de que, efectivamente, iban a ocuparse de él.

Lleno de repentina rabia, arrojó el teléfono sobre la cama, mientras sentía que aquella contrariedad se convertía en lo peor que estaba ocurriéndole. Una vez más lloró, deshecho en su dolor.

Cuando logró desahogarse, su mente quedó despejada hasta un límite insospechado.

Sólo se dijo *"manos a la obra"*...

CUATRO

La mujer que sonreía al otro lado del escritorio de Morris Brewster, era joven y atractiva: dos sólidos motivos para que éste se deshiciera en atenciones.

Hablaba con cierto acento francés un poco altisonante, lo que parecía provocarle algún esfuerzo al pronunciar.

_ Es un verdadero placer recibirla en mi despacho, señora…

_ *Mademoiselle* Darcet. Monique Darcet.

_¡Oh, qué agradable noticia que una mujer tan bella permanezca soltera!

Las palabras de Morris Brewster la hicieron parpadear, entre halagada y perpleja. No deseaba haber dado con un "pelmazo" profesional pero, hasta cierto punto, el que lo fuera podía facilitarle las cosas. Una mujer tenía olfato para eso. De manera que sobreponiéndose a su primera impresión, trató de sonreír del modo más encantador posible.

_ Agradezco sus lisonjas, *Monsieur* Brewster… _ dijo en forma afectada, acentuando erróneamente las palabras _ Pero sólo estoy aquí por un asunto de negocios.

_ Lo sé _ admitió éste, sin perder su sonrisa almibarada _ Y también sé lo que se dice por allí: que no es bueno mezclar el placer con los negocios. ¿No es una regla excesivamente severa?

La mujer levantó sus cejas en un inevitable gesto de asombro.

_ No he venido por placer _ expresó, cortante _ Y no sé cuál es su idea de eso.

Pero al momento volvió a sonreír para confundir a un hombre que empezaba a sentirse avergonzado de sus inoportunos "avances".

_ Mil perdones, señorita…*mademoiselle* Darcet. Sé perfectamente porqué ha venido a verme. Y agradezco desde ya su visita…

Entonces, si todo estaba en su lugar y el principal experto en arte moderno del Museo Krull no volvía a desubicarse, la trama de aquel juego se ponía en marcha a partir de ese momento.

_ Estoy interesada en un lote de cuadros que fue expuesto en este museo en la primavera del año pasado. No recuerdo exactamente la fecha…

_ La fecha no es algo importante de recordar, *mademoiselle*. Pero sí al autor de las obras _ el señor Brewster la miró, por primera vez seriamente interesado _ Supongo que no le será necesario consultar nuestros catálogos…

Monique Darcet se movió incómoda, en su asiento. No podía pasar por una advenediza en el tema, sin levantar sospechas. De modo que rechazó la idea categóricamente.

_ Eso sería una verdadera tontería _ expresó con una voz en la que algo de su acento francés decayó, en forma imperceptible _ Sé perfectamente cuáles son las pinturas de mi interés. Pertenecen a una artista londinense, quizás sin demasiada notoriedad. Pero usted sabe que las cuestiones de suerte y el talento suelen ser bastante diferentes.

El señor Brewster se limitó a sonreír. No indicaba con ello si acordaba o no con aquel comentario.

_ Sé que en este caso, lo ideal sería preguntar directamente por la obra _ se explayó Monique _ Me imagino que es el modo en que su memoria debe tenerlo registrado.

Escogía con cierto cuidado las palabras, para no traicionarse en ningún sentido. Y él mostró una sonrisa con la que intentaba disimular su orgullo herido.

_ Puedo identificar cualquier obra en este lugar, cuadro, mural o escultura...*también* por el nombre de su autor.

__ Bien _ se apresuró a establecer Monique, sin pasar por alto el error cometido _ No fue mi intención descalificar sus conocimientos, *Monsieur* Brewster. Sólo quería asegurarme que los cuadros hayan sido firmados por su autora...del mismo modo.

_ ¿Del mismo modo? _ preguntó el experto, bastante sorprendido.

_ Usted sabe...acerca de ese mito sobre rúbricas diferentes o marcas en lugar de firmas, para evitar ser plagiados.

Morris Brewster asimiló el comentario y luego rió con ganas.

_ *Mademoiselle* Darcet... _ meneaba su cabeza al hablar _ No sólo son mitos sino tonterías. Ningún pintor moderno procede de ese modo.

_ Lo siento _ aseguró Monique, un poco consternada _ Debo haberme dejado influenciar por mi exceso de lectura sobre el tema.

Morris Brewster la observó detenidamente. Pero esta vez no lo hacía movido por sus apetencias sexuales. Una suave línea de sudor se había formado sobre el labio superior de la muchacha y su mirada no parecía segura acerca de dónde posarse. Era todo un indicio de nerviosismo inocultable, por lo que Brewster se preguntó qué razón habría para eso.

_ ¿Cuáles son los cuadros por los que está interesada, *mademoiselle*? _ preguntó finalmente.

_ Los de Gail Troiano... _ confirmó Monique _ He conocido algo de su obra en otro tiempo. Y así era como firmaba sus cuadros entonces.

_ No volvamos con eso _ la atajó Brewster _ "*Mujer mirando el horizonte*" lleva su firma.

_ ¿Y los demás cuadros?

_ No hay más. Me extraña que haya preguntado por un lote, ya que nuestro museo sólo cuenta con uno.

En realidad, todo lo que aquella mujer expresaba resultaba extraño para el señor Brewster.

Monique parpadeó varias veces. Algo llegaba a su comprensión bruscamente, helándole el corazón.

Su tarea recién comenzaba y sería muy ardua. Tendría que rastrear el resto de las pinturas que, obviamente, habían sido enviadas a otros museos. Sonrió casi para sí. ¿Cómo no se le había ocurrido? Si se trataba de *pistas* «y ésta era la palabra que recordaba haber escuchado» debió suponer desde un comienzo que las pistas no se reunían en un mismo lugar, puesto que eso equivalía a resolver el misterio de una sola vez.

Algo de su decepción fue observada por Brewster que le salió al paso con una pregunta un poco altisonante para su gusto.

_ ¿Es usted una de esas aficionadas al arte que desea comprar cuadros como pan envasado en el supermercado?

Monique sonrió a regañadientes. Percibía cierta venganza en aquella estocada y se imaginó que así era como devolvían los golpes a su orgullo ofendido, los expertos en arte.

Sabía perfectamente a qué se refería. Había quienes llenaban sus pinacotecas con las pinturas más caras y mejor cotizadas, adquiridas en las subastas de Sotheby's, sin tener la menor idea acerca de su valor artístico. Sólo les interesaba figurar entre los adquirientes de las piezas de arte más importantes del mundo, como aquéllos que compraban libros por lotes, sin tomarse jamás el tiempo de abrir uno solo de ellos, interesándose únicamente por la notoriedad de los títulos y sus autores. Y por lo bien que lucían en sus hermosas bibliotecas.

Monique acababa de comprender que podía ser fácilmente confundida con una tonta *snob* de ésas. En fin, dadas las circunstancias, se sentía capaz de aceptar el papel sin demasiada preocupación.

_ Pertenezco a ese grupo – admitió, decidida a zanjar el asunto cuanto antes _ Era inevitable que usted lo descubriera.
No obstante, diré algo a mi favor: soy de la clase de los que terminan apreciando lo que compran, sin proponérselo.
_ Supongo que así ha de ser, *mademoiselle*…
Pero nadie engañaba de una manera tan sencilla a Morris Brewster. Ni siquiera una muchacha que le apetecía. Aun los de "ese grupo", como ella los llamaba, solían estar mejor informados acerca de lo que deseaban comprar. Monique Darcet no sólo contaba con datos erróneos sino que ni siquiera conocía la obra de Gail Troiano. Algo que se notaba desde muy lejos. ¿Y por qué esa artista, precisamente?, se preguntó de pronto. Brewster reconocía su talento y su incipiente notoriedad pero también sus prolongadas ausencias en el recorrido de su obra, creía que por razones de salud, según había escuchado comentar. Por otra parte, de ahí a dar por cierto que su tarea artística era lo que podía interesarle a una consumidora pragmática del arte…Estos siempre empezaban desviviéndose por algo de Picasso, Degas y, en ocasiones, gastaban fortunas en la subasta de un Lautrec. Pero ¿*un* Troiano? No tenía sentido para él.

_ Ha escogido usted a una artista joven, adepta a cierto estilo del movimiento impresionista _ dijo, por último, aguardando comentarios por parte de Monique.

Pero éstos nunca llegaron. Ella se limitó a mirarlo lánguidamente, hasta que él abandonó su escritorio y la invitó a imitarlo.
Entonces, haciéndose a un lado, le indicó el camino con un gesto cortés de sus manos.

Lo que esa muchacha buscara realmente, no era asunto de su incumbencia…

Cuando una hora más tarde, Monique Darcet regresó al hotel en el que se alojaba, gran parte de sus propósitos se habían cumplido.

Traía consigo *"Mujer mirando el horizonte"* «que, a decir verdad, no le había parecido gran cosa» y había salido airosa de la mayor parte de sus incomodidades en el Museo Krull.

El hecho de haberse preparado para parecer una experta en obras de arte y terminar convenciendo a Morris Brewster de que sólo se trataba de una patética y frívola "ricachona" de gustos ordinarios, no había sido finalmente, sino un corolario de detalles interesantes para su historia.

Había escogido un bello nombre que ella creía le sentaba a su personalidad y no podía ignorar cuánto había impresionado al experto del museo. Quizás, esto y su seguridad de que se trataba de una tonta muchacha rica en busca de "marcas de clase", habían contribuido a que el señor Brewster prestara por último su colaboración en la dura tarea de encontrar los lugares de exhibición de los restantes Troiano.

Sus contactos parecían diversos y fluidos. De modo que sólo bastaron cuarenta minutos para conocer el destino del resto de los cuadros.

Brewster se había basado en un radio de cuatro ciudades cercanas a Londres que abarcaba sólo ésas cuyas galerías de arte él consideraba que, por sus características, podían haberse interesado en la obra de Gail Troiano. No eran de gran renombre ni las principales del lugar, pero sí aquéllas abiertas a nuevas experiencias del arte en general, como el Museo Krull. Este comercializaba, básicamente, una parte de sus obras en exposiciones artísticas altamente populares, entre los aficionados al movimiento pictórico moderno.

Gracias a los conocimientos del experto en arte, su intuición no había fallado y sólo cometió un error con Portsmouth, fácilmente subsanable. Pero Monique comprendió de inmediato porqué esta ciudad había sido "salteada" por Gail Troiano, en el recorrido realizado para exponer sus pinturas, en diferentes lugares.

El precio del cuadro adquirido no le había parecido particularmente accesible, pero a riesgo de delatar su verdadera condición, no se permitió regatear ni un penique.

De todos modos, había una pequeña fortuna con la que ahora contaba y la causa que la movía, justificaba gastarla en ella.

Iba a tomarse el día siguiente para viajar a las ciudades cuyos museos…Bueno, en realidad recordaba que Brewster no había podido evitar corregirla una vez más, explicándole la diferencia entre "museos" y "galerías de arte", así como la de "cuadros" y "pinturas".

En fin, lo que haría sería visitar aquellas *galerías de arte* que exhibían la obra de Gail Troiano y, además, lo hacían con fines comerciales.

Ahora, mientras se rectificaba a sí misma en aquel error recurrente, pensaba que era posible que, al finalizar la extenuante jornada del día siguiente, tuviera en su poder la colección completa por la que tanto interés había demostrado ante el experto.

Desembaló el cuadro y lo ubicó sobre el respaldo de un amplio sofá, bañado por la escasa luz que llegaba desde el ventanal. Allí apoyado, parecía apenas la obra de un ignoto bohemio con algo de talento.

Monique destapó una botella de agua mineral y mientras la bebía, se tomó el tiempo para observar la pintura; en algún lugar escondía su secreto, la *pista* que ella buscaba. Algo que debía encajar con el resto, cuando se reuniera con los otros cuadros.

¿Por qué había sido tan torpe para no ocuparse de un detalle tonto como la diferencia entre un museo y una galería de arte? La pregunta le surgía casi al modo de un reproche. ¿Acaso esto no contribuía a profundizar en el verdadero *hándicap* de alguien que se hacía llamar nada menos que "Monique Darcet?

Sonrió para sí, agradecida porque Morris Brewster hubiese terminado siendo tan condescendiente con ella...Aunque sus razones para esto saltaban a la vista.

Y en la mañana siguiente, muy temprano, partió hacia su complicado periplo, con un mapa de rutas sobre la falda.

Era otoño en Inglaterra y éste no pasaba desapercibido mientras atravesaba la inhóspita campiña, por sus estrechas carreteras. Monique había vivido mucho tiempo en el soleado sur francés y había olvidado las inclemencias del clima de su país, en aquella época del año. El verano solía despedirse en forma brusca, bajo una interminable y fría temporada de vientos y lloviznas.

Mientras el desolado paisaje la envolvía con sus grises difusos, aun sin proponérselo, su mente regresaba al cuadro de la artista...

Estaba pintado en vivos colores y con un inconfundible apego por mostrar una naturaleza intensa y maravillosa, bajo la mirada de una mujer que, a pesar de haber sido pintada de espaldas, no dejaba dudas acerca de su identidad. Al menos, para ella.

Llevaba consigo el efectivo suficiente y necesario, dispuesta a pagar los exorbitantes precios que le propusieron. Ni siquiera en las comunicaciones telefónicas del señor Brewster, se permitió introducir la pregunta acerca del dinero, para que él, a su vez, la transmitiera. La expresión *"como pan envasado en el supermercado"* aún resonaba en sus oídos y aunque hubiese podido resultar ofensiva, servía para fortalecer cierta idea que los demás debían forjarse acerca de ella. No quería equivocarse en este sentido y el nombre de Monique Darcet tenía que serle útil, una vez más.

Había leído por allí, mientras se preparaba para aquel delicado asunto, que la comercialización de segunda mano era la que, en ocasiones, encarecía ciertas obras de arte cuyos autores no pertenecían a la *élite* de los más renombrados. Pero los expositores preferían realizar su oferta a los artistas en forma directa, antes de sus muestras y contar así con cierta documentación en regla, al momento de la exhibición. Esta cesión de derechos encubierta se tomaba como práctica de rigor en aquellos círculos.

Simplemente, compraban cuadros y esculturas como productos de mercado para evadir impuestos sobre objetos suntuarios. Nadie perdía con el acuerdo: sólo se comercializaba aquello que podía *ubicarse* con cierta facilidad. Y rara vez tal apreciación fallaba.

Aunque algunos sostenían que esto era una exigencia de los propios artistas, ya que se hacía con el único fin de paliar las pérdidas en caso de que las hubiera, poniendo a buen resguardo cierto sentido de "inversión" que, por lo general, sus "mecenas" respetaban. Luego, el precio tomaba la forma que los expositores juzgaban pertinente.

Pero Monique sabía que aunque gastara hasta el último penique heredado, lo haría con gusto. No se detendría hasta dar con las pruebas que necesitaba. Porque en eso había consistido su promesa…

Mientras conducía rumbo a Canterbury –su primer destino– en el *Nissan* metalizado que había alquilado esa misma mañana, aquel recuerdo llegó hasta ella como un trallazo en medio de la noche…

Estaba frente a la tumba de su hermana, conteniendo las lágrimas y sin dar crédito a que los hechos se hubiesen sucedido de aquel modo. Apenas había transcurrido un mes de su llamada desde Londres, y ahora ella estaba muerta. La desesperación plasmada en su voz permanecía en su memoria, inamovible.

_ ¡Regreso a casa! ¡Todo esto se ha vuelto inmanejable! ¡Necesito verte!

"*Victoria…muerta*". Sus labios temblorosos susurraban aquella frase como si no perteneciera a sus propios

pensamientos. Como palabras salmodiadas que no llegaban a conectar con ella misma. Y que la llevaba, fatalmente, hacia un dolor que la asediaba y descorría sin piedad, el velo de su conciencia. Todo eso le había ocurrido en un proceso lento, angustiante…hasta que llegó el momento de la comprensión.
Pero esto nunca trajo resignación a su vida.

Ahora sólo la consolaba saber que iba a hacer cuanto estuviera a su alcance para vengar su muerte.

Asimismo, recordaba a Victoria abriendo la puerta de la vieja y oscura casa en los suburbios de Southampton, una tarde de verano, para arrojarse a sus brazos y terminar así con la separación y la distancia que las había desunido durante mucho tiempo. Se veía inmensamente feliz en aquel momento…

Ella se había marchado a Francia siendo aún muy joven, empeñada en triunfar como modelo en las pasarelas de las casas de alta costura.
Una parte de su sueño se había cumplido. Pero, como todo sueño, contaba con un lado oscuro, indescifrable, que se desvanecía lentamente, al despertar. Y, por fortuna, ella despertaba todavía, todas las mañanas de su vida.

Susan Marville siempre había sabido cómo enfrentar el mundo, a partir de aquel cotidiano y sencillo acto de ponerse en marcha cada día, por su sustento. Para cualquiera que creyera que esto no era sino el delicado mecanismo de la supervivencia funcionando aceitadamente, no conocía el significado de la palabra *depresión*.

Lejos de su familia y aún en vida de su madre, había decidido ocultarles a todos su padecimiento. Consideraba que los tratamientos psiquiátricos y la medicación iban a hacer su efecto algún día, para sacarla de ese insoportable infierno.
En ocasiones, sentía que se esperanzaba infundadamente, pero el hecho de permitirse luchar cuando lograba salir de sus peores momentos, era algo bueno en sí mismo, según su médico.

Y para ella, esto funcionaba muchas veces como la luz al final del túnel.

No había hecho verdaderos amigos en Francia y esta situación podía transformarse en una catástrofe, cuando uno se encontraba viviendo en un país extranjero. Pero ella solía remediar la soledad con trabajo y, además, se percataba que cuando su ánimo decaía y comenzaba a ver la vida tras un cristal empañado –como solía decir de su enfermedad- entonces estar sola era lo mejor que podía ocurrirle.

En cierta ocasión, había habido alguien especialmente interesado en arrancarla de su permanente melancolía. Pero aquella relación, como tantas otras en su vida, no había prosperado porque su necesidad de apartarse del mundo, la llevaba a abandonar cualquier intento de enamorarse. Al menos, nunca lo había experimentado como un sentimiento auténtico, si bien aquella vez había estado lo suficientemente cerca como para advertir que se estaba perdiendo de algo muy bueno y que estaba allí para mostrarse inasible para ella. Era el precio de vivir en la orilla equivocada de su *Leteo*...

De todos modos, ya no tenía demasiada importancia y el recuerdo era como si aquello le hubiera ocurrido a otra persona.

Cuando su madre murió, después de algunos años de lenta agonía, soportó estoicamente los reproches de Victoria por no haber hecho más que tomar distancia del dolor, tratando de ayudar a sobrellevarlo nada más que a través del envío de dinero y haciendo llamadas telefónicas casi impersonales.

Esta situación había provocado cierto enojo en su hermana, y como ella se sentía incapacitada para hablarle de su enfermedad –algo que, en el fondo, la avergonzaba profundamente- el malestar se instaló entre ellas y duró un largo tiempo. Demasiado tiempo, según su apreciación…

No obstante, como todo lo que se intenta construir con odio sobre los cimientos del afecto, aquella "obra" jamás se concluyó. Y cuando Victoria se enfrentó al más trascendental acontecimiento de su vida, fue inevitable comunicárselo a su hermana.

Una llamada intempestiva la había despertado en medio de una noche…

_ ¡Serás tía! ¡Serás tía de un niño! _ gritaba del otro lado de la línea, arrancándola de las tinieblas del sueño.

Susan se había incorporado en la cama, como impulsada por un mecanismo ajeno a su cuerpo.

_ ¿Vicky? _ preguntó, temerosa de estar recibiendo una llamada equivocada _ ¿Eres tú?

_ ¡Claro que soy yo!

_ ¿No tienes idea de la hora que es?

Al momento se arrepintió del reproche. No era un buen comienzo para retomar una conversación interrumpida hacía ya más de un año.

_ Aquí en Southampton son las cero y cuarenta. ¿Qué hora es allá?

Lo que trasuntaba su voz indicaba que había decidido tomar la pregunta de un modo literal y no estaba dispuesta a desmoralizarse por ello. Susan fue abandonando su somnolencia para empezar a compartir la misma alegría que Victoria le transmitía. No sólo por la noticia que acababa de darle sino porque de este modo terminaba con ese horrible tiempo de distanciamiento, de una vez por todas.

Viajó a Southampton al día siguiente para interesarse en los pormenores del tema. Se abrazaron, zanjando todas las diferencias. Pero, al concluir Victoria de confiarle todos los detalles, ella dejó de comprender la razón de tanta euforia.

_ No serás la madre de ese niño _ dijo, tajante.

Cuando al momento siguiente, Victoria pudo asimilar sus palabras, toda la magia del encuentro huyó por la ventana.

_ No lo seré en un sentido…técnico _ se defendió débilmente, sin siquiera estar segura acerca de haber empleado la expresión correcta _ ¡Pero voy a engendrarlo en mi vientre!

_ ¡No lo serás en ningún sentido! _ La corrigió Susan _ ¡Y no entiendo cómo has podido enredarte en algo tan sórdido!

Los bellos ojos de Victoria se llenaron de lágrimas.

_ ¿Es todo cuanto vas a decirme? _ preguntó, empalideciendo _ "Sórdido" no me parece la palabra apropiada...

Le temblaba la voz y estaba a punto de echarse a llorar. Susan hubiera dado cualquier cosa por retirar aquel comentario. Comprendía que había herido a su hermana y se sentía absolutamente culpable de haber malogrado el reencuentro.

_ Lo siento, Vicky. De veras, lo siento... _ esperaba que su disculpa no llegara demasiado tarde _ ¡Es que me has contado una historia increíble! Creo que no he logrado asimilarla aún.

Victoria se dispuso a sincerarse. En parte, entendía la ofuscación de su hermana y le parecía el momento adecuado para poner los hechos en perspectiva.

_ Lo hago básicamente por una cuestión económica _ dijo, encogiéndose de hombros _ Mis finanzas no están en su mejor momento. Pero, claro, también me ilusiona la idea de ser madre. ¡No puedo evitarlo!

_ No lo hagas... _ era casi una súplica.

_ ¡Está bien! ¡Está bien! _ se apresuró a establecer Victoria, temiendo que regresaran los reproches _ No volveré a decir que seré la madre de ese bebé...

_ Aunque lo digas...no lo serás _ Susan no ocultaba cierta amargura _ Esta gente rica y lo suficientemente excéntrica para alquilar un vientre donde engendrar a su propio hijo, nunca va a permitírtelo.

_ Son personas agradables...

_ ¡Tienen que serlo, forzosamente! Necesitan de tu aceptación. Todo será diferente cuando nazca el niño. Ya lo verás...

Pese a la advertencia, ambas trataron de transformar su diálogo en el agradable encuentro de dos hermanas que se debían confidencias de mucho tiempo atrás. Victoria habló acerca de los estudios médicos a los que debía someterse en el Centro Rootsinal y del contrato que iba a firmar con los Troiano, aceptando las cláusulas de restricción a la maternidad. *"¿Lo ves?, le había recriminado Susan," te atarán legalmente de pies y manos"*. Y luego le contó del éxito en su profesión y, como siempre lo había hecho, calló todo lo relacionado con su lucha contra la depresión.

_ Necesito que estés a mi lado cuando nazca el niño...

Aún recordaba aquel pedido de Victoria y su promesa de cumplir con él. Pero no lo había hecho. Cuando su hermana le comunicó que había llegado el momento del parto, ella estaba en París tratando de decidir entre subir a una pasarela, para modelar en uno de los desfiles de moda más importantes de la temporada, o vaciar en su garganta un frasco completo de somníferos.

Una vez más, la vida la alejó de su querida Vicky.

Susan siempre echaba las culpas a la vida porque ésta jamás le reclamaba por ello: su aliada era su enemiga.

Sus compromisos profesionales la obligaron a estar ausente el tiempo suficiente para no llegar a conocer al niño. Sólo recordaba que se llamaba Joel y había decidido no construir lazos de familiaridad *ex –profeso*, porque esos lazos eran inapropiados.

Al principio, Victoria había retornado a sus reclamos acerca de su comportamiento, pero finalmente había sido ella misma quien abandonara la empresa, por infructuosa.

Volvieron a verse cuando Victoria estuvo de regreso en Southampton, después de comunicarle que la relación con los Troiano, construida sobre el hecho de haber engendrado a su hijo, había transformado su vida en un inesperado aquelarre. Pero Susan nunca había sospechado hasta qué punto las palabras de su hermana no hacían más que reflejar la realidad. Por lo que aceptó viajar a su encuentro, en un intento por consolarla.

Por alguna razón, mientras Victoria manifestaba su decepción por el final de la relación y el dolor que le había causado desprenderse de la compañía de Joel, Susan evocaba un tiempo maravilloso de sus vidas, en que todo había poseído la perfección de las promesas que luego fueron incumplidas. No era sino aquel tiempo de la infancia, del que sólo quedaba el recuerdo y la nostalgia: el tiempo de la felicidad en estado puro, aunque por ese desacomodamiento que siempre se empeña en constituirse entre lo real y lo imaginario, Susan nunca se había percatado de que lo estaba viviendo y que era, además, irrepetible.

El presente era, en cambio, tan desalentador...

Las personas con las que se encontró en Canterbury y luego en Dover y Brighton, ya sabían de su llegada a través de los contactos telefónicos establecidos por Morris Brewster. Y desde luego que esto le fue de gran ayuda. Todos aguardaban por "Monique Darcet" y conocían de antemano las pinturas por las cuales ella se interesaba...aunque de cierto modo ramplón.

El nombre escogido para mantener el anonimato no había sido sólo un intento de lograr adquirir algo de excentricidad para moverse en un círculo que le era desconocido. Era mejor andar con cuidado, sin despertar las sospechas de Gail Troiano bajo ningún punto de vista.

Si en algún momento, esa peligrosa mujer llegaba a saber que alguien, finalmente, estaba dispuesto a descubrir el misterio que encerraban sus pinturas –algo que le había costado la vida a Victoria- ella estaría en graves problemas.

Suponía que los artistas siempre estaban al tanto de la venta de sus cuadros, de manera que su temor no era para nada infundado. Lo más probable era que su nombre ficticio no despertara sus sospechas. Pero, si acaso lo hacía, no llegaría con ello a ninguna parte. Porque Monique Darcet, simplemente, no existía...

Las pinturas se apilaban ahora sin ningún orden, en el maletero del *"Nissan"*, y sin que les hubiera prestado demasiada atención al momento de decidir su compra. No era que "Monique Darcet" estuviera profundizando su rol de *snob* poco entendida en el tema, sino que sólo con mirar aquellas pinturas comprendía que las pistas no eran algo que estuviese puesto allí, sobre la tela, para ser descubierto con cierto rigor de observación. Sencillamente, *no eran* perceptibles a simple vista y comprendía por qué a Victoria se le había dificultado tanto su descubrimiento.

No obstante, intentaba formarse alguna idea acerca de la razón por la que el último de los cuadros había sido exhibido, precisamente, en Southampton. Esto no podía tratarse de una simple coincidencia...

Cuando regresaba a Londres, después de pernoctar en Portsmouth, llevaba con ella un gran sentimiento de desazón; algo que no le era en absoluto desconocido. Pero esta vez sentía que no se trataba de su enfermedad jugándole la primera mala pasada en una semana, sino que todo estaba en relación con el hecho de haber llegado al final de una parte de su promesa: la que le hiciera a su hermana, frente a su tumba.

Era toda una tontería haber escogido Portsmouth como el lugar donde pernoctar y descansar antes de continuar su viaje de regreso. Lo sabía pero no iba discutirlo con ella misma. Porque le parecía que si la ciudad no había sido elegida por Gail Troiano, seguramente era por la sencilla razón de darle un sentido a su elección por Southampton. Y no por un motivo de desinterés artístico, como había sugerido Brewster, desde una perspectiva más ingenua.

En Portsmouth, Susan guardaba la impresión de hallarse en un lugar incontaminado por la maldad de aquella mujer, aunque esta idea no fuera más que un detalle de su neurosis, al que no podía desatender.

Y esa noche, logró descansar plácidamente, en un pequeño hotel de la ciudad...

No obstante, de regreso a Londres al día siguiente, todo comenzó a adquirir el color de la complicación. Allí estaban en su poder, finalmente, los cinco cuadros de una colección de pinturas que sólo mostraban pinceladas de una bella y colorida naturaleza. Y también rostros, figuras y hasta un interior...

Era seguro que algún entendido podría decir algo acerca de su técnica y su estilo impresionista, y del brillo logrado en los pigmentos del color. Para ella se trataba sólo de una difícil charada: nada menos que eso.

_ Nick me suplicó que abandonara Londres... _ los recuerdos regresaban y evocaban las palabras entrecortadas de Victoria, en medio de prolongados sollozos _ ¡El sabía que su mujer estaba intentando hacerme daño!

_ ¿Cómo es posible, Vicky? ¡Tú sólo fuiste bondadosa con ella! ¡Fuiste francamente magnánima!

Susan no había podido terminar de aceptar que esto se hubiera convertido en una sentencia para su hermana.

_ ¡Gail enloqueció de celos y todo el tiempo creyó, injustamente, que intentaba robarle el cariño de su familia! ¡El odio que le inspiro es sencillamente enfermizo!

Las pinturas habían quedado aún embaladas, apiladas y en desorden sobre su cama. Recordaba vagamente haber fingido cierta admiración, en lugar de sentirla, cada vez que accedía a una de ellas. Un grave prejuicio se interponía entre ella y la obra, dificultándole ejercer su objetividad sobre el talento de la autora. Susan sabía que Gail Troiano era una asesina...

Con lentitud premeditada, comenzó a desenvolver uno a uno los cuadros. Todo el papel desechado había sido arrojado al piso, desordenadamente. En cambio, dispuso las pinturas sobre la cama, con verdadero celo. Se sentía en vilo, porque lo que buscaba en su contemplación, no era para nada evidente.

Sin embargo, ella sabía que estaba allí, en alguna parte, y podía significar la diferencia entre la impunidad de una muerte y la comprobación de un crimen.

CINCO

Nick contaba con su propia promesa. Se la había hecho a sí mismo y no estaba dispuesto a causarse un desengaño. Ya no soportaría ninguno más. Pero ese día se dedicó a planificar la continuidad de su vida en Carven Hills. Recién cuando todo esto cobró forma en su mente, pudo relajarse preparándose para el trabajo que le aguardaba de ahí en más.

Barrió, fregó y trapeó. El olor penetrante del agua de lejía invadía el piso y los azulejos de la cocina. De un tirón se deshizo de las enmohecidas cortinas de cretona que cubrían las ventanas con vista al patio trasero de la casa e impedían, además, contemplar todo el paisaje que se extendía más allá de los meandros del lejano río.

Le dedicó algún tiempo a observar un panorama que, hasta el momento, no había llamado su atención. La lejanía y el clima generaban una desdibujada línea brumosa sobre aquel río, del que ráfagas de viento arrancaban indómitas oleadas de agua espumosa y sucia. El efecto, desde la casa, era de una niebla baja y ligera que terminaba internándose en un pequeño bosque, de apretada oscuridad.

No obstante, hacia un lado de éste, podía verse nítidamente el campo de girasoles que precedía a la casa de paredes descoloridas que él había identificado como el hogar de Lavinia. De modo que llegó a la conclusión que la distancia que había cubierto en dos ocasiones con su "*Dodge*", se veía en perspectiva, mucho menor, cruzando el río.

Abandonó la idea y se volvió hacia el horno a leña. Encendió una pequeña linterna que guardaba en un cajón de la mesada, para examinar su interior. Sólo esperaba no encontrar allí los desagradables restos de alguna rata, muerta en su escondrijo.

Lo miró detenidamente para darse cuenta que se trataba de un real desastre. La grasa de años –*verdaderamente* de años– cubría el piso de piedra y sus paredes internas. ¿No se suponía que esos artefactos se utilizaban sólo para hornear el pan? Era obvio que quienes habían vivido allí en el pasado, se habían alimentado a base de una dieta alta en proteínas que, seguramente, se las proporcionaba su afición por la caza. Ni las ratas escogían aquel pringoso lugar para hacer sus nidos...

Aún se destacaban cenizas dispersas y pequeños trozos de madera ennegrecida y tiznada por la combustión. La mayoría de ellos estaban atrapados en la untuosidad de la superficie donde se apoyaban, de manera que Nick tuvo que hacer algún esfuerzo para quitarlos. Pero, entonces, algo atrajo de pronto su atención...

En un rincón, junto a la portezuela de hierro, las cenizas y el resto de algo que allí se había quemado, se veían recientes. Su estómago se contrajo de puro disgusto. No recordaba a Gail cocinando nada respetable por aquellos días, pero acaso... ¿era posible que lo hubiera intentado sin tomar en cuenta un mínimo gesto de higiene? Si eso era lo que había ocurrido, entonces tenía que agradecer que el destino final de aquella cena hubiera sido, sencillamente, quemarse y ser arrojada al cubo de la basura.

Pero al acercarse a mirar con más detenimiento, se percató que no se trataba de restos de comida sino de algo que se había quemado a medias y tenía el aspecto de papel de bloc. Algo lo suficientemente moderno para no formar parte de aquel conjunto de pegajoso desastre.

Lo tomó entre sus manos y, al momento, le resultó familiar. Por mucho que se negara a aceptarlo, era... ¡lo que quedaba de la fotografía de computadora de Thomas Neville!

Un escalofrío le recorrió la espalda. ¿Cómo había llegado hasta allí? Y lo que era aún peor de preguntarse... *¿Quién?* ¿Quién la había llevado hasta el horno y la había quemado? ¿El monstruo que acechaba en la oscuridad?

Una sonrisa nerviosa no tardó en dibujarse sobre sus labios tensos. No iba a ceder a preguntarse semejante tontería. La verdadera razón para que esto hubiese ocurrido sólo tenía que ver... ¡con que había *alguien más* en la casa!

Quizás, Gail no había abandonado Carven Hills, después de todo. Y se ocultaba allí, en alguna parte, para... *¿Para qué?* ¿Para jugarle una mala pasada? La idea en sí misma era descabellada. Además, no podía andar buscando escondites mientras arrastraba a Joel con ella. El pequeño no comprendería ni aceptaría esa actitud por parte de su madre.

Gail quedaba descartada. Entonces...otra vez la pregunta que lo aterrorizaba: ¿Quién?

Había visto lo suficiente en las últimas cuarenta y ocho horas de su vida como para atreverse a la más inverosímil de las respuestas.

"El propio Thomas Neville".

Era una posibilidad. Sólo que para que lo fuera tenía que aceptar una vez más que algo en el mundo se había desajustado, a su alrededor. Aunque él quisiera atribuírselo a algún desquicio, producto de su estrés.

Si así estaban las cosas, si se disponía a creer que todo formaba parte de lo que no estaba bien en su cabeza, entonces *también* era posible que él mismo hubiera quemado la fotografía y ahora no pudiera recordarlo.

Quizás se había vuelto sonámbulo o una parte de aquella amnesia residual que todavía le impedía recordar con claridad algunos hechos del pasado reciente, como consecuencia del accidente, se hubiese profundizado en lugar de mejorar, llevándolo a olvidar acciones específicas del presente.

Sí, todo era posible. Pero esto último lo horrorizaba tanto como lo otro. Cualquiera fuera la razón por la que el rostro de Thomas Neville había quedado reducido prácticamente a cenizas, lo llevaba hasta las puertas de un enigma insondable. O aún peor…de una trampa, a secas.

De una de la que no había escapatoria para él.

Las cortinas sobre el ventanal, que habían oscurecido el ámbito de la cocina, ya no estaban allí y ahora el lugar exhibía una luminosidad estridente y también algo chocante. Porque a pesar de la limpieza a que había sido sometida, esta nueva claridad intensificaba el estado deplorable de sus vetustas paredes y de los muebles un tanto desvencijados, con absoluta impiedad.

Nick se dijo que por mucho esmero que pusiera en el aseo del horno a leña, y aun comprando un bello cortinado de *voile* y pintura para remover aquel color desvaído de las paredes, sería muy difícil llevar esa cocina de su estadio de "cenicienta" al de "princesa".

¡Y la fotografía quemada tenía que dejar de preocuparle en ese preciso momento!

Cuando acudiera a su cita con el doctor Ferguson y pudiera hablar de toda esa retahíla de extraños acontecimientos, seguramente la tensión comenzaría a desaparecer.

Gail no iba a regresar y ése era un hecho concreto para él. Un incontrastable hecho de la realidad, de manera que lo más adecuado sería ocuparse de poner en condiciones aquella vieja y horrible casa, y recordar que ahora era…un hombre solo. Un hombre abandonado en un lugar tan desolado, como él mismo.

Pasó el resto de la tarde en el cobertizo, buscando cualquier herramienta que pudiera llegar a serle útil para llevar adelante algunos arreglos caseros. Al menos hasta que la cuadrilla contratada dejara de perderse estúpidamente. No dio con gran cosa y se desmoralizó frente a una caja de clavos totalmente oxidados, cuyo envase de cartón se deshizo al contacto con sus manos.

Luego, se dedicó a cortar algunos leños para acarrear a la casa y cuando el cansancio comenzó a hacerse sentir, decidió regresar. Estaba oscureciendo y un viento frío del este se escurría por debajo de su *jersey* de entrecasa, haciéndole desear un buen plato de sopa caliente. Era la hora de volver, sin dudas, en lugar de sentirse tentado de extender la mirada hasta el bosque y aguardar a que algo horrible surgiera de allí para perseguirlo, amparándose en la noche que caía. Era casi lo mismo que estar en el patio trasero de la casa de su infancia, sabiendo que su madre saldría a llamarlo nerviosamente. Pero nadie lo llamaría en esta ocasión y, entonces, cuando *eso* llegara, jadeante y enfurecido, él…simplemente moriría.

Por supuesto, la cena resultó un gran fiasco. Se sentía y era un verdadero cobarde en la cocina: sopa de lata que calentó mal y a medias, y se recalentó cuando intentó rectificar su error; un emparedado de tocino y queso que engulló sin saborear y una manzana que apenas mordisqueó.

Su cabeza era un mundo de pensamientos encontrados y tal parecía que éstos le habían quitado el apetito. A desgano, lavó todo lo usado, dispuesto a conservar el orden y la limpieza que tanto le había costado conseguir.

Si bien el horno seguía tan sucio como siempre, se prometió ocuparse de él, seriamente, por la mañana. De momento, necesitaba un trago y un buen reposo junto al fuego encendido en el hogar de la sala…

Intentó relajarse, apoltronado sobre un sofá que rechinaba bajo su peso, mientras se reencontraba una vez más con aquel versátil motivo por el cual la vieja casa volvía a convertirse en su hogar. Una fina sonrisa se formó en su boca, pensando que había sido Gail finalmente la que abandonara el lugar, a pesar de haber sido también quien se entusiasmara con él desde un comienzo.

La sonrisa cayó despacio por la comisura de sus labios. No había abandonado el lugar: ¡lo había abandonado *a él*!

Bebió de prisa su primer sorbo de whisky, sintiendo cómo le quemaba en la garganta. Estaba pasando un buen momento allí y lo mejor que podía hacer por sí mismo era impedir que los malos pensamientos lo abatieran. Tenía mejores cosas en qué pensar...

Con todo lo que le había ocurrido, no había vuelto a recordar, ni por una vez siquiera, la fortuna que aguardaba en su cuenta bancaria tras la firma de su contrato con Laszlo Glimbert. Ni siquiera había imaginado qué sentiría al ver plasmada en el celuloide, la historia de una de sus mejores novelas. O cómo sería llegar a eso que algunos llamaban, de cierto modo vulgar, "el pináculo de la fama".

Era increíble que aún no hubiera desembalado su *notebook* y que ninguna idea brillante hubiera comenzado a tomar forma en su agitada cabeza, acerca del argumento de una nueva novela. Parecía que el aire de Carven Hills no era tan inspirador, después de todo.

Aunque ideas podían sobrarle si las tomaba... ¡de su vida cotidiana No, no haría eso. Su estilo como escritor se definía por el género existencial y nada más lejos de esto, de todo lo absurdo que acababa de desplegarse a su alrededor. No perdería contacto con la realidad, no cedería tan fácilmente a los problemas. Lucharía por descubrir la explicación que parecía ocultársele de momento, y estaba seguro que el doctor Ferguson encontraría los hilos faltantes de aquella trama que estaba enloqueciéndolo.

Otra vez una sonrisa se instaló en su rostro, con su segundo trago de whisky. Algo parecido a cierta calidez que había olvidado sentir en mucho tiempo, se acomodaba en su ánimo, alentándolo a continuar en aquella línea de pensamiento.

De pronto, su idea más loca comenzó a girarle en la cabeza, como si hubiera estado aguardando allí, por su propio protagonismo. Y él, que acababa de descubrirla, se aferró a ella con toda la intención de no perderla de vista sobre la frontera de ningún olvido. ¿Cómo no se le había ocurrido antes?

Ya no se trataba tan sólo de que unos cuantos albañiles y pintores refaccionaran y pintaran los lugares más derruidos de la casa. Se trataba, *en efecto*, de devolverle todo su esplendor perdido; ¡de volverla a convertir en la casona señorial que, seguramente, había sido un siglo atrás!

Ahora que contaba con una verdadera fortuna, podía permitirse ser un nuevo rico, en Carven Hills. Ya disfrutaba por anticipado, de la expresión atónita de Gail y de su arrepentimiento por haberle pedido el divorcio «porque no tenía dudas acerca de que eso era lo que haría», cuando comprendiera de lo que se perdería.

Reconstruiría un solar completo para los juegos infantiles de Joel. Tiraría abajo el irrecuperable cobertizo y, en su lugar, haría erigir las haras donde descansarían sus caballos *pursang* con los que iba a lucirse entre sus amistades, en las cacerías que organizaría como final de fastuosas fiestas, en los fines de semana.

Y, si acaso había fantasmas dando vueltas por allí, los aceptaría en su vida. Después de todo, ¿qué otra cosa podían ser ellos sino seres luminosos, conmoviéndose en la liviandad de su mundo?

Con el tercer sorbo de whisky, ya tenía ante sí la idea acabada acerca de cómo luciría la casa, en su regreso a la lozanía del pasado. Y cómo luciría su vida en ella, rodeado de todo ese boato.

"No sé, no sé". Cierta parte de sus pensamientos le pedía mesura. "Tal vez no sea tan sencillo adaptarme a tanta soledad…"

Afuera había comenzado a llover y la lluvia, al golpear sobre los cristales de las amplias ventanas de la sala, comenzó a asemejarse a cientos de lánguidas manos llamando para entrar.

El fuego se había vuelto mortecino y amenazaba con apagarse si nadie lo atizaba. Pero Nick no estaba prestándole, ciertamente, atención. Sus sentidos parecían pendientes de otro asunto: de un ruido sordo y lejano que se extendía por fuera de la sala y no podía ser otra cosa más que… ¡alguien tratando de ingresar a la casa por la puerta del patio trasero!

Se incorporó a medias, lamentando no haber llevado consigo un arma. Demasiado tarde comprendía que si uno se decidía por vivir en un lugar como Carven Hills, no podía cometer el descuido de no contar con un rifle o una pistola, para casos como el que le estaba tocando enfrentar. ¡Alguien quería entrar a la casa y el ruido que lo delataba era cada vez más sonoro!

Seguramente, se trataba de un ladrón. Pero de uno lo bastante estúpido o inexperto como para meter tanto barullo imprudente. A menos que…

"No lo digas, Nick". Pero no hizo caso de sí mismo: "¡A menos que no se trate de un ladrón!"

Entonces, ¿quién? O ¿qué? ¿Qué era lo que causaba en él aquella seguridad acerca de un picaportes que se movía, un cristal que se había añicos, un pestillo que se corría, desaprensivamente?

Sin pensarlo, tomó el atizador con ambas manos y lo puso ante sí, de modo defensivo. Estaba sudando a mares cuando llegó hasta el borde de la pared que remataba en el ángulo del pasillo por el que se llegaba a la cocina. Este debía estar en penumbras, pero no era así. La luz brillante de los fluorescentes de la cocina se deslizaba sobre el piso de granito, hacia el final.

Nick sabía que no era el momento de preguntarse si había olvidado apagar las luces...O, si alguien había vuelto a encenderlas. Estaba atrapado en aquella circunstancia para averiguarlo, y eso era todo. Sentía el alivio de saber por anticipado que *su* monstruo de la oscuridad no podía estar allí, bañado por tanta estridente luminosidad. *"Uno para descontar"*, se dijo, sin percatarse de lo infantil y mágico de su pensamiento, como consecuencia del propio terror.

Tal vez era...Thomas Neville. Lo había seguido hasta la casa, había quemado su fotografía por puro odio, y ahora se movía en la cocina, con un gran cuchillo en la mano, dispuesto a...

"¡Dispuesto a nada!", fue el grito interior de Nick, aferrado a su cordura y al atizador, al momento de ingresar a la cocina iluminada.

Sus ojos se movían en todas direcciones, decidido a no dejarse sorprender por lo que fuese que estuviera allí. Por el rabillo del ojo controlaba un par de sartenes de acero que colgaban de sus ganchos, muy cerca de él.

Por algún motivo creía que si las veía mecerse suavemente, ya no dudaría acerca de que alguien las había movido al pasar. El soporte donde se sostenían era una viga de madera que hubiera permitido que esto ocurriera, pero se percató de que estaban completamente inmóviles. Por un momento, dudó en reemplazar el atizador por una de ellas, para utilizarla contra la cabeza de quien fuere, en caso de sentirse amenazado. También los cuchillos estaban en su lugar...

Y al volverse, con una mirada desorbitada que procuraba abarcarlo todo a su alrededor «las palabras de su canción infantil parecían aplicables a mil situaciones de su vida cotidiana y a ésta en especial», nada vio allí que lo perturbara.

Todo parecía estar en orden, excepto por los latidos de su corazón desbocado. Un enorme suspiro abandonó su garganta, mientras sus músculos tensos se relajaban. La explicación de lo ocurrido estaba ante su vista y alcanzaba para devolverle el alma al cuerpo. Una de las ramas de un viejo endrino, cercano a la puerta trasera, se había desprendido a medias, a causa del fuerte viento desatado y, al golpear contra uno de los paneles de cristal, lo había roto. Ahora éste aparecía esparcido sobre el piso de la cocina y eso era todo…

"*Fin del incidente*", se dijo. Y apagó las luces.

Ni siquiera notó el viento helado que penetraba en el lugar.

Nick regresó a la sala apresuradamente. No le gustaba la oscuridad que dejaba a sus espaldas, ni la que había atisbado furtivamente por fuera de la ventana desnuda.

El vaso de whisky aguardaba por él sobre la pequeña mesa junto al sofá, donde ya había dejado una aureola húmeda que se apuró a secar, para impedir que se formara una desagradable marca. Su mano quedó tendida en el aire, aferrando el vaso que nunca llegó hasta sus labios.

Vaso y contenido resbalaron hasta el piso y todo quedó volcado sobre una vieja alfombra con arabescos, mientras su mirada ascendía con lentitud premeditada hasta la forma de una mano cuyo contorno había quedado esbozado sobre uno de los cristales del amplio ventanal. Desde luego que sólo era posible haberlo hecho, apoyándola sobre el cristal, desde el interior de la sala, porque afuera llovía torrencialmente. ¡No había sido él! No recordaba haberse acercado siquiera a esa ventana…

Amaneció vestido sobre la desolada cama matrimonial, una vez más. En un primer momento, mientras parpadeaba desconcertado, le costó organizar sus incipientes pensamientos. En el preciso instante en que la realidad regresaba a él, adusta y cruel como era, comprendió que las fantasías tejidas sobre un nuevo presente para la casa, no tenían otro destino que desvanecerse como la oscuridad de la noche. Aquel entusiasmo no había sido más que el efecto provocado por la fiticia euforia del alcohol. Lo que iba a hacer, en verdad, era ponerla en venta una vez que se terminaran las refacciones.

Había dejado de llover pero el cielo permanecía encapotado. No era el día ideal para un paseo por el campo pero, de pronto, lo acuciaba el deseo de salir a respirar un aire menos enrarecido y aplastar en el lugar más recóndito de su mente, el recuerdo de una mano apoyada sobre un cristal y una fotografía quemada en el horno de la cocina.

"*Detalles sórdidos*", se dijo. Con los que no podía empezar su día.

Levantó los restos de vidrio del vaso roto en la sala y los del panel de la puerta trasera. Arrojó todo al cubo de la basura y salió por su paseo, sin haber pensado siquiera en un buen desayuno.

Lo que no había sido una idea al principio, se convirtió en el propósito de su caminata. Decidió acercarse hasta el campo de girasoles, vadeando el río, como si deseara comprobar que aquello era realmente un atajo hasta la casa de Lavinia.

Pensar en ella aligeró el torbellino en su cabeza. Su belleza extraña y apacible lo había atraído desde un primer momento. Por supuesto, no había querido detenerse a reconocerlo pero, ahora, cruzando aquel terreno a campo traviesa, mientras la hierba mojada y el lodo ensuciaban sus botas, un calor ardiente le ascendía desde las entrañas mismas, sin que pudiera negar cuánto la estaba deseando en aquel momento. Tanto que, no pudo evitar que un quejumbroso sonido abandonara su garganta, pensando en su insinuante cuerpo juvenil.

Se avergonzó enseguida de aquel malsano deseo. Era algo tan primitivo y visceral que su propio pudor lo rechazaba. Pero ya era demasiado tarde para impedirlo y así se lo indicaba un repentino dolor en la entrepierna, mientras luchaba contra aquella erección.

Se detuvo por un corto rato, encorvando la espalda, con sus manos apoyadas por encima de las rodillas. Se sentía como si hubiera llegado hasta allí, corriendo desde la casa y necesitara un minuto para reponerse. Mientras jadeaba, su mirada se detuvo en la mancha que se agrandaba sobre el pantalón y, consternado, cerró su chaqueta para cubrir el bochornoso espectáculo.

Con el cuerpo tembloroso y libre de la tensión que lo había sacudido un momento antes, continuó su marcha sin dejar de pensar en ella.

¿Era su idea o lo había llamado "señor Troiano", la última vez que estuvieron juntos? No recordaba haberle dicho su nombre jamás y esto lo inquietó por un instante. O él olvidaba demasiadas cosas últimamente o... ¿cómo era que Lavinia había llegado a saberlo? En ese mundo en el que ahora vivía, donde todo se volvía extraño y misterioso, cualquier detalle por mínimo que fuera, cualquier hecho o cualquier palabra fuera de contexto, lo sobresaltaban inevitablemente. Pero lo más probable era que si la muchacha conocía su nombre, esto no tuviera nada de alarmante en un lugar donde la noticia sobre la llegada de un forastero tenía que ser, forzosamente, el acontecimiento del año.

El sonido de las aguas que arrastraba el cauce del río se había hecho más fuerte y, desde esa distancia, ya podía divisar el recodo que luego se perdía para ocultarse tras los árboles del bosque que crecía junto a la orilla. El paisaje en su conjunto transmitía cierta desolación inquietante. Haciendo un esfuerzo para abandonar la atracción que le causaba, desvió su mirada hacia el lugar opuesto, donde el campo de girasoles se extendía, devastado por los primeros fríos del otoño. Buscó en lo alto, la línea de focos en que remataban los postes del camino, y así supo que había encontrado por fin, el modo fácil de llegar hasta la casa. Aunque al momento se dio cuenta de su error...

Porque antes tenía que decidirse a cruzar un escuálido puente de madera que pendía sobre el río y que era, sin dudas, el único escollo intranquilizador. Mientras avanzaba hacia el lugar, su esperanza de encontrar terreno firme para acceder hasta allí, se esfumó sin más. El río no se desviaba lo suficiente y, aunque lo hubiera hecho, los mallines y las hondonadas volvían el terreno intransitable.

¿Soportaría su peso aquel inesperado puente? ¿No sería, acaso, un montón de maderaje podrido que se desmoronaría junto con él, sin darle tiempo a nada? Si salía con bien de aquel trance, no tardaría más de cinco minutos en llegar hasta la puerta misma de la casa de Lavinia. Lo fastidiaba la idea de tener que pasar por lo dificultoso para alcanzar lo simple de su meta. No obstante, resolvió no perder el tiempo en divagaciones y sus manos buscaron las frágiles barandas para evaluar la situación a la que se enfrentaba. Parecían seguras y, además, con veinte largos pasos estaría en la otra orilla.

El pequeño puente osciló y algunos maderos del piso crujieron bajo sus pies, si bien todo parecía estar bajo control. Avanzó con bastante resolución casi hasta la mitad del trayecto, procurando desatender lo que ocurría por debajo de su cuerpo oscilante, donde el río corría con fuerza arrolladora.

Si conseguía mantener su interés lejos de aquel dramático duelo de la naturaleza enfrentada consigo misma, nada malo tenía que ocurrir. Ya estaba a un palmo de llegar. Entonces…

Nunca había estado tan cerca de la ominosa presencia de un bosque…al menos, desde su infancia, cuando tenía que recorrer el camino de regreso a casa. ¡Y allí estaba la maldita diferencia arruinándolo todo! Uno podía sentir el pánico helándole la sangre hasta que el corazón estuviese a punto de detenerse, solamente por la sencilla razón de ser un niño. Un niño que podía asustarse y correr hasta perder el aliento, sin volver el rostro ni una sola vez. Pero la mirada de un hombre sobre la inquietante espesura estaba obligada a reflejar aplomo y racionalidad. Nick no estaba para nada seguro de poder hacerlo así. Era tan intenso aquello áspero y desagradable que estaba formándose en sus pensamientos, que había empezado a temer que el sollozo de un niño aterrorizado lo ahogara de pronto, y comenzara a pedir por su madre. Y, además, tenía que avanzar porque el puente no iba a sostenerlo por tanto tiempo. Al menos, él así lo creía, por lo que ahora se sentía amenazado por un peligro real.

¿Porque acaso el "otro" peligro era imaginario? "¿*Cuál peligro?*", intentó preguntarse, con su sonrisa nerviosa apretada entre los dientes. Un par de pasos cortos e inseguros lo acercaron aún más hacia el bosque. Todo lo que tenía que hacer cuando llegara al otro lado, era desviarse inmediatamente hasta el camino que atravesaba el campo de girasoles. Y, entonces, nada que hubiera allí… ¡podría lastimarlo!

La niebla baja y silenciosa que se acercaba arrastrándose desde la orilla del río, se extendía como una mullida alfombra hasta la zona boscosa. Esto en sí era todo un impedimento para poder ver «y vigilar» cualquier cosa que estuviese moviéndose entre los árboles.

¡Porque algo se estaba moviendo!

¡Tenía que ser su imaginación! ¡Tenía que ser su corazón *de niño*, desbocado! Pero cuando estuvo seguro que lo que su mirada le devolvía no podía prestarse a engaño… ¡*supo* que debía elegir entre dos males! ¡Entre dos horrores, aunque comprendiera que cualquiera que fuese, acabaría con él allí mismo! ¡Aprovechando la circunstancia de encontrarlo estúpidamente detenido sobre un puente colgante!

La hora de su trampa había llegado…

"¡*Escoge!*", le gritaba su voz interior, exigiéndole tomar una inmediata resolución. Sólo que…en aquel momento, todo lo conducía a su mundo de hielo y oscuridad: o era el monstruo cuya presencia había permanecido agazapada toda su vida, escamoteándole aquel aspecto que él suponía horroroso, o era… ¡Thomas Neville!, el hombre muerto en el accidente ferroviario. El hombre que le había susurrado *carpe diem*, casi al oído. El fantasma que iba tras él para… ¡*matarlo*!

El grito destrozando su garganta fue lo único que lo acompañó en su caída hacia el río.

Todo lo que había quedado del puente eran unas cuantas maderas transversales. Se sostenían, milagrosamente, de la gruesa soga que al cortarse, había causado el desastre. La mayoría había desaparecido, arrastradas por la fuerza del caudaloso río. Y ahora el puente se asemejaba mucho más a una frágil escalerilla, sacudida hacia todas partes.

Pero Nick aún permanecía aferrado a él, consciente de que luchaba por su vida. Maldecía haber decidido aquella disparatada caminata y no haber tomado en cuenta la verdadera dimensión de los riesgos. Si la soga terminaba desprendiéndose por entero, el río lo arrastraría muy lejos. Por mucho que intentara nadar, le sería muy difícil conseguirlo bajo aquellas circunstancias.

Y sus fuerzas menguaban.

Desconfiando ya de su campo de percepción real, al principio dudó de la visión instalada ante sus ojos atónitos. Hasta que aceptó que el pequeño bote que se acercaba, traía su salvación, finalmente. No sabía bien de dónde había salido ni qué hacía allí pero, desde luego, eso no era precisamente lo importante.

Con la destreza propia de quien acostumbraba a vérselas con un río indómito, el hombre de la embarcación tomó con firmeza una mano de Nick, para no perderlo, y esperó a que éste lograra aferrarse al borde del bote, con la otra mano. Luego, lo ayudó a subir.

Nick, convertido en un guiñapo humano, asustado y tembloroso, permaneció echado sobre el piso del pequeño bote. Esperaba recuperar el aliento para agradecer a su salvador.

_ No fue una buena idea _ dijo éste, señalando los restos del puente colgante_ Hace años que nadie lo utilizaba para cruzar el río.

Nick esbozó una sonrisa miserable.

_ Gracias _ logró articular, entrecortadamente _ Es la segunda vez en poco tiempo que...casi pierdo la vida.

"O más bien...la tercera", le recordó su voz interior.

No le agradó su propia observación. Lo del tren no contaba para nada. Pero, además de *todo*, se sentía perseguido por la desgracia. No obstante, tenía una buena noticia para darse: tal parecía que siempre conseguía escapar...por un pelo corto.

Sonrió de mejor manera y extendió su mano al desconocido.

_ Soy Nick Troiano... _ dijo, seguro de que aquel hombre rústico, de mirada bondadosa, no iba a reconocerlo.

_ Daniel Morgan _ respondió éste, con su propia presentación _ Puede llamarme Dan, lo hace todo el mundo...

El apellido le sonó sumamente familiar y aunque la mitad de Inglaterra parecía descender del viejo pirata, iba a resultar demasiado casual que dos Morgan vivieran en Carven Hills sin estar emparentados. ¡Tenía que ser el padre de Lavinia!

Lo preguntó casi temerosamente. Aun recordaba lo que su lascivia le había causado un rato antes, en tanto evocaba la inocente y fresca belleza de la muchacha. Inexplicablemente, se sentía ahora avergonzado y culpable, frente a su padre. Pero a Dan Morgan sólo le llevó un momento sacarlo de su error, él mismo asombrado por aquella pregunta.

_ Soy su primo _ aseveró _ Y sólo estoy aquí para ocuparme de ultimar los detalles de la venta de los terrenos que pertenecen a la familia.

Una especie de decepción tomó a Nick desprevenido en aquel momento. Y al hombre que estaba observándolo, mientras acercaba su bote a la orilla, no le pasó desapercibido.

_ Lavinia murió. Alguien la violó y la mató cuando regresaba a su casa... _ dijo.

Nick ni siquiera se percató que Dan Morgan había dado por supuesto que él deseaba regresar y, por eso, lo dejaba ahora en la misma orilla de la que había partido hacia su odisea.

A decir verdad, la noticia de la muerte de Lavinia lo había consternado hasta el punto de hacerle perder la noción del tiempo y del espacio. Como si todo a su alrededor hubiese caído dentro de un gran agujero negro y se hubiese disuelto ante su vista, sin que a él le importara demasiado.

Ya de vuelta, ingresó a la casa por la puerta trasera, aunque no tenía muy en claro cómo había llegado hasta la cocina ni qué hacía parado en medio del lugar, con sus brazos caídos hacia los lados del cuerpo, mientras sentía que todas sus fuerzas lo habían abandonado. El mundo se había desdibujado de pronto, y había desaparecido como un globo que estallaba en el aire, dejando apenas un despojo de sí, arrojado en alguna parte. Deseaba gritar, golpear las paredes con sus puños, hasta que sangraran.

Sus ojos comenzaron a llenarse de lágrimas y su llanto era intenso pero silencioso. Ningún quejido brotaba de su garganta. El dolor que lo agobiaba no podía expresarse porque a él no le quedaba un solo hálito de fuerza en su cuerpo desmadejado. Todo era como una gran reacción química desarticulada con respecto a sus propias emociones. Un puñado de arena metido en su garganta...

Y aun por absurdo que resultara para él mismo, en ese momento recordaba mucho más a Gail que a la desdichada Lavinia. En el fondo, sabía que eso no tenía ningún sentido pero lo dejaba fluir de su mente, porque era sencillamente inevitable. Si lo pensaba con cierto detenimiento, ya no parecía tan absurdo. Había necesitado de la consternación que le provocara saber de la muerte de Lavinia, para encauzar su catarsis por el desgarro moral que le había causado su mujer.

Mientras los sollozos silenciosos lo sacudían espasmódicamente, caminó hacia el piso superior, ascendió por la escalera, lenta y trabajosamente, con todo su cuerpo dolorido, y aunque fue por ropa seca y luego se dirigió al baño por una ducha caliente, nunca llegó más que hasta el borde de la tina, donde se sentó a llorar –ahora sí- con todas sus fuerzas.

¿Por qué Gail se había marchado? ¿Por qué había dejado de amarlo de aquel modo insoportable? ¿Por qué había arrastrado a Joel en su propósito, en lugar de dejarlo con él, al menos hasta que tuviera la seguridad de que su pequeño hijo tendría un hogar cómodo y bonito donde vivir? Porque imaginarlo deambulando en hoteles, o acompañando a su madre mientras ésta buscaba alguna casa para arrendar, quizás lloriqueando y preguntando por él, sin comprender nada de lo que ocurría...

"¡*Basta, Nick*!", se exigió, de golpe, a sí mismo. Era seguro que Joel se encontraba bien porque Gail siempre había sido una buena madre. Un poco obsesiva, tal vez, como resultado de aquel primer tiempo de enfermiza competitividad con Victoria, pero no más que eso. De pronto, supo que sólo estaba entreteniendo a sus propios pensamientos para no tener que reconocer...que la muerte de Lavinia -¡la horrible e increíble muerte de Lavinia!- podía llegar a desquiciarlo.

¿Cómo era que había sucedido algo tan terrible? ¿Quién se había ensañado con ella? Aún la recordaba despidiéndose con su mano en alto, de aquel modo entre atrevido y displicente en que solía hacerlo, tan propio de ella, y que la transformaba en una joven-niña tan dulce, tan atractiva...También recordaba su extraña sonrisa triste, sus bellos ojos almendrados, la forma tierna en que lo había llamado "señor Troiano".

Gail nunca lo había mirado de aquel modo. Ni lo había hecho sentir tan cálidamente aceptado, con el alma, jamás. Ni siquiera en los momentos en que su enfermedad la abatía. Quizás, la única explicación a su reacción sexual por Lavinia, sólo tenía que ver con haber podido descargar la pesada tensión que le había causado el abandono de su mujer, mientras comprendía que su alejamiento después del accidente, le había anunciado todo el tiempo, aquel final que él se había negado a ver.

Por eso, cuando Dan Morgan le advirtió sobre la venta de la propiedad, había creído que la familia de Lavinia tomaba la decisión de marcharse de Carven Hills. Y esto le había producido una gran desazón, porque comprendía que era un modo de volver su soledad, más profunda y dolorosa. Hasta que supo la horrible verdad de lo ocurrido...

Poco a poco, algunos detalles que estaban completamente desacomodados detrás de cierto telón de fondo de sus pensamientos, comenzaron a deslizarse hacia el círculo luminoso de su conciencia. Y, entonces, lentamente fue entendiendo algunos hechos que, en un comienzo, le habían pasado desapercibidos.

Aunque nada le había preguntado a Dan al respecto, de sus palabras se desprendía que Lavinia siempre había vivido sola en aquel inhóspito lugar. Por qué una muchacha que no aparentaba llegar ni siquiera a sus veinte años, había residido allí sin su familia, era algo que parecía ser bastante descabellado. Quizás, por esta razón, cuando él se lo preguntó, ella le había mentido acerca de eso. Era probable que ella misma supiera la clase de respuesta apropiada a aquella pregunta, como un modo de protegerse. No obstante, no le había servido de mucho aquella noche...

Su primo –Dan Morgan- se veía bastante mayor, al punto de haber él creído que se trataba de su padre. Pero esas diferencias de edad solían producirse en forma harto frecuente, sobretodo en familias numerosas, en las que muchos hermanos tenían, a su vez, una gran descendencia que hacía imposible respetar cierta cronología lógica. Sabía del caso de tíos que terminaban siendo menores que sus propios sobrinos.

En medio de su conmoción y mientras pensaba en ello, comprendía cuánto le costaba aceptar términos tan aciagos como asesinato y violación. Y mucho más reconocer en Lavinia, a la víctima de tan horrorosa aberración, después de despedirse de ella apenas dos noches atrás.

¿Qué clase de monstruo se ocultaba en Carven Hills, capaz de haber cometido semejante atrocidad? ¿La había esperado aquella misma noche de su despedida, agazapado en algún lugar del camino que atravesaba el campo de girasoles? ¿Por qué se había dejado convencer por sus palabras, en lugar de acompañarla hasta las puertas mismas de su casa?

Cierto remordimiento le dejó, por un momento, un sabor amargo. Hasta que se dijo que no era bueno para él sumar angustias de esa clase en ese oscuro rincón de su vida, ya bastante castigado por la muerte de Victoria Marville. No podía culparse de todo en un modo tan cruel. No ganaba nada con hacerse eso. Lavinia había sido una muchacha excesivamente confiada y liberal. No había albergado maldad alguna en su espíritu noble y alguien, evidentemente, se había aprovechado de aquella circunstancia.

¿La policía tendría alguna sospecha, al menos, acerca de su asesino? El no había notado ningún despliegue policial en la zona, ningún movimiento que indicara que estaban haciendo las cosas bien. Siempre era así cuando se trataba de investigar un delito que, seguramente, no tendría ninguna repercusión en las noticias televisivas. Nadie se alteraba demasiado por un crimen cometido en un lugar pequeño y desconocido. Y, para complicarlo todo, la lluvia de la noche anterior había borrado todas las huellas. El hecho había ocurrido del modo silencioso en que ocurrían las cosas en Carven Hills: asesinato e investigación juntos, bajo la alfombra…

Pero ahora, un asesino rondaba por allí y podía tratarse de cualquier vecino, con el que uno podía cruzarse y saludarlo con absoluta cordialidad. O, tal vez… ¡no se trataba de alguien que vivía en el lugar! La figura de un forastero que se marchaba con sus manos manchadas de sangre parecía ajustarse mejor a las características de aquel suceso.

¿Forastero? ¿Quién? Su frente se contrajo en un gesto en el que no faltaba su propia sorpresa. ¡El mismo lo era! Una verdadera tontería…un sentimiento de culpabilidad exacerbado por la mala raíz de sus bajos deseos y aquella duda exorbitante que crecía en él: ¿Había extendido su amnesia hasta volverla una bruma incierta que cubría sus acciones actuales? ¿Delicada y artera como la niebla que penetraba en el bosque? *"Sin eufemismos, Nick Troiano... ¿violaste y mataste a Lavinia, en lugar de verla partir la otra noche?"*

La pregunta era un estilete que hurgaba en su carne y lo envolvía en su propio grito de dolor: ¿Acaso, había acomodado luego su recuerdo hasta volverlo inofensivo y puro? ¡Por Dios! ¿Qué clase de preguntas se estaba haciendo?

Nunca aceptaría que podía haberse convertido en el auténtico monstruo oculto en la oscuridad de su vida.

Se lo diría al doctor Ferguson, la semana entrante. ¡El tendría que rescatarlo de sí mismo, de una vez por todas!

Dan-el-asesino quedaba mucho mejor para los titulares. ¿Por qué no? ¡El sí que era un completo forastero! ¡Mucho más que él mismo, cuya etiqueta de extraño comenzaba a borrarse un poco, después de casi dos meses de permanencia en Carven Hills! La propia Lavinia lo había aceptado como una verdad irrefutable. *"Usted ya no es un extraño"*, le había dicho aquella noche. Confiaba en él... ¡maldición!

No obstante, si meditaba con cierta profundidad en todas las circunstancias, algunos hechos interesantes salían a la superficie. Dan Morgan podía ser, sencillamente, un nombre ficticio. Tan vulgar que no le había llevado más de un segundo hacerlo saltar de la galera.

Le había salvado la vida; eso era indiscutible. Tenía todo el aspecto de un hombre sencillo, con un rostro apacible, de mirada límpida. ¿Podía prestarse a tanto engaño? ¿Podía, realmente, confundir a los demás en cuanto a sus intenciones? Con unas cuantas palabras agradables y un acto heroico, se transformaba en alguien confiable a quien ninguna sospecha podía rozar. Sin embargo, se trataba de un psicópata, capaz de la acción más aberrante. Había llegado a Carven Hills y al encontrarse accidentalmente con Lavinia, su perversidad no le había permitido dudar acerca de lo que deseaba hacer...Pero algo no encajaba en su fantástica idea. ¿Para qué hacerse pasar por su primo? ¿Para qué iba a permanecer en el lugar, en vez de huir y poner distancia con su crimen?

Quizás, una gran parte de la historia que le había contado, era cierta. Se trataba, en efecto, de un familiar de Lavinia. Y había llegado hasta allí para ocuparse de la venta de la propiedad de los Morgan. Sólo que su propósito no era sino quedarse con las ganancias del negocio, para lo que necesitaba deshacerse de un pequeño escollo: su único familiar con vida.

Claro que también estaba ese horrible asunto de la violación. Bueno, nadie podía predecir hasta dónde se permitía llegar alguien dispuesto a matar a su bella prima.

El hecho de ponerlo al tanto de lo sucedido era tal vez un modo de "construir" una supuesta inocencia, por si acaso él escuchaba algo por allí. ¡Tenía que ser así! Nadie iba a sospechar de quien contaba los detalles del suceso, cuando hubiera podido optar por permaneceren silencio y marcharse. En ese caso, quedarse en Carven Hills por algunos días más, podía terminar siendo su mejor coartada.

De pronto, Nick se preguntaba acerca de la coincidencia entre la muerte de Lavinia y la llegada de su primo. A menos que hubiera sido avisado de lo ocurrido y esto causara su llegada al pueblo y su decisión de vender la propiedad. Pero algo le decía que no era así como habían sucedido las cosas. De modo que era imposible que aquel encuentro de improbabilidades pasara desapercibido para nadie. No iba a cometer la tontería de buscar hacer un buen negocio, inmediatamente después del crimen. No obstante, si la policía hubiera tenido alguna sospecha, Dan Morgan no andaría tan "campante", moviéndose por allí. La idea, lejos de tranquilizarlo, ardió en él toda la noche. Contribuyó al impulso de buscar su *notebook*, abandonada en uno de los grandes roperos, sin desembalar desde que llegara, y sentarse frente a ella para acariciar su teclado, como si lo consumiera la convicción de que aquel era el modo de lograr su inspiración perdida.

No había nada peor para un escritor que una pantalla o unas hojas en blanco: haber entrado en "bloqueo", una pesadilla de la que no era fácil salir. Podía uno detenerse por horas a mirar "el vacío de su propia idiotez", como él solía llamarlo. Como si se tratara de un mundo oculto, inextricable, que escondía un misterio imposible de desentrañar. Y jugar con él, dejándolo deslizarse frente a sus ojos, a la espera de convencerlo acerca de cumplir con su misión. Era, en ocasiones, la penosa tarea del escritor: lanzarse al dolor de una idea que no llegaba y verla naufragar en su propio borde invisible y brumoso. No regresaba de allí, a pesar del esfuerzo. Aquello que, de pronto, se revelaba como lo que uno *no quería* saber y que pese a todo, en alguna parte permanecía dormitando en su depresión milenaria: transmisión genética de una especie destinada a la melancolía, aferrando el trazo más pequeño, casi ínfimo, de su propia desesperación. Para no sucumbir en su fracaso, para no entregarse al último desaliento.

De algo como esto, de algo tan poco sencillo como esto, podía resurgir una imperiosa parte del deseo de volver a escribir…

Era así como estaba frente a la pequeña pantalla, intentando "mancharla" con la primera textura de sus pensamientos, sin saber todavía de qué se trataba todo eso.

Quizás, de poder reencontrar su alma, el alma que había olvidado tantos caminos de regreso. ¡Todo eso tenía que surgir, y de una buena vez, para poder desacomodar tanta angustia!

Y, entonces, mientras el torbellino de su mente le propinaba su propio vértigo, la frase apareció ante su mirada atónita, sin haber tomado conciencia de lo que sus manos habían escrito…

Demasiado joven para morir.

Era lo que Lavinia le había respondido, cuando él le preguntó por su edad.

SEIS

Una mujer contemplando la línea del horizonte...Estaba de espaldas para quien la observara, de modo que era imposible conocer su expresión. O el brillo particular de su mirada.

Susan tenía que reconocer que aquel detalle agregaba cierto misterio a la pintura en general. Al menos, era inevitable preguntarse por lo que estaría trasuntando aquel rostro que se ocultaba.

Suponerlo bello y transido de serenidad, o alterado por un íntimo sentimiento intransferible, quedaba a cargo de todo observador que se detuviera ante el enigma.

Cuando volvió su interés al segundo cuadro, se dio cuenta de pronto, que desconocía el orden que debía aplicarles. Y esto era todo un problema. Sabía que se trataba de una serie y que cada uno de ellos indicaba algo previo y relacionado con el siguiente. Era parte de aquel acertijo siniestro que Gail Troiano había preparado, cuidadosamente, para que Victoria se hundiera en él...y muriera.

Sólo descubrirlo a tiempo le hubiera podido salvar la vida. Pero eso no había ocurrido. Ahora, Susan tenía que terminar el trabajo inconcluso, convencida de que así podría probar el crimen de su hermana.

Comprendía que, a pesar de todo, el haber reunido finalmente las pinturas, había sido la parte fácil. Gracias al señor Brewster con su buena disposición, la búsqueda le había costado menos esfuerzo de lo esperado. Pero aun así, tarde o temprano lo hubiera logrado, pese a las complicaciones.

Ahora se percataba que lo que había sido una "ruta" lógica de exhibición de las pinturas, para el experto del Museo Krull, por su proximidad con Londres, parecía convertirse en realidad en un camino de llegada hasta Southampton. De modo que ése era el orden que ella debía respetar…

Cambió, entonces, la ubicación de algunas de ellas y retrocedió un poco para volver a contemplarlas; esta vez con la intención de ver algo que antes le hubiera pasado inadvertido.

La decepción fue absoluta. Cualquiera fuera el orden de aquellas pinturas, el conjunto seguía formando parte de un gran sinsentido.

El cuadro de Canterbury parecía ubicarse en un segundo lugar, de acuerdo con la lógica de aquella serie. La mujer que antes había estado de espaldas, mostraba finalmente su rostro y todo lo que en él se apreciaba, bajo un encarnado color y rasgos bien demarcados, era una amplia sonrisa de satisfacción. El rostro abarcaba el primer plano de la pintura y, por detrás, un vigoroso paisaje campestre le otorgaba cierto efecto de lejanía, en relación con el conjunto.

¿Quién era esa mujer?, se preguntaba Susan, sin encontrar en ella, rasgos familiares. No era, desde luego, su hermana pero tampoco se trataba de Gail. Recordaba una fotografía que Victoria le había mostrado en cierta ocasión –una "conmovedora" escena familiar en un cumpleaños de Joel- por lo que estaba en condiciones de asegurar que ningún rasgo del rostro de la pintura podía llevar a la conclusión de que se trataba de un autorretrato.

El tercer cuadro –el de Dover- exhibía una vista aérea de un típico y populoso barrio inglés. El cielo que lo cubría era de un color gris plomizo en partes, con algo de claridad en otras, mostrando un intento de exponer el final de un día de lluvia.

Una pequeña figura femenina, de rasgos esfumados, llamaba a una puerta sobre el borde de una breve escalera.

La pintura comprada en Brighton dejaba de lado ciertas características propias del estilo de la artista. Abandonaba el colorido de los paisajes para reemplazarlo por una escena de interior, en la que una mesa y una ventana arrojando sobre ella toda la luz posible, eran los dos únicos detalles resaltantes.

La última pintura, la que había encontrado en su ciudad natal, regresaba al color del estilo paisajista: una línea de horizonte, un cielo resplandeciente, algunos trazos campestres...

Susan retrocedió hasta una butaca forrada en pana que había a sus espaldas. Allí se sentó, lentamente, desalentada. Encendió un cigarrillo y esperó que alguna idea de importancia se formara en su mente.

Las volutas de humo la envolvían, en tanto su mirada se volvía más intensa.

Algo había allí que, de pronto, se tornaba sumamente familiar. Como un *scat* jazzístico que desgranaba sus acordes dispares, hasta lograr transformarse en una dulce melodía de acompañamiento. Ese fue el modo en que aquella revelación se abrió paso en su entendimiento.

¡La pintura de Dover era la clave! Había estado frente a sus ojos todo el tiempo, pero era recién en este momento que ingresaba al campo de su conciencia y le permitía organizar cierto sentido. Lo que le había impedido percatarse de aquel detalle, desde un comienzo, era lo desconocido de ese arrabal que había sido pintado con toda la intención de no poner allí nada que pudiera recordar... ¡al barrio donde Vicky y ella habían crecido! ¡Pero la pequeña puerta al final de la escalera era, inconfundiblemente, la de su propia casa!

Ese había sido el único detalle respetado, de modo que no era nada difícil deducir que quien llamaba a la puerta no podía ser sino...Gail Troiano.

Susan se puso tensa en su asiento y aplastó la colilla del cigarrillo contra el cenicero, como si hubiera aplastado los odiados sesos de alguien.

¡Victoria también tenía que haber advertido aquello! ¡No podía haberle pasado desapercibido por mucho tiempo! Pero... ¿de *qué* le había servido? Igual había perdido la vida. No le había alcanzado para ponerse a salvo de su asesina. ¿Y qué clase de prueba era aquélla? Susan se dio cuenta inmediatamente que ese cuadro por sí solo no le sería útil para comprobar nada. Y mucho menos para que la policía llegara a tomarla en serio.

Milagrosamente, el sol había vuelto a salir esa mañana temprano y caía sobre la ventana de su cómodo cuarto de hotel, aunque no era probable que el milagro perdurara a lo largo del día. Se tomó un momento más para contemplar la figura que golpeaba a la puerta. Sólo por pura intuición podía deducir de quién se trataba. Porque no podía ser otro el sentido: Gail buscando a su hermana para matarla.

Era probable que las otras figuras femeninas también la representaran pero, desde luego, a condición de que sus rasgos estuvieran cambiados o alterados. Seguramente, el objetivo de las pinturas era mostrar el modo en que Vicky sería asesinada. Sólo descubriéndolo, hubiera podido evitarlo.

"Te perdonaré la vida si demuestras ser lo bastante inteligente para dar con las pistas. Tendrás que rastrear los cuadros, en primer lugar. Y luego...ver más allá de lo evidente".

Cuando Vicky, desesperada, le pidió su ayuda, había remedado aquellas palabras de Gail Troiano.

Ella había tratado de apaciguarla, convencida que su hermana exageraba con respecto a la perversidad de aquella mujer. *"Sólo está tratando de asustarte, Vicky. Procura calmarte...yo estaré contigo el fin de semana"*.

Victoria murió en circunstancias extrañas, dos días después.

Había ocurrido durante el fin de semana que ella prometiera acompañarla. Pero, una vez más, no lo había hecho y la había defraudado.

_ No podré llegar antes del martes _ mintió _ Tengo una sesión extenuante de fotografías en Berlín.

Desde luego que la noticia de su muerte la había anegado de culpabilidad, en un primer momento. Pero, en el fondo, comprendía que afectada por las propias circunstancias de su enfermedad, nunca le hubiera sido posible cumplir con su última promesa.

El caso de su muerte se cerró como suicidio, después de una breve y superficial investigación. Para la policía se había tratado de una de tantas jóvenes desdichadas, que tomaba la decisión de arrojarse bajo las ruedas de un tren, después de dejar una simple carta de despedida sobre la mesa de su austera sala.

"Perdónenme. No volveré a molestarlos. Victoria".

Susan la había tenido entre sus manos y la había leído, porque la policía se la había entregado, considerándola seguramente su mejor destinataria. Unas pocas palabras y un final absurdo. ¿Cómo era posible que Vicky se despidiera del mundo en esos términos?

Al principio, ella misma había dudado. Cuando logró salir de su anonadamiento, comenzó a descubrir la inevitable relación entre la amenaza proferida por Gail Troiano y su cumplimiento… ¡en la horrible muerte de su hermana!

Había pasado largos días cavilando en aquella posibilidad, hasta aceptar que los hechos habían transcurrido de un modo muy diferente a las apariencias que dejaran.

Su insana enemiga se las había ingeniado para seguirla ese día hasta la estación del subterráneo. Y después de asegurarse que no había testigos a la vista, la había empujado a las vías, un segundo antes en que un tren llegaba para arrollarla.

Nadie la había visto caer y morir…

El recuerdo la conmocionaba de un modo abrumador. Pero la desbordaba la idea de un suicidio y ése era el motivo que la había llevado a rechazarla desde un comienzo. ¡Si alguna de las dos podía llegar un día a quitarse la vida…ésa no era precisamente Victoria!

Lo absurdo de la nota de despedida la puso en una primera pista acerca de sus sospechas. Era un pequeño trozo de papel y esto le había llamado la atención. Se notaba prolijamente recortado de una hoja de mayor tamaño. ¿Quién, dispuesto a matarse, se tomaba el trabajo de hacer algo así?

Cuando se volvió una vez más hacia los cuadros, mientras aquellos pensamientos la devoraban, algo atrajo su interés repentinamente.

Las últimas luces que aún se defendían de un cielo que volvía a cubrirse de nubes, atrapadas en el reflejo del sol, penetraban en la intimidad de los pigmentos y revelaban así, las pinceladas de una escena oculta, por debajo de ellos.

Susan contuvo el aliento. Si aquella fortuita circunstancia no se hubiese producido ante su mirada incrédula, ella jamás hubiera descubierto el secreto escondido en las entrañas mismas de cada uno de los cuadros.

Fue un momento tan breve y tan intenso que temió haberlo maginado. Cuando las primeras penumbras atravesaron el cuarto y se estabilizaron frente a sus ojos, el efecto desapareció inmediatamente.

Ver más allá de lo evidente…

¡Gail Troiano había tenido la "decencia" de decírselo a Vicky! Pero ella, jamás había podido arrancarle a las pinturas, el enigma que las impregnaba, por todas partes.

Susan sabía que existían técnicas y especialistas para lograr sacar a la luz, rasgos y pigmentos tapados por la escena expuesta en un cuadro. Algo había leído acerca de ello cuando se preparaba para "ocupar" la personalidad de Monique Darcet:

la experta en arte que, por una mala interpretación de su papel, debió mudar a "rica, vulgar y bastante ignorante en el tema".

Entonces decidió que el bueno y enamoradizo de Morris Brewster volvería a serle de gran ayuda en aquel momento. Inmediatamente marcó su número desde su teléfono celular para escuchar un segundo después, la voz edulcorada por los habituales halagos.

_ ¡Un placer volver a saber de usted, *mademoiselle*!

Poco después, Susan Marville, nuevamente convertida en su absurdo personaje, iba rumbo a Handle St. para encontrarse con el más reconocido curador de todo Londres. Lo hacía una vez más, bajo el *"ábrete, sésamo"* del señor Brewster, posibilitándole acceder a círculos y personas, impensados para ella en otras circunstancias.

Nelson Sebastian la recibió con una sonrisa, franqueándole el umbral de su casa con cierta afabilidad elaborada. Era obvio que aquel hombre de mirada profunda y un extraño *moustache* pasado de moda, en su rostro de rasgos fuertes, la aceptaba con una bienvenida decorosa, sólo porque su amigo Morris Brewster así se lo había pedido.

No hacía ningún esfuerzo por ocultar su personalidad vanidosa y a Susan le resultó chocante aquel apretón de manos, apenas formal y obligado.

Ahora, las pinturas estaban ante su vista, mientras una interrogación se formaba en el gesto de su entrecejo. No le gustaba Monique Darcet. Había decidido que la palidez de su bello rostro y su esforzado acento extranjero no alcanzaban para convencerlo de que no había, finalmente, tensión y ansiedad suficientes, en el fondo de toda su actitud.

_ No parece lógico lo que me pide _ comenzó a decir, con cierto tono de recelo en la voz _ Usted ha pagado mucho dinero por estas pinturas..._ Eso no es lo importante _ terminó por admitir Susan _ He descubierto que hay otras pinturas por debajo...Quiero decir, cuadros diferentes.

A medida que hablaba, su nerviosismo se hacía más evidente. No confiaba demasiado en aquel hombre petulante. No sabía, a ciencia cierta, cómo terminaría reaccionando frente a su pedido. Hasta el momento no lo estaba haciendo demasiado bien. Tal vez pensara que sólo estaba proponiéndole arruinar todo el trabajo artístico allí reunido y concluyera por negarse a hacerlo.

_ ¿Cuadros diferentes? _ preguntó, arrastrando las palabras _ Hum… ¡esto sí que es extraño!

_ ¿A qué se refiere? _ Lo interpeló Susan abiertamente preocupada.

_ En general, quien cubre una pintura con otra, sólo lo hace para modificar la coloración de los pigmentos o algunas líneas de trazo. No para lograr un efecto tan drástico…

_ No es éste el caso _ aseguró Susan, de pronto _ La misma autora de los cuadros parece haber realizado pinturas superpuestas.

_ ¿Gail Troiano? _ el curador no abandonaba el asombro en su voz _ No es demasiado conocida. Estuvo mucho tiempo alejada de su actividad, por motivos de salud…creo. Pero es básicamente una profesional y jamás habría atacado su propia creación de ese modo.

_ Tuvo una razón para hacerlo…esta vez.

Susan se mostraba renuente con su información pero comprendía que, más temprano que tarde, el "Señor Fatuidad" se encontraría por sí solo con el misterio.

_ ¿Cuál razón?

Susan se fastidió un poco, ante tanta curiosidad.

_ No lo sé _ mintió, desembozadamente _ Pero es algo que descubrí en forma casual, al observar las pinturas contra la luz de una inusual mañana soleada.

Nelson Sebastian suspiró, resignado. _ Me llevará algún tiempo realizar todo el trabajo _ dijo _ La técnica de decapado es una de las más delicadas de llevar a cabo sobre una pintura.

_ ¿De cuánto tiempo estamos hablando?

El curador pareció pensarlo por un momento.

_ ¡Se trata de cinco cuadros, señorita Darcet!... _ el hombre había tomado ahora la actitud de aguardar por su arrepentimiento _ No podré hacerlo en menos de un par de meses, si desea un trabajo hecho a conciencia.

_ Está bien _ aceptó Susan, sin pensarlo demasiado _ Estaremos en contacto por entonces...

_ A propósito... _ Sebastian la obligó a volverse cuando ya se marchaba _ También será un trabajo oneroso...

_ No hay problema con eso. Le enviaré un cheque _ aseguró Susan.

Logró relajarse una vez fuera del ático de trabajo del curador. Había percibido un clima opresivo en el lugar, con el aire impregnado por el olor penetrante de óleos y solventes. En cuanto al tiempo, se dijo, le había parecido prudencial.
Era mejor no dejarse llevar por ninguna clase de ansiedad que pudiera arruinarlo todo.
 Cuando las verdaderas pinturas de Gail Troiano salieran a la luz, ella podría demostrar que su pobre hermana había sido asesinada.

No se apresuraría para eso. Ella sabía ahora que cada secuencia de aquel crimen estaba impresa en las telas, por debajo de las ingenuas pinturas.

Había llegado hasta allí. Sentía que gran parte de todo su esfuerzo había sido plenamente recompensado. Sólo tenía que pedirse a sí misma, un poco más de paciencia.

¿Y *qué* con respecto a Nick Troiano? Era la primera vez que se preguntaba por él, al menos en relación con tan desagradable asunto. Seguramente, no había tenido nada que ver con el crimen. Según Victoria misma se lo manifestara, siempre había tratado de protegerla del odio de su mujer. ¿Por qué no creerle? o mejor aún... ¿por qué no cerciorarse, de todos modos?

¿Sería una buena idea tratar de contactarlo? ¿Decirle lo que su talentosa esposa había hecho? ¿Cómo reaccionaría ante eso? ¿Le resultaría creíble? ¿Aceptaría sus dichos sin más, o se enfurecería con ella?

Suponía que debía tratarse de la clase de hombre que, encerrado en el mundo imaginario del que alimentaba su trabajo de escritor, sobrepasado por la ficción que él mismo construía y, según había leído por allí, le proporcionaba pingües ganancias, no prestaría demasiada atención a la realidad que lo rodeaba. O quizás, sumido en su propia vanidad –algunos escritores famosos la poseían casi en una actitud de exhibicionismo- ni siquiera llegaría a tomar en cuenta lo que ella fuera a decirle.

Pero aun así… ¡alguien debía ponerlo sobre aviso!

Todavía tenía muy presente el modo en que Vicky aseguraba que Gail lo acusaba y perseguía con sus celos. Si algo sabía hasta ese momento, era que esa mujer resultaba ser, en efecto, peligrosa. Y nadie podía correr el riesgo de no considerar hasta qué extremos era capaz de llegar, eventualmente.

Tal vez lo mejor sería aguardar por esos dos meses de los que le había hablado Nelson Sebastián. Cuando las verdaderas pinturas de la artista estuvieran a la vista de todos, él como todo el mundo, tendría que rendirse ante las evidencias.

Haber conseguido aquellas pistas de un modo accidental, no era algo que podía ser malogrado ahora, con un paso en falso. Tampoco quería exponerse a las sospechas de su mujer, en caso que Nick Troiano resultara un tanto incapaz de guardar un secreto.

Si bien no podía dejar de reconocer lo azaroso de aquellas circunstancias, en el fondo se decía que la revelación en las pinturas era demasiado importante para ocultárselo a la única persona que estaba lo suficientemente cerca de una asesina y podía correr riesgos él mismo. Susan supo que debía resolver su encrucijada, a la brevedad. Era tiempo de decisiones…

SIETE

En aquel momento, su mirada era apacible y parecía descansar sobre el conjunto de todo lo que lo rodeaba. Aun sin contemplar nada con detenimiento, daba la impresión de estar sumamente atento y expectante. Como si buscara algo en especial o aguardara por la presencia de alguien que, por alguna razón, no se encontraba todavía allí.

Era un hombre de modales cuidados y éste era el motivo por el que su mirada procuraba no denotar ningún apremio. Aunque cierto movimiento nervioso de sus labios lo delataba. Estaba ansioso, pese a todo.

De pronto, todo su semblante se relajó y una sonrisa incierta asomó a su expresión. Apuró su vaso de cerveza ligera y con un leve movimiento de su mano, hizo notar su presencia para quien acababa de llegar.

A esa hora de la tarde, las primeras luces de neón ya se habían encendido en la calle, pero en el interior del *pub* la penumbra permanecía aún, prolongando cierta promesa de intimidad para los pocos parroquianos que se encontraban en el lugar.

No era la primera vez que se reunía con alguien allí, pero sí que lo hacía con una mujer a solas. Por lo general, esa clase de "trámites" no se llevaban a cabo sólo con las personas directamente interesadas, sino además con sus abogados y en sus respectivos despachos, que eran los que se ocupaban de dar al trato, el acabado perfecto de una transacción libre de riesgos.

Y a él, de vez en cuando, le agradaba estar presente en "la mesa de las negociaciones"…

"Esta será una verdadera excepción", se dijo, en el instante en que una atractiva y elegante mujer llegaba hasta el lugar y él le extendía la mano, en señal de bienvenida.

Las miradas que cruzaron estaban cargadas de reconocimiento mutuo y valoraciones dispares. Ninguno estaba seguro acerca de la reacción del otro, pero ambos sabían que si habían acordado aquel extraño e inusitado encuentro era porque quedaba aún cierto recorrido del camino por transitar.

Y en eso, al menos, los dos conocían la clase de intención que los animaba.

La mujer sonreía del modo en que Robert Lehvenson había esperado; estaba indicando con su sonrisa y toda su actitud que un buen acuerdo estaba por producirse, lo que le devolvió cierta calma.

Para ser la primera vez que él mismo tomaba una negociación a su cargo, las cosas estaban saliendo bien. Fue el momento en que pudo desechar temores y recelos que ahora creía infundados. Era que estaba consciente de que en el caso Troiano, algunos pasos no habían sido respetados rigurosamente, en especial lo relacionado con "algunos" estudios médicos pertinentes. Y eso lo había preocupado un poco, por lo menos al principio.

La recomendación de uno de los abogados del bufete a cargo de los asuntos jurídicos del Centro Rootsinal había sembrado cierto resquemor en su ánimo.

_ Deje que otros vayamos en su lugar _ le había manifestado, inquieto _ Esa ha sido siempre la política…

Pero esta vez lo había tomado de un modo personal.

Había algunos pequeños detalles en relación con aquella mujer, que él prefería mantener alejados de los demás. Tenía la suficiente experiencia en el tema para haberse dado cuenta que el protocolo psiquiátrico había sido hecho con bastante descuido e informalidad. Hubiera preferido solucionar aquello en su debido momento, pero decidió seguir adelante sin tomar injerencia en el asunto, al comprobar que ya no había más tiempo para ello.

En cuanto a su presencia en el lugar, no creía que aquella exposición en público, en un *pub* alejado del centro de Londres, le acarreara ningún inconveniente. Aun cuando alguien pudiera reconocerlo…

¿Qué había de malo en que un afamado médico londinense, viudo y sin compromisos afectivos a la vista, disfrutara de su "cita" en aquel bar?

Ella no perdió su tiempo en rodeos innecesarios.

Al ocupar su lugar en la mesa –al que había sido invitada cortésmente- envuelta en el exquisito aroma de un costoso perfume francés, no hizo el menor intento por presentarse. Sabía en ese sentido, que su presencia lo decía todo. Además, no pudo pasar por alto el asombro que comenzaba a formarse en la mirada de Lehvenson.

_ He venido por el sobreviviente _ dijo.

Esas palabras directas y concisas hicieron que el médico recordara que no estaba allí para asombrarse por nada.

Todo había comenzado algunos años atrás, cuando él empezaba a descansar sobre su propio prestigio. Y tenía que admitir que éste, justamente, había sido el detalle casi imprescindible, en la oscura trama que, como un espeso sedimento marino sobre un barco hundido hacía mucho tiempo, fue formándose alrededor de la explícita y reconocida actividad del Centro Rootsinal.

En un comienzo, él mismo había intentado caer en su propio engaño, diciéndose que había descubierto finalmente, el modo de no entregar al incierto destino de la investigación científica, aquellos embriones desechados, tras un proceso de fecundación asistida exitoso.

Por otra parte, alguna vez había escuchado en boca de sus abogados, algo acerca de la escasa importancia que las actitudes éticas tomaban, cuando la jurisprudencia dejaba sin legislar el tema en sí mismo.

Fue así que la incomodidad moral que había sufrido en un principio, fue adaptándose lentamente a las lucrativas maravillas que el negocio comenzó a producir.

El jamás pronunció la frase *venta de embriones* y aquel grupo de cómplices con el que inevitablemente tuvo que rodearse, tampoco lo hizo. En voz baja, y en algunos pocos rincones del Centro Rootsinal,
simplemente se hablaba de los *sobrevivientes*.

Y más de una conciencia quedaba en paz con esto...

A medida que transcurría el tiempo, cierta idea omnipotente acerca de la perfección lograda en la más oculta actividad del Centro, se entronó inescrupulosamente en todo el mundo. Y pronto los involucrados quedaron convencidos que lo hacían como un modo más de contribuir a la felicidad de parejas estériles y desahuciadas.

Si, además, esto les reportaba grandes beneficios extras a sus cuentas bancarias, mucho mejor. El resto era cuestión de saber borrar las pistas, adecuadamente, y hasta el momento los hechos mostraban el éxito, en ese sentido. Desde luego a esto contribuían unas parejas ricas, cómplices y dichosas, que jamás abrirían sus bocas frente a nadie inconveniente.

En ocasiones, la organización del negocio incluía algunos aspectos sofisticados como considerar, en forma relevante, toda la información que provenía de los equipos psiquiátricos que atendían a los consultantes hasta el momento de convertirse en pacientes del Centro Rootsinal. El perfil psicológico y las características de temperamento de cada uno de ellos indicaban, muchas veces, cuándo éstos terminarían por alquilar un vientre donde engendrar a su hijo…o solicitar un *sobreviviente*.

Lo primero resultaba ser bueno para lo segundo, puesto que si alguna vez algún rumor acerca de su actividad ilícita llegaba a tomar la calle, ellos podían utilizar como pantalla –generando cierta confusión- las modificaciones contractuales que a veces se requerían, cuando los futuros padres cambiaban su opinión acerca del modo en que deseaban acceder a engendrar un hijo. Con un poco de barullo jurídico perfectamente controlado, esto contribuía a dejar en un cono de oscuridad a los negocios "directos".

Robert Lehvenson siempre sabía de antemano, con su profunda experiencia, quiénes terminarían por decidir un cambio, en medio de su intolerancia a las esperas prolongadas. Él ni siquiera tenía que molestarse en presionar a nadie, sino simplemente aguardar con tranquilidad a que la circunstancia se produjera. Esto era lo que se transformaba en "la cara visible de la luna", y si bien solía provocar acaloradas polémicas acerca del verdadero sentido de lo ético, servía para aceitar otros movimientos dirigidos hacia "la cara oculta".

Por otra parte, el mundo de las mujeres dispuestas a alquilar sus vientres para engendrar hijos ajenos era, por lo general, muy próspero y muy bien guardado. Sólo en ocasiones, la pareja contratante ya contaba con su propia madre sustituta, desbordados por la ansiedad. Así había ocurrido con los Troiano, algunos años atrás. Y ahora, *ella* estaba allí, reclamando lo suyo. Sólo había un pequeño problema…

¿Cómo demonios lo había sabido?

OCHO

Carpe diem, Lavinia, carpe diem…

Ya nunca más sería así para ella. O, quizás, así sería de ahora en más.

Nick no podía tener certezas acerca del oscuro misterio que se extendía más allá de la vida terrena. Pero un fantasma había entreabierto la puerta y, ahora, lo que había detrás de ella, entre tinieblas, desacomodaba todas y cada una de las creencias que habían formado parte de su mundo seguro, hasta ese momento.

Desde luego que era muy joven para haber muerto. *Muy* joven y absolutamente hermosa. Fuera lo que fuese lo que había al otro lado de todos los bosques tenebrosos del mundo, él no podía dejar de pensar en lo terriblemente injusto de su muerte.

"Aunque aún aproveches tus días…"

Volvió a echar una última mirada a la pantalla de la computadora, donde las palabras de Lavinia habían quedado escritas. ¿Las había escrito él? No tenía conciencia de ello, pero seguramente algún automatismo había puesto sus manos en movimiento, mientras la frase llegaba, fatídica y reptante, desde su preconsciente.

¿Por qué era que todos en Carven Hills decían frases como ésa? Frases memorables que terminaban arrojando su incontrastable premonición como lava surgiendo de la boca de un volcán. El viejo empleado de la estación lo había hecho en su oportunidad. Y después, Lavinia…

¿Era posible que tanta *coincidencia* se desplegara ante su propio asombro? Palabras que fluían en medio de la naturalidad del diálogo y se transformaban más tarde en las portadoras de un terribleanuncio, acerca de ciertos hechos de la realidad. O, acaso, todo no era sino la carga de sentido que él mismo les atribuía, llevándolo hasta aquella confusión.

Nick meneó la cabeza y se negó a seguir divagando. ¿Cuándo recuperaría su concentración y su interés por escribir? *"Nunca"*, se respondió, si continuaba dejándose atrapar, inerme y desprevenido, por toda esa clase de tonterías.

Una mirada a su alrededor lo convenció de que sus problemas eran otros. Si de estar atrapado se trataba, lo estaba en medio de aquella casona solitaria y, a medias, derruida. Las noches eran frías e interminables, Gail lo había abandonado y él no tenía una sola idea brillante acerca de qué hacer con su vida, de ahí en más.

Quizás por eso se dejaba envolver en la opresión de un aire enrarecido, que se sentía obligado a respirar sólo por sobrevivir. Esa metáfora le alcanzaba para describir su propio desasosiego. Y podía quedarse contemplando el caos que lo rodeaba, como quien detiene su mirada sobre el más bello de los paisajes.

O podía abarcar la lejanía que parecía extenderse sobre la orilla del río que no había logrado alcanzar, como si unas dulces voces engañosas lo convocaran a no dejarse vencer por unos cuantos escollos. El bosque seguía siendo una invitación obscena e insolente, que poseía la fuerza necesaria para acallar el llanto de cualquier niño asustado.

Pensaría en ello al día siguiente. Y no era que no le hubiera alcanzado el escarmiento. Ni era la malsana atracción que el bosque ejercía sobre él...

Se trataba más bien de una convicción que lo acechaba, a pesar de todos sus temores. Y prometía, finalmente, un encuentro fatal con aquello que no se atrevía a aceptar.

Al despuntar el alba, se movió inquieto sobre la enorme cama cuyo dosel hacía ya mucho tiempo que había desaparecido.

Una claridad lechosa se asomaba por el borde del ventanal y, como había olvidado correr el pesado cortinado de terciopelo, llegaba hasta el límite mismo de la cama.

Nick parpadeó, en medio de una somnolencia que se disipaba, mientras creía escuchar un ruido apagado, como de arrastre, en la planta baja. Quizás, había sido aquel ruido extraño el que lo despertara, y no las tenues luces que acercaba el amanecer.

Permaneció quieto y expectante por un momento, aguardando que el sonido se repitiera y le asegurara así, que no había formado parte del sueño. Pero por mucho que aguzó el oído, no volvió a escucharlo.

Su canción infantil hablaba de miradas y luces. Nada decía acerca de sonidos...

Tal vez ellos no formaban parte de ningún misterio y todos eran explicables y *razonables*, como se lo había demostrado una rama al golpear contra una puerta. Pero, entonces, el sonido regresó...

Imperceptible al principio, se había vuelto lo suficientemente audible para que Nick estuviera seguro de que alguien se movía en la planta baja. Y lo hacía con cierta dificultad porque escuchaba ahora, cómo arrastraba algo al moverse.

Se incorporó, sobresaltado, pero decidido a enfrentar lo que fuere. Si acaso era *su* monstruo que venía por él, no iba a demostrarle miedo a último momento. Estaba aterrorizado y, no obstante, una extraña fuerza casi ajena a sí mismo, lo inducía a avanzar a ciegas. Como poseído por la convicción de que aquello era mejor que permanecer inmovilizado por el pánico.

Al menos sus reflejos respondían. Y esto estaba bien sólo por si su única y última determinación tuviera que pasar…por una cobarde huída.

Se acercó a la puerta del dormitorio, sabiendo que una vez que lo abandonara y se arriesgara a llegar hasta el corredor, la escalera lo invitaría a bajar para ir al encuentro de *aquello*. No podría resistirse a hacerlo por mucho que su propia cautela se lo pidiera. Si había *alguien* con él, en la casa, no le parecía que hubiese venido para traerle buenas noticias. Alguna oscura razón lo había llevado hasta allí. Quizás, había llegado directamente del bosque…

Pudo ver la sombra que se deslizaba por debajo de su mirada, tal vez en un intento por ocultarse. O, simplemente, buscando su mejor posición… ¡para atacarlo!

Sí, estaba en la planta baja y desde el barandal que abarcaba toda la vista de la sala, él había podido detectar sus movimientos. Había dejado de arrastrar su pierna deforme, o lo que fuere que causaba aquel chasquido de fricción contra el piso.

Con lo sobrante de su racionalidad, se aseguró a sí mismo, con toda su vehemencia interior, que *no podía* haber visto a un niño-monstruo. Pero todo le decía que sí.

Corrió escaleras abajo, mientras un gemido de terror cruzaba su garganta, como arena caliente.

_ ¡Sal de donde sea que estés!

Mientras gritaba con toda la potencia de su voz, creía estar haciendo lo correcto. Asustaría a esa pequeña sombra infernal, cuyo tamaño no podía llevarlo a medir fuerzas con él. Le demostraría quién era allí el dueño de casa…

Entonces, cuando ya recobraba su sentido común perdido y reconocía que todos sus pensamientos se habían convertido en un informe hato de estupideces, lo vio correr fuera de la casa.

Arrastraba su pequeña pierna que, para su horror, parecía moverse desarticuladamente hacia cualquier parte. Era evidente que estaba huyendo, pero él decidió darle alcance. ¡No era un monstruo! ¡Era, apenas, un niño asustado y herido que seguramente había ingresado a la casa en busca de ayuda! ¡Y él no había hecho otra cosa que asustarlo!

No le gustaba el lugar al que se dirigía. Estaba dando la vuelta por el ala oeste, y Nick sabía que ese camino sólo lo llevaría hasta el río y el bosque.

_ ¡Aguarda! _ volvió a gritarle.

Pero a pesar de sus dificultades físicas, el niño le sacaba ventaja. Intentaba ocultarse en alguna parte y un conjunto de viejas encinas que crecían junto al camino, antes que el terreno se volviera húmedo y cenagoso, le sirvieron de escondite. En un segundo, Nick lo perdió de vista.

_ ¿Quién eres? ¡Sólo quiero ayudarte!

No obstante, sus palabras no surtieron ningún efecto. Permaneció un momento quieto, recuperando el aliento y esperó verlo aparecer. Pero esto no ocurrió.

Quizás él se había equivocado y el pequeño no se había ocultado allí. Alguna ilusión óptica causada por las sombras agrisadas que el amanecer incipiente extendía sobre el terreno, lo habían llevado a cometer ese error. De cualquier manera, la situación era grotesca. Un frío endemoniado le calaba los huesos, la luz era escasa y él se había puesto a correr tras un niño que había desaparecido. Hacía sólo un momento estaba echado en su cama y ahora, una vez más, el peligroso río y el inquietante bosque volvían a estar tan cerca de él…

De no haber contado con su juicio de realidad intacto, hubiera creído encontrarse en medio de una pesadilla.

Cuando volvió a enfocar la mirada sobre los rugosos troncos de las encinas, un leve crujido de hojas lo puso en guardia. Alguien estaba *efectivamente* allí y se movía otra vez. Con una agilidad impropia de quien llevaba su pequeña pierna a rastras, el niño abandonó su escondite y se lanzó nuevamente a su alocada carrera. Quizás estaba convencido que aquella era su nueva oportunidad para escapar de Nick. Finalmente, éste se dirigía hacia el bosque, en medio de la persecución. Como lo había pensado la noche anterior, cumplía a tontas y a locas, con su más oscuro e insano deseo.

Y ya no había pensamientos. Ahora, él era pura acción...

Nick quería avisarle que no era posible cruzar el río. El puente de madera ya no existía «¡gracias a Dios!»...*y un asesino andaba suelto en el lugar.* Se sorprendió a sí mismo con aquella idea que le llegaba de golpe, obligándolo a mirar a su alrededor, bruscamente sobrecogido por su propio recelo.

Nick no podía creer en lo que veía. ¡Allí estaba, precisamente, el único paso firme para cruzarlo! Era el lugar donde el curso del caudaloso río se desviaba y se convertía en una larga cinta de aguas serenas, que se perdía en la distancia.

La altura era suficiente para avistar su remate, en una especie de ramal desprendido de la vieja carretera circundante. Se trataba de un camino de *verdadero* concreto, que hacía las veces de un puente de cruce. Pero, a diferencia del otro, éste se veía absolutamente seguro.

El montículo se unía a algunos otros, haciendo que todo el terreno lindante al bosque, por el lado opuesto al que él le había prestado atención el día anterior, tomara la forma de suaves y pequeñas colinas. Allí estaba, de pronto, ante sus ojos, la razón por la que el lugar se había fundado con el nombre de Carven Hills. Las encinas que crecían a mitad de camino, eran las que impedían ver aquella parte del paisaje.

Nick se sintió repentinamente rodeado por un lugar desconocido que, en un delicado declive, lo conducía de un modo directo... ¡al bosque!

"*¡No quiero entrar allí!*", se dijo, malhumorado y exhausto.

Pero el niño estaba ya al otro lado de las pequeñas colinas. Y a Nick le pareció una hazaña alarmante.

El también corrió, por puro impulso, hasta el límite de sus fuerzas. Ahora sí que estaba en problemas, parado... ¡justo a las puertas del bosque!

¡Maldito chiquillo! ¿Por qué estaba allí? ¿Cómo podía correr de aquel modo, aun lisiado como se encontraba?

Fue entonces cuando lo vio girar y enfrentarlo, por primera vez, con una mirada... ¿desafiante?

El ceño de Nick marcó bruscamente su preocupación. Ya no parecía huir ni temerle. Estaba contemplándolo tan sólo como si él fuera nada más que... ¡su presa! Y, a pesar de la distancia que los separaba, Nick hubiera jurado que también le sonreía casi en forma malévola.

Pero no contó con demasiado tiempo para ahondar en eso porque el niño se volvió, una vez más, para continuar corriendo. Lo extraño era que ya no cojeaba y su andar era absolutamente normal.

"*¡Imposible!*", se dijo asombrado, mientras lo seguía con la mirada. A menos que hubiera estado simulando aquel defecto físico; algo que le parecía bastante improbable. Pero tratándose de niños, uno nunca sabía a qué atenerse. Quizás, todo consistía en un juego para él...

De pronto –y si, acaso, era efectivamente un juego- algo se volvió de muy mal gusto para serlo. Ese niño que corría junto al bosque, sin arrastrar lo que antes había sido su pierna deforme y haciendo que las hojas caídas crujieran bajo el peso de sus apresurados pasos... ¡era *él mismo*, regresando de la escuela al atardecer, anegado en sus terrores personales, muchos años atrás!

Nick sacudió la cabeza para que la escena desapareciera de su vista. Pero al volverle a prestar atención, *lo* vio entrar a la espesura del bosque, con una determinación que horrorizaba.

_ **¡No-o-o-o-o!**...

A su gritó, lo devoró el silencio.

NUEVE

Alguna vez, en aquellos años difíciles, Russell la había conocido. Y aunque no podía recordar cuándo, estaba casi seguro que había sido en algún cumpleaños del hijo de Nick.

Se la veía mucho más pálida ahora, pero tan bella como entonces. Le había llamado la atención que usara otro nombre, y cuando esa tarde se comunicó con su secretaria para solicitar una cita, él no dudó en que quería verla inmediatamente. Al menos, el apellido funcionaba de un modo convocante…

Aunque no lo había vivido en forma directa, contaba con toda la información, los comentarios y los detalles que Nick le había confiado, de primera mano. Por lo tanto, sabía que había formado parte de un sórdido tiempo en la vida de su amigo y se preguntaba ahora, porqué aun luciendo *diferente* y presentándose con otro nombre, regresaba para hablar con él.

_ Gracias por recibirme, señor Brighton _ se limitó a decir, mientras extendía su mano de delicados dedos y uñas bien cuidadas.

Russell le señaló un cómodo sillón frente a su escritorio y él mismo ocupó su lugar, aguardando porque se explayara en el motivo de su presencia.

_ Seguramente se estará preguntando por qué he venido a verlo…

El alzó sus cejas y sonrió, a medias. "Ni que leyera mis pensamientos", se dijo, con sorna.

_ No es nada que tenga que ver…con el niño _ le aseguró, de pronto.

A Russ le pareció algo llamativa la observación. No dijo nada al respecto, porque creía que se trataba de un tema demasiado delicado para ser abordado con cualquier comentario desafortunado. Fuera de lugar y…fuera de tiempo.

Cierta alarma interior se encendió en él con la rapidez suficiente para hacerle pensar en Carl Morrison, de inmediato.

Si estaba allí con la idea de sacarle a Nick algún dinero extra, había que asegurarse en primer lugar, que los términos del contrato que alguna vez firmara, fueran lo suficientemente contundentes para poder impedir cualquier cosa que se asemejara a una extorsión.

Russ estaba seguro que Carl había guardado una copia de aquel acuerdo en su caja fuerte. Y, en segundo lugar, por un momento sospechó que aquella mujer no estaba al tanto de las circunstancias, si acaso se proponía extorsionar a Nick.

Susan Marville sonrió, casi adivinando que debía tranquilizarlo.

_ Soy la hermana de Victoria, señor Brighton _ estableció, a pesar de considerarlo innecesario _ Desde luego que comprendo su confusión…

Russ la observó sin decir palabra porque creía que la expresión "como dos gotas de agua" hubiera resultado una cursilería.

_ Su hermana gemela _ concluyó Susan.

Y como él continuaba en silencio, manifestando el asombro sólo en su semblante, se sintió obligada a decir algo en relación con lo que había notado, casi sin proponérselo, en la previa actitud de Russ.

_ No he venido buscando   molestar   al señor Troiano, en ningún sentido. Ni siquiera estoy aquí porque Victoria me lo haya pedido alguna vez.

_ ¿Entonces? _ pudo articular Russ, finalmente, mientras descubría algunas ínfimas diferencias, si acaso recordaba bien a su hermana.

Susan parecía aventajarla en cierta actitud de resolución y seguridad personal, en tanto Victoria siempre le había parecido tímida y algo apocada. Y aunque en la mirada de aquélla se destacaba una gravedad que la volvía taciturna y preocupada, Russ comprendió que esa diversidad de detalles resultaba inútil para diferenciarlas, verdaderamente.

En algún sentido, Susan se percataba de la comparación de que era objeto y, en el fondo, se alegró de contar con su capacidad de ocultar su persistente tristeza, bajo una actitud de autosuficiencia que había aprendido a impostar.

_ Debo imponerlo de ciertos hechos…

Russ no pudo hacer demasiado por disimular la gracia que le había causado el comentario. Lamentó su sonrisa casi burlona, mientras pensaba en lo rebuscado de aquellas palabras.

Y, desde luego, Susan no lo pasó por alto, arrepintiéndose al momento de haber conseguido, sin proponérselo, que su personaje de "Monique Darcet" saltara por el aire, con todo su esnobismo.

_ ¿Cuáles son esos…hechos? _ preguntó Russ, no obstante.

Entonces, Susan se propuso ser cautelosa. Conocía la amistad que unía a Russell Brighton con Nick, porque Victoria la había puesto al tanto de infinidad de detalles como ése. Y en aquel momento, ella no podía valorar cuánto de esa amistad se extendía hasta Gail Troiano. Además, y hasta tanto ella no contara con las pruebas que las pinturas le proporcionarían una vez decapadas por el curador, cuantas menos personas conocieran acerca de aquel crimen, mucho mejor. No podía permitirse que ningún rumor de sospecha llegara hasta esa peligrosa mujer.

_ Supongo que usted debe saber acerca del afecto entre Vicky y Nick, a pesar de las circunstancias.

Susan había comenzado con su comentario sin tener en claro hacia dónde la llevaría.

_ Desde luego _ aseveró Russell _ Su hermana fue justa y generosa con los Troiano y siempre se comportó correctamente. Nadie olvida eso. ¿Acaso usted quiere ver a Nick para recordárselo?

La pregunta había sonado bastante irónica y esto incomodó a Susan.

_ Mis razones son otras, señor Brighton _ terminó por decir_ Pero lo cierto es que no sé si quiero hablar de eso con alguien más que con él…

Por un instante, ella volvió a sentirse segura. Había construido cierto argumento que invalidaba a Russell en su curiosidad. Pero éste no se dio por vencido. Sabía que Nick no se encontraba en su mejor

momento para ser incomodado por *cualquier* motivo que estuviera en los planes de Susan Marville. Y el hecho de que se tratara de la hermana gemela de Victoria, podía ser un aditamento desagradable, capaz de desencadenar nuevos conflictos.

Nick se había comportado en forma muy extraña durante su visita a Londres y había dicho bastantes tonterías. ¿A qué acercarle ahora la presencia de aquella mujer que podía complicarlo todo?

_ Lo siento… _ dijo, tratando de no perder su cortesía _ Nick ya no vive en Londres y no desea ser molestado por nadie en su actual lugar de residencia.

_ ¿Ni siquiera para darle en propias manos la carta póstuma de mi hermana?

_ ¿*Póstuma?* _ se sobresaltó Russ.

Susan asintió con un silencioso movimiento de cabeza. Al menos sabía que estaba logrando causar cierto efecto y que jamás diría nada del *modo* en que había muerto. No allí, ni en ese momento, ni a Russell Brighton.

_ Tal parece que las noticias de Southampton no llegan hasta Londres... _ se limitó a expresar.

Algo se cruzó en la cabeza de Russ acerca de que él tenía la misma impresión de lo contrario, pero estaba lo bastante impactado para pasar por alto aquella idea.

_ Créame, señorita Marville...no sabía acerca de la muerte de Victoria.

Sí, estaba francamente alterado por la noticia, pero igual esperó por los detalles que nunca llegaron, y él no se atrevió a preguntar. El hecho de que existiera una carta implicaba, a todas luces, un acto de despedida de alguien...que se había quitado la vida.

Susan intuía el sentido de sus pensamientos y decidió no interceptarlos. Lo mejor sería que fluyeran por ese camino y así, tal vez, ella conseguiría su propósito.

El clima entre ambos se había tornado tenso. Si acaso le pedía aquella carta para ser entregada por él mismo, sabía de antemano que Susan no lo aceptaría. Por su parte, ella continuaba aguardando por una reacción de Russell. Las miradas que cruzaron prometían no abandonar sus mutuos propósitos...

_ El señor Troiano tiene que saberlo _ dijo Susan, ya algo alterada.

_ Seguramente _ aceptó Russ _ Pero tal vez más adelante. No creo que éste sea el momento adecuado. Si usted me entrega esa carta, le prometo enviársela en cuanto...

_ ¿En cuanto lo considere oportuno? _ Lo interrumpió Susan, tajante _ ¿Acaso es usted una especie de censor en la vida de su amigo?

Russ se preocupó repentinamente por el ánimo batallador de aquella mujer. ¿Qué podía responder a tal pregunta? ¿Que lo era en el buen sentido? Sonaría ridículo a oídos de alguien que estaba dispuesta, sin lugar a dudas, a llevar a cabo un último acto de amor por su hermana muerta.

Comenzó a sospechar acerca de la probabilidad de que Nick mereciera, en efecto, saber sobre la muerte de Victoria y lo que aquella carta decía. No obstante, lo correcto hubiera sido anticipárselo por teléfono. Y Russ sabía que esto era imposible. Su línea estaba definitivamente fuera de cobertura. Había insistido las veces suficientes para contar con esa certeza.

_ Está bien… _ soltó a regañadientes _ Le daré la dirección para que envíe esa carta.

En aquel preciso momento, Susan sonrió mientras se preguntaba qué tan enamorado continuaría Nick Troiano de su esposa, para poder sobrellevar la revelación que le tenía preparada.

"Nada de enviar cartas", se dijo. Viajaría hasta el número 191 de la calle East en Carven Hills y sólo esperaba contar con la suerte de hablar con él, a solas.

En otro lugar de Londres, Nelson Sebastian retrocedía, azorado, ante la vista de las pinturas que Monique Darcet había llevado hasta su casa. No había comenzado a decaparlas aún, pero les había aplicado, previamente, la técnica de la luz por contraste. Ella misma se lo había sugerido, al comentarle acerca de su accidental descubrimiento.

D I E Z

Busca… busca con una mirada que lo abarque todo a tu alrededor.

"¡No, Nicky, no lo hagas! ¡Por favor, no mires!"

Lo atravesaba la crispación de un sollozo que pese a provenir de la garganta de un adulto, era el de un niño inmovilizado por su propio terror.

¡Pero ese niño estaba fuera de él y lo observaba ahora, con una súplica plasmada en su expresión! ¡Estaba pidiéndole ayuda…*treinta y cuatro años* después!

Nick volvió a gritar con todas sus fuerzas.

Nada lo detuvo. Las hojas crujían y se deshacían bajo sus pies y aunque él sabía que el *monstruo* aparecería de un momento a otro, ya no pudo decírselo…

No era que estuviera demasiado lejos para poder escucharlo sino que el pánico que envolvía todo su cuerpo, le había hecho enmudecer.

Y así, como un testigo *mudo* de lo que había ocurrido…de lo que *le* había ocurrido tantos años atrás, permaneció a medias oculto por el declive del camino, para verlo surgir desde el bosque, encandilándolo con la luz de una linterna…

Ahora, podía recordar cómo lo había enceguecido al

principio, cuando...*la luz se desplegó como un misterio inexplicable.* Inundó su rostro aterrorizado, mientras sus gritos y sus lágrimas se confundían en un informe gesto de dolor.

De decepción impensable...

No era cierto, finalmente, que no conociera el horrible rostro del monstruo que se había ocultado allí, tras el olvido más profundo, para aguardar a que su comprensión regresara un buen día.

Un buen día como aquél...

...en que pudo volver a mirarlo a los ojos.

Cuando las luces se apagaron más tarde.

Pero, entonces, el pequeño niño horrorizado por su inevitable destino, volvió a recobrar su movilidad y pudo comenzar a huir con todas sus fuerzas intactas.

Nick avanzó para defenderlo. Para *recuperarlo* antes que el dolor lo destruyera. Pero cuando se volvió a mirarlo una vez más, pudo comprobar hasta dónde su propio terror lo había llevado a equivocarse tanto.

El niño cojeaba nuevamente, arrastrando aquella piernecita que apenas parecía responder a su voluntad. ¡Era más pequeño que...*él mismo*, en el bosque, aquel día! Y volver a ver su rostro, transformó ese instante en absoluta desesperación.

_ ¡Papá! ¡Ayúdame!

"*¡Papá, papá...!*", remedaba otra voz ya desconocida para él, aunque le había pertenecido. Era una voz del pasado y nada iba a conseguir retumbando en su memoria.

La vocecita se hundió en la espesura junto con aquel pequeño cuerpo maltrecho. ¿Cómo era posible que se hubiera confundido tanto, detenido en sus propios sentimientos de terror?

_ ¿Joel?

Cuando pronunció el nombre de su hijo supo que, finalmente, había regresado a la realidad.

_ ¿En serio?

Aquella voz y aquella pregunta lo hicieron girar en redondo. Habían sonado tan irónicas como la primera vez, en la vieja estación de trenes.

_ ¿Usted? _ Nick no daba crédito a lo que veía ni escuchaba _ ¿Acaso lee mis pensamientos? ¿También hace eso?

Hubiera debido inclinar su rostro para mirarlo mientras le respondía. Al menos era lo que indicaban las normas de cortesía.

Pero no lo hizo. El empleado de la estación parecía sumamente ocupado en observar algo que estaba al frente, y aun más allá de su vista, y no le importaban para nada sus modales.

_ No sé a qué se refiere _ dijo, sin salir de su estado de abstracción_ Hablaba conmigo mismo cuando usted apareció...

Nick ya había aprendido la lección. Sabía por experiencia que no tendría sentido rebatir sus palabras. No obstante, necesitaba de él en ese momento y, por extraño que le resultara, se alegraba de contar con su compañía.

_ ¿Ha visto a un niño correr por aquí? _ le preguntó, esperanzado _ Tiene una dificultad en una de sus piernas y no me explico cómo conserva su agilidad, pese a todo.

_ ¿Un niño?

Algo le decía a Nick que volvería a una conversación inútil con ese viejo lleno de indiferencia hacia los problemas ajenos. Pero... ¿acaso no le había salvado la vida aquel día, al impedirle abordar el tren a Londres? ¿O todo había consistido, efectivamente, en una increíble coincidencia? ¿No era éste el momento para preguntárselo?

"¡No, qué va!", reconoció Nick a tiempo.

_ Era mi hijo Joel. Y no comprendo qué es lo que le ha ocurrido...

Nick necesitaba tomarse un momento para poner en orden sus ideas. Aún conservaba la crispación interior por todo lo vivido un rato antes, y algunos de sus pensamientos se deshacían como algodón, antes de lograr acceder al campo de su conciencia. Pero sí había *uno*, al menos, que lo llevaba a razonar en un sentido terriblemente doloroso. *Joel no estaba con su madre*. ¿Era posible que Gail lo hubiera abandonado también a él? La pregunta era tan insensata como imposible su respuesta.

Gail podía haber dejado de amarlo y ya había logrado que aquella idea se volviera permeable a su propia aceptación, pero jamás abandonaría a su hijo ni pensaría siquiera en hacerle daño. Debía haber alguna razón más adecuada para aquellas circunstancias.

Por algún motivo, Gail había tenido que descuidarlo en algún momento y Joel pudo perderse al salir de la casa. Quizás... «*"¡oh, no!"*» ¡el asesino de Carven Hills había dado con ellos, la misma noche en que se marcharon! ¡Joel había salvado su vida milagrosamente, aunque había quedado seriamente herido!

_ Estoy disfrutando de mis vacaciones. No estoy aquí para ocuparme de las travesuras de ningún niño...

Las palabras del esmirriado hombrecito que aún conservaba su mirada ocupada en la distancia, lo arrancaron del horror de aquella repentina idea. Todo era gracioso y trágico a la vez. Recordaba a Lavinia asegurándole que esa era la época del año en que el empleado de la estación tomaba, precisamente, sus vacaciones. Y ahora, el hecho que él lo confirmara, por alguna absurda razón, se transformaba para Nick en una especie de chiste que lo movía a risa. ¡Vacaciones junto al bosque! ¿Eso era todo?

Pese a ello, la risa nunca abandonó su garganta. Creía que no se encontraba en la circunstancia apropiada para reír a lo tonto. Además, toda la actitud de ese hombre comenzó a llamar su atención por parecerle un tanto forzada. Como si se tratara, en realidad, de una pose muy bien elaborada y desplegada *ex – profeso*, para su contemplación.

El sol de la mañana había empezado a despuntar y ahora inundaba con su fresca luminosidad, el contorno de cada objeto que se interponía en su camino. El perfil del hombrecillo resaltaba al contraste de aquella luz y, como nunca había dejado de mirar hacia delante, su figura y la expresión de su rostro se destacaban nítidamente. De no haberlo conocido en otra oportunidad, Nick hubiera jurado que estaba ciego, puesto que se comportaba como tal, sin haber girado la cabeza hacia él, en ningún momento.

De pronto, Nick supo que su destino estaba echado. No tenía sentido permanecer allí, cuando debía encontrar a Joel cuanto antes. Por extraña que toda la situación le pareciera, su hijo estaba herido y en peligro... ¡Y acababa de hundirse en la tenebrosa quietud del bosque! Ahora, él tenía que continuar su camino y hacer exactamente lo mismo.

Fue entonces cuando descubrió que gran parte de su animosidad había desaparecido. Si lo que había sufrido un momento antes se había tratado de alguna clase de alucinación, ésta le había sido útil en algún sentido. Ahora *sabía*...

El alud de aquel recuerdo horroroso había llegado desde su oscuridad más impenetrable y descansaba por fin, sobre el áspero borde que, en ocasiones, el olvido abandona en toda su intensidad, justo antes de ceder su territorio a la memoria. Un pleno, extenso y abominable territorio...

Ahora *sabía*...que más allá de la oscuridad, el monstruo sin rostro ya no existía. Él lo había mirado a los ojos por fin, y aunque en su fantasía se había visto huir y correr, también sabía que el *verdadero* Nicky no había contado con esa suerte y había sido, finalmente...*atrapado*.

Y no obstante haber gritado con todas sus fuerzas, ya se lo había anticipado aquella vieja canción del pequeño disco de pasta «regalo de Santa Claus en Navidad, oculto en su media de lana junto a la chimenea»: ... *¡No le había servido de nada!*

_ ¿Qué hay al otro lado del bosque? _ preguntó, de pronto, secando sus repentinas lágrimas con el dorso de una mano.

_ Carven Hills... _ respondió el hombrecillo, con su particular estilo.

Nick lo observó, odiándolo intensamente. Lo dejaría exactamente allí, en medio de sus frases de tonta filosofía y él solo haría el resto del trayecto. Le dio la espalda para marcharse sin siquiera despedirse, cuando su voz atiplada, lo sorprendió.

_ Ese niño ya no está en problemas _ dijo _ Lo de su pierna...

Nick se alejó, enfurecido. No iba a seguir prestando atención a sus necedades. De haberlo hecho, hubiera escuchado el final de aquella frase...

_ ...sólo se trata de la *corporeidad.*

Y de haberlo visto, además, al girar su cabeza por primera vez, hubiera comprendido aquello a lo que se refería...

La mitad de su rostro estaba deforme y pútrido.

Había un camino. Era estrecho y estaba cubierto de hojas que aún permanecían húmedas por el rocío y hacían un sonido apagado bajo sus pies. Como un *plaf – plaf monocorde,* acompañando sus pasos, que cada vez lo internaban más y más en el bosque.

De todos modos, sus aprehensiones ya no eran las mismas. *Aquel* monstruo, efectivamente, no volvería a hacerle daño. Ni aguardaría por él, agazapado en la oscuridad. Su miedo tenía ahora mucho más que ver con encontrar a Joel «*"¿desangrándose?"*» muriendo, caído en algún sitio, a causa de su terrible herida en la pierna. Pero aún más pavorosa era la idea de no poder hallarlo en ninguna parte. De perder a su hijo para siempre, bajo aquellas circunstancias.

Supo que alguien lo observaba, cuando la umbrosa quietud del bosque se hizo más densa y ya había decidido seguir avanzando, a cual*qui*er precio.

Al principio, sólo había sido un leve movimiento, algo tan etéreo y súbito que creyó haberlo imaginado. Como si el aire hubiera sacudido una vaporosa cortina de tul, a su lado. Pero luego vio el borde blanco, casi luminoso, de una cierta clase de vestido o túnica, desaparecer rápidamente detrás del grueso tronco de un árbol.

¡*Obviamente*, alguien llevaba puesta esa ropa! La inevitable sonrisa nerviosa alteró sus labios en un rictus. ¿Otra vez un fantasma? Sólo eso faltaba…

Pero el fantasma con el que se había encontrado en otras ocasiones, aquél que se había *corporizado* ante su vista, vestía con ropaje común y corriente. Le agradaba pensar en términos de "corporización" porque esto le permitía sentir que, aun instalado en medio de la sordidez propia de una insólita historia de fantasmas, esta expresión le otorgaba la posibilidad de tratar con cierto rigor teórico a aquel desagradable asunto. Siempre era bueno contar con alguna teoría para casos serios o disparatados. Su sonrisa sardónica se amplió bajo el peso de un gracioso pensamiento. ¡Thomas Neville nunca se había mostrado envuelto en tules blancos, para cumplir con los requisitos y exigencias atribuibles a su "condición", según los viejos cuentos de comadres!

Seguramente, se había corporizado con el mismo traje que llevaba puesto al momento de morir. ¿No era demasiado absurda esa idea? No, se respondió. Además, si un fantasma se había movido ya a su alrededor, cualquier otro también podía hacerlo. Y él tenía que aceptarlo, con un máximo de naturalidad.

Uno. Dos. Muchos. *Todos…*

Entonces, mientras avanzaba en su camino y en sus pensamientos, el bosque tocó su límite y desapareció bruscamente, para desembocar en el camposanto de Carven Hills.

El pequeño cementerio de la comarca se extendía exhibiendo sus lápidas y algunas cruces de piedra enmohecida, enclavadas en la tierra cubierta de la hierba que crecía descuidadamente.

La mayoría se veían antiguas y abandonadas, y todo el conjunto parecía rodeado de un silencio solemne, que el tiempo había dejado allí para descanso de quienes habían sido enterrados en el lugar.

Nick estaba seguro que estaba en el sitio adonde se había dirigido Joel. No obstante, no lo veía por ninguna parte. Y esto lo alarmaba cada vez más…

Su propio hijo daba la impresión de haber estado huyendo de él. Aunque en algún momento había pedido por su ayuda. Aquello no tenía demasiado sentido.

¿Qué clase de padre era uno del que se huía?

"Tú lo sabes…"

Jamás había dañado a Joel ni siquiera con el pensamiento. Algo se puso claro en su mente, de pronto. El niño había corrido todo el tiempo fuera de su alcance… ¡para hacerlo llegar justamente hasta ese lugar! ¿Por qué Joel *había querido* que estuviera allí?

No hubiera deseado saberlo nunca. No hubiera deseado ver nunca…lo que su mirada le devolvía en aquel momento. A unos pocos pasos estaba esa tumba…*"en amorosa memoria de Lavinia Morgan"*.

¿Había sido enterrada en Carven Hills? ¿Su sádico primo había llegado al extremo de ocuparse de su funeral, sin un atisbo de remordimiento?

Pero, entonces, otro detalle llamó su atención y comprendió que había cometido un error. La tumba se veía tan vieja como las demás…No era la suya sino la de su abuela que tenía su mismo nombre, según recordó.

Nacida el 4 -11 -42. Fallecida el 16- 10 -64.

Eran fechas antiguas. No tenían que ver con Lavinia.

Y, finalmente, talladas sobre el mármol, aquellas palabras que su abuela solía mencionar: *Carpe diem*.

¡Vaya epitafio! ¡Qué…original!

Pero sus pensamientos no alcanzaban a cerrar allí. Había algo que fastidiaba tras la línea. Había *algo* que no armonizaba con el resto. Nick no quería decírselo a sí mismo pero estaba ante sus ojos como una verdad irrefutable. ¡La fotografía en la lápida! ¡Eso era! ¡No podía tratarse de su abuela! ¡Era el rostro de Lavinia! ¿Cómo era posible, acaso, un parecido físico tan absoluto?

Nick comenzó a temblar. Sus ojos se llenaron de lágrimas y su comprensión llegó al mismo tiempo que Lavinia, con aquel blanco y vaporoso vestido con el que siempre la había visto. Recién ahora tomaba nota de aquel detalle y, por primera vez, podía percibir unas pequeñas manchas de sangre que con el tiempo se habían oscurecido hasta parecer cualquier otra cosa.

_ *Carpe diem*... _ le susurró, sonriéndole en medio de aquella expresión melancólica que imprimía tristeza a su sonrisa _ Te lo dije en su momento...*demasiado joven para morir.*

Nick retrocedió torpemente.

_ ¿Quién...eres? _ balbuceó, atónito.

_ Quién? ¿O...*qué*? Porque no tengo la misma respuesta para ambas preguntas _ Lavinia se movía alrededor de su propia tumba y parecía estar pendiente de la perplejidad de Nick _ Soy Lavinia Morgan. He muerto hace cuarenta años. Eso va por *quién*...fui. En cuanto a *qué*...

_ ¡Por Dios! _ La interrumpió Nick _ ¿Estoy hablando con un fantasma? ¿Lo he hecho todo el tiempo sin darme cuenta de nada?

Lavinia soltó una risa cantarina que nunca le había escuchado.

_ ¡Eso! ¡Eso es lo *que soy*!

Nick le dedicó una mirada cargada del más puro asombro.

_ ¿Y te parece divertido? _ al momento de preguntarlo, giró sobre sí mismo como si necesitara quitarse de encima su propia necedad _ ¡Dios mío! ¿Cómo puedo estar haciéndote esta clase de preguntas?

_ Puedo responderlas... _ le aseguró Lavinia _ No, no me parece divertido. No debes interpretar mis reacciones del mismo modo que lo haces con las tuyas. ¡Yo estoy muerta, Nick! No tienes idea de todas las diferencias entre tú y yo, a partir de ese...detalle. En cuanto a cómo puedes preguntarme ciertas cosas...

_ ¡Aguarda, Lavinia! ¡Por favor! _ Nick cerró sus ojos por un momento _ Estoy tratando de asimilar todo esto. ¡Y ni siquiera eres el primer fantasma con quien me encuentro!

_ Lo sé... _ dijo ella, con absoluta serenidad.

Nick se quedó por un momento observándola, con un detenimiento bien diferente con el que lo había hecho antes. No descubría en ella su innegable belleza, sino todos aquellos signos que lo llevaban a darse cuenta que... ¡estaba muerta! Desde el vestido que llevaba puesto, que no daba la impresión de abrigarla en medio del frío otoñal de Carven Hills, hasta su mirada tensa y opaca, a pesar de ser hermosa, que quizás en otras oportunidades habría imaginado intensa y brillante. Si observaba aún mejor, podía percatarse de que su piel increíblemente blanca, casi translúcida, guardaba en sí la perfección de lo inerte.

En medio de una ternura insana, sintió por ella en ese mismo instante, la más grande conmiseración por su muerte prematura. Y el hecho de que estuviera allí, frente a él, desgarrando todas las posibilidades de la realidad, pasó a ser el detalle menos importante.

_ ¿Lo sabes? _ preguntó, retomando el diálogo _ ¿*Cómo* lo sabes? ¿El te lo dijo?

_ ¿A quién te refieres?

_ ¡A Thomas Neville, por supuesto!

Lavinia detuvo su bella pero extraña mirada por encima de su hombro. Su rostro se había transfigurado.

_Ese...no me diría nada, aunque quisiera _ dijo, finalmente.

A Nick no le pasó por alto aquella transformación en su semblante y, de haber estado viva, hubiese jurado que lo que sentía en aquel momento era verdadero dolor moral.

_ Thomas Neville ha sido el primer fantasma que se cruzó en mi camino...

_ ¡No es cierto! _ exclamó Lavinia _ Has estado rodeado de otros por mucho tiempo y en ningún momento lo sospechaste. Muchos de tus recuerdos se perdieron tras el accidente, Nick. Pero *otra cosa* surgió en tu cabeza, después.

Nick había empalidecido.

_ ¿Qué tratas de decirme? _ farfulló.

Ella pareció medir el daño que iba a causar.

_ Gail y Joel...

_ ¡No! ¡No digas eso! _ Su grito se convirtió lentamente en el ronco sollozo de un hombre devastado.

_ Lo siento, Nick _ daba la impresión de ser sincera _ Pero ésa es la verdad que hundiste en el olvido...

_ ¡Cállate, por favor! _ Nick lloraba abiertamente.

_ Ellos murieron en el accidente. ¡Tienes que recordarlo! Ocurrió algunos días después que Victoria se marchara. Trata de recordar, Nick...Fue el día en que junto con Joel habías ido a buscar a Gail al Aeropuerto, de regreso de una exitosa exhibición de su obra en Southampton.

_ ¡No...! ¡Te equivocas! ¿Cómo puedes saberlo si no estabas allí? ¡Fue Victoria quien murió en ese horrible accidente! ¡Y no ocurrió en el camino de regreso! ¡Fue *antes* de llegar a Heathrow!

Lavinia había adoptado una actitud de gran condescendencia y le dejaba hacer. Suponía que al final de su desahogo, tal vez lo aguardara la aceptación de lo que verdaderamente había sucedido. Cuando lo creyó conveniente volvió a hablar.

_ Eso de que no puedo saberlo...bueno, no volveré a indicarte el modo en que tu mundo y el mío se diferencian.

Aunque algunos hechos los conozco porque me fueron *transferidos* por Gail.

Nick la observaba, sintiéndose afiebrado. Sus ojos empequeñecidos, brillaban por el esfuerzo de su llanto. Pero aún intentaba defenderse del horror de aquella revelación…

_ ¡Fue Gail quien me comunicó la muerte de Victoria! Estuvo enfurecida conmigo todo el tiempo, porque nunca me perdonó que llorara y me culpara por su muerte. ¡Me abandonó por ello!

_ Nick… _ susurró Lavinia, confundiéndose con el viento _ Las cosas no ocurrieron de ese modo.

_ ¡Dime, entonces, cómo ocurrieron, pequeña sabihonda! _ Su grito de desesperación atravesó el aire, como una saeta.

_ Gail y Joel estuvieron junto a tu cama en el hospital…cuando ya estaban *desmaterializados*. ¿No recuerdas el gesto de tu esposa cuando preguntaste por la suerte corrida por Victoria?

_ ¡Claro que lo recuerdo! ¡Claro que lo recuerdo! _ Nick se ahogaba en sus palabras y se aferraba a la lógica de su propia evocación _ ¡Me bastó verla negar con su cabeza cuando pregunté por ella!

_ Gail estaba *muerta*. Sólo te indicaba que Victoria no lo estaba…

Nick ya sabía que el tiempo de negación tocaba a su fin. Pero no estaba dispuesto a dejarlo ir, fácilmente.

En algún rincón de sí mismo, aquellos atroces recuerdos se habían ocultado de un modo tan pétreo que ahora le era imposible hacerlos regresar. En su lugar, una falsa memoria había construido una historia diferente: algo que aun convenciéndolo de ser doloroso, le permitía zanjar un dolor todavía mayor, que lo aguardaba en otra parte.

Una especie de resignación atravesó su mirada.

_ Si mi primo Dan te viera en este momento, pensaría que el incidente en el río trastornó tu mente.

Lavinia sonrió con su gesto melancólico, aprovechando aquel instante en que Nick parecía estar intentando asimilar los hechos, bajo su propia calma.

_ ¿Qué significa eso? _ preguntó, aunque algo renuente.

_ Te vería hablando solo en un cementerio abandonado…

Nick se percataba recién ahora que ella había dejado ya de lado su trato formal con él y, en medio de todas sus penurias, esto era algo que por alguna razón lo confortaba.

Entonces, la pregunta surgió por sí misma.

_ ¿Qué hay de especial en mí que me permite…*verlos*?

_ No es tan especial como supones. Fue algo que te ocurrió en el accidente. Le sucede a más gente de la que imaginas. Un fuerte golpe, una conmoción, pérdida del sentido y, al regresar, tu mente se ha abierto a una dimensión impensada.

Nick entrecerró los ojos.

_ ¡Eso es imposible! _ exclamó, a sabiendas de que no lo era o su experiencia le indicaría otra cosa.

_ ¿Te parezco imposible?

El dejó escapar, como al descuido, una leve sonrisa por la comisura de sus labios.

_ Dan-el-asesino _ dijo, a modo de chanza, ya que ella lo había nombrado.

Sabía que no tenía necesidad de explicar cuál era la gracia del asunto. Estaba seguro que ella lo comprendía a la perfección, si acaso comenzaba a entender aquellas diferencias entre sus mundos.

_ Dan es una buena persona. Se ha tomado la molestia de regresar a este lugar por un negocio familiar irrelevante. ¿Quién compraría unos campos de girasoles arruinados, en un pueblo fantasma?

_ ¿Respondo a tu pregunta? Un tonto como yo…

_ No abundan _ remató Lavinia.Y entonces ambos rieron. No obstante, aquella risa fue tomando, lentamente, otra forma en el rostro de Nick. De golpe, todo en él era pesadumbre, otra vez.

_ ¿Dónde está mi hijo? ¡Vino hacia aquí, lo sé! ¡Está herido y pedía por mi ayuda!

Ella meneó su cabeza en señal de pena.

_ Lo siento, Nick…No deseo que te angusties pero estoy aquí sólo para decirte la verdad.

_ ¡Dila, entonces, de una buena vez! _ La apremió él.

_ Joel aún permanece confundido. Ha quedado atrapado entre dos dimensiones y es muy pequeño para comprender lo que está ocurriéndole.

_ ¿Estás hablando de mi hijo…*muerto*?

_ Ya no debes negarte a lo que has olvidado. No te servirá como mecanismo de defensa, de ahora en más. Y tampoco le sirve a Joel…

Los sollozos se quebraban en medio de su pecho.
En lo más íntimo de sí, Nick se daba cuenta que no soportaría la llegada de aquel recuerdo. Y tampoco lo aceptaría, sin más. Preferiría morir antes que su mente se abriera al abominable territorio de la memoria.

_ ¡No, no, no! _ gemía, desesperado.

_ Escucha… _ lo conminó Lavinia, intentando calmarlo _ No es tan malo como parece. El está bien ahora. Podrá ir hacia la luz si se lo propone. Y tú puedes ayudarlo para que lo haga…

Nick sólo atinaba a llorar desconsoladamente. ¿Ayudar a su hijo a marcharse para siempre? ¿Cómo podían pedirle semejante cosa?

_ ¡No puedo hacerlo! ¡Está herido!

_ Esa herida ya no le hace daño. De hecho, puede movilizarse sin ningún impedimento.

Lavinia le hablaba con cierta suavidad reconfortante. El la miró, aferrándose a aquellas palabras. Era cierto lo que decía. El mismo se había percatado de su agilidad, a pesar del modo en que su piernecita se veía destrozada.

_ Ya no es más que una marca que puede plasmarse sobre su imagen o desaparecer sin más _ continuó aclarándole _ Lo llamamos la *corporeidad*. Y es lo que, en ocasiones, se refleja en nuestra entidad, como consecuencia de haber poseído un cuerpo, alguna vez.

Nick comenzó a calmarse, con una lentitud que parecía envolverlo en cierto sopor. El desgaste de su adrenalina comenzaba a hacerle efecto. Pero al mismo tiempo, la sensación de un dolor desgarrante abarcaba su cuerpo, su vida y su mundo como un maldito habitante llegado del infierno. Quizás, jamás recuperaría aquel recuerdo que debería estar allí para decirle persistentemente que él era el culpable de la muerte de su familia.

Gritos y tumbos.

Ayes de dolor y sangre que se esparcía hacia todas partes.

Había podido ser de cualquiera de ellos…

Excepto de Victoria Marville.

Sencillamente porque ella era la única que no había estado allí.

Lavinia se le acercó, aun creyendo que sería rechazada.

_ ¿Quieres conocer algo más de lo que hay del otro lado de tu línea, Nick?

_ ¿La delgada línea que separa la vida de la muerte? _ preguntó, sin fuerzas.

_ Algo así…

_ No estoy muy seguro…de querer _ pero, despacio, asintió.

De pronto se daba cuenta que sí deseaba saber. Era el lugar donde Gail y Joel estarían esperando por él hasta el final…

Lavinia sonrió y se acercó un poco más, dejando ver algo que antes nunca había estado allí.

Un profundo tajo oscuro atravesaba su cuello, a medias oculto por el delicado canesú del vestido. Nick lo descubrió por un instante y luego apartó la vista, horrorizado. Aunque enseguida supo que *eso* había desaparecido, un momento después.

_ Los que aún nos movemos por el mundo somos sólo aquéllos a los que ustedes llaman..."los que no descansan en paz". Para decirlo de algún modo que puedas comprender: no todos los que mueren pueden convertirse en una entidad errante.

_ ¿En un...fantasma? _ preguntó Nick para confirmar que iba comprendiendo.

_ Esto nos ocurre a los que hemos sido arrancados violentamente de la vida _ continuó ella con su explicación _ Algunos por confusión, otros por desesperación y aun por deseos de venganza, permanecen y deambulan en un plano intermedio que los obliga a estar en contacto con situaciones terrenas que ya no les sirven. Y les impide alcanzar la luz a la que fueron destinados. Sólo quienes mueren tranquilamente en sus camas, llegan a ella en forma directa. Otros, en cambio, tardamos un poco más...

_ ¿Y tú...por qué estás aquí? ¿Por qué permaneces en ese plano? ¿Cuál es tu razón, entre las que mencionaste?

_ He pasado por todas ellas _ respondió Lavinia _ Con el transcurso de los años, cada una tuvo y luego perdió su sentido. Ya no podré negarme por mucho más tiempo a *ascender*.

_ ¿Te niegas así como así y eso es todo?

_ Trataré de explicártelo con las palabras que puedas comprender _ Lavinia seguía siendo tan hermosa como siempre y él tuvo tiempo de pensar en ello mientras la escuchaba, seriamente interesado _ Eso que llamas un "fantasma" es el conjunto de toda la energía biorritmica que lo acompañó cuando vivía. Despojado de su cuerpo, se transforma en pura energía liberada. Si no es inmediatamente absorbida por la luz, llega un momento en que el esfuerzo de conservarla reunida alrededor de la imagen de nuestra propia forma física, se vuelve arduo y difícil.

Mientras hablaba, Lavinia lo observaba atentamente. Quería asegurarse que era comprendida en su explicación.

_ Con el tiempo se debilita y se corre el riesgo de no poder impedir su dispersión _ continuó _ Y eso no es bueno para nosotros, si cargamos con culpas y pecados de nuestra vida anterior. Si bien, tarde o temprano, nuestro destino debe ser la luz…en ocasiones, puede no ser tan agradable.

Lavinia dio a entender en ese momento, que no deseaba explayarse en aquel tema. Pero Nick insistió en saber más.

_ ¿Qué puede hacer que no lo sea? _ preguntó.

_ Como te dije…haber hecho algo muy malo cuando vivías _ explicó ella, finalmente _ En general, la luz tiende a rechazar la energía negativa.

La claridad de la mañana había alcanzado ya su plenitud. Lavinia se veía tan sutil y luminosa como un ángel. Sin saber porque´, Nick sintió que la amaba y ese sentimiento poseía la fuerza suficiente para hacerle desear que nunca lo abandonara.

Sabía que pedía demasiado y que su propio deseo era, además, incongruente.

_ Quédate conmigo, Lavinia… _ en su voz había casi un ruego _ Un poco más, por favor.

_ Haré lo que pueda por usted, señor Troiano…

Ella le sonrió como aquel día del trato.

ONCE

Russell no había quedado tranquilo luego de su encuentro con Susan Marville. Un segundo después de entregarle la dirección de Carven Hills, ya se había arrepentido. Y ahora lo embargaba un sentimiento de impotente culpabilidad.

Como en tantas ocasiones fallidas, había intentado comunicarse con Nick para ponerlo sobre aviso, al menos, acerca de aquella posible visita. Sabía que no lograría nada en ese sentido, pero la culpa lo llevó a insistir. Y, como siempre, la comunicación no se produjo.

Entonces, supo que había llegado el momento de hacer algo más que lamentarse por su amigo y fue en busca de Carl. De alguna manera, debía convencerlo que ya era tiempo de ir al rescate de Nick, para regresarlo a Londres de una vez por todas.

Conocía a Carl lo suficiente para suponer que no le sería fácil hacerle compartir su punto de vista. Carl era de los que pensaban que no era bueno fastidiar a los demás con las propias creencias y ya le había escuchado decir, en algún momento, que debía respetar la decisión de Nick por apartarse de la vida mundana y no entrometerse para nada en aquel asunto.

Pero a Russell lo esperanzaba el hecho de que Carl había sido un testigo privilegiado de las divagaciones de Nick, en su visita a Londres. Por mucho que quisiera, no podría negar lo que era evidente para ambos.

Lo que fuere que había en Carven Hills no estaba haciéndole ningún bien a Nick. Después de todo, la soledad y el aislamiento no podían ser buenos consejeros para quien había sufrido tanta pérdida irreparable.

_ Tengo la impresión que saber de la muerte de Victoria va a ser traumático para él _ le explicaba a Carl _ Sólo agregará más sufrimiento a su vida.

Sé que no debí ceder al pedido de su hermana...

_ Russ...

_ ¡Antes que me digas nada, Carl, piensa si es correcto no poder tener nunca noticias de él! ¡Puede enfermar, ocurrirle cualquier cosa y nosotros no enterarnos!

_ Aguarda... _ Carl sonrió a medias, más para indicar que esta vez no iba a reaccionar del modo que Russ estaba suponiendo _ Estuve pensando *exactamente* lo mismo. Y me preocupa tanto como a ti.

_ ¿Entonces...?

Russell se alegraba de no haber tenido que usar esfuerzos extras en convencerlo.

_ De todos modos no será tan sencillo como chasquear los dedos _ le advirtió Carl _ Ha comprado una gran casa en el lugar, se ha instalado y seguramente estará invirtiendo dinero en los arreglos que dijo que la casa necesitaba...

_ ¿Qué hay con eso? _ preguntó Russ, empecinado en su propósito.

_ ¡No querrá abandonarlo todo como si nada! ¿Acaso imaginas a Nick en esa actitud?

_ ¡Sólo sé que es casi nuestro deber sacarlo de allí y traerlo de regreso a Londres! ¡Por los viejos tiempos!

_ Oye... _ Carl meneó su cabeza, desaprobando _ No es así como funcionan las cosas.

_ ¿Ya has olvidado lo que dijo acerca de su encuentro con un fantasma? _ Estaba tensionado y, tal vez, las secuelas del accidente dejaron marcas más profundas que las visibles.

_ ¿Y qué tal eso de mencionar a su esposa como si aún viviera con él en Carven Hills?

_ Fue apenas una broma para salir del paso...

_ Una broma de mal gusto. El verdadero Nick, el que yo conocí alguna vez, jamás habría dicho algo semejante.

_ De acuerdo _ se rindió Carl _ Hay cosas que no están bien y yo también lo sé. Pero... ¿qué podemos hacer al respecto?

_ ¡Ir por él de una buena vez! Además, te aseguro que quiero ponerlo al tanto de la existencia de Susan Marville _ en la expresión de Russ se leía una oculta preocupación por este asunto _ Por el modo en que actuaba y todo su apremio, no me parece que se limitará a escribirle una carta ni tendrá la delicadeza de anunciar su llegada. Lo hará y punto.

En el fondo, Carl también presentía que esto podía alterar a Nick y, recordando su estado anímico, supuso que no había sido ninguna buena idea acercarle su dirección a esa mujer.

_ No sé por qué demonios no lo pensé mejor, en lugar de dejarme presionar por la supuesta carta póstuma de una hermana muerta _ se lamentó Russ, finalmente.

_ Te diré lo que haremos _ propuso Carl, de pronto _ Iremos a pedir consejo profesional al doctor Ferguson. Él sabrá decirnos qué es lo mejor para hacer en este caso. Nick ha sido su paciente y, de hecho, él mismo confirmó que volvería a la consulta.

_ ¿Tú crees que él podrá ser de ayuda en esto? _ preguntó Russ con su proverbial resquemor hacia los psiquiatras _ Quizás sólo nos enrede con tecnicismos innecesarios y...

_ Russ _ lo interrumpió su amigo _ Estoy aceptando ir contigo a Carven Hills. *Tú* acepta que es mejor hacerlo con alguna estrategia a mano. No tenemos ni idea de lo que encontraremos allá...

_ No estamos pidiéndole que falte a su ética profesional _ le aclaró Russ al psiquiatra, en tono apremiante. Ya había sido bastante con aceptar estar allí _ Sólo deseamos que nos diga si hay algún modo de convencerlo de regresar a Londres.

El doctor Ferguson los había recibido con agrado, apreciando el interés de dos buenos amigos por uno de sus pacientes más conflictivos. Pero ahora, les devolvía una mirada cargada de dudas sobre tal propósito.

_ La urgencia de su demanda, señor Brighton, es el *modo* que deberá dejar de lado, precisamente.

Carl decidió intervenir para evitar que Russell hiciera otra de las suyas.

_ Doctor Ferguson... _ se aclaró la garganta, deseoso de mostrar una actitud menos ansiosa que la de su amigo _ La última vez que lo vimos, prometió regresar a su consultorio. No estaba bien...

_ Lo sé _ lo interrumpió el psiquiatra _ Mi secretaria lo notó preocupado por algo, el día que pidió su cita por teléfono. Pero esa cita era ayer por la tarde y aún no he tenido noticias suyas.

Carl y Russ cruzaron sus miradas que habían aprendido a interpretar mutuamente, en muchos años de amistad.

Por puro presentimiento, los dos supieron que algo estaba peor de lo que habían supuesto. No obstante, el doctor Ferguson no se mostraba alarmado por ello.

_ Es posible que lo haya olvidado _ expresó _ El señor Troiano tiene verdaderos problemas con sus olvidos.

A pesar de que sus interlocutores permanecieron a la espera de algunos detalles, el doctor Ferguson no dijo, por supuesto, nada más. Y con un gesto les indicó que la entrevista había concluido. ¿Esperaban alguna ayuda profesional de su parte? Entonces, les diría apenas lo necesario.

_ No lo fuercen a hacer, decir o recordar lo que está más allá de sus posibilidades, en este momento...

El doctor Ferguson sabía muy bien a qué se refería. Lo había escuchado de boca de Nick, en sus sesiones de hipnosis...

DOCE

Joel no regresó ni volvió a dejarse ver, no obstante que Nick había tratado de contactarlo por todos los medios.

El dolor de haber aceptado su muerte y la horrible culpa que lo carcomía, convencido de haberla causado, eran dos motivos de peso en su profundo abatimiento. No comprendía cómo había distorsionado tanto sus recuerdos hasta creer que quien había muerto en el accidente había sido Victoria, en lugar de su familia. Pero daba por cierta la explicación de Lavinia y suponía que aquel primer encuentro con ellos en el hospital, después de su desmaterialización, había causado toda la confusión al respecto.

Cuando regresó del bosque aquel día, todo había cambiado definitivamente para él. Y se había convertido en una extraña mezcla de aceptación y reconocimiento que recorría cada rincón de su memoria, arrastrando consigo todo lo que podía. Lejos de darle alivio, esa sensación ardía en su mente como brasas al rojo vivo.

El rostro del monstruo se había revelado, finalmente. Había permanecido oculto e informe durante tanto tiempo que tenerlo ahora frente a sí y saber ya de *quién* se trataba, apenas abría breves atajos y descorría pesados velos, para que la primera claridad de su lento entendimiento se hiciera presente.

Que alguien pudiera vivir con aquel execrable recuerdo de ahí en más, era una experiencia a la que recién comenzaba a asomarse.

Cuando el círculo cerrara por completo, él no podría permitirse quedar atrapado allí. Debería poner todo su empeño en alejarse y sobrevivir. Pero Nick no tenía en claro qué haría con aquella parte de su vida, a partir de entonces.

El dolor por la verdad era el precio más caro que jamás había pagado. No obstante, allí estaba de pie, sorbiendo sus lágrimas, en medio de la soledad de esa casa, dispuesto a sobrellevar el resto.

El resto de lo que fuere…

En tanto, el principio era un atroz enfrentamiento con la realidad. Gail y Joel habían muerto en el accidente. Y de un modo increíble, él había logrado hacer subsistir sus presencias para que lo acompañaran en aquella mentira cuyo único fin –en el fondo, él lo sabía- era ayudarlo a continuar. A conservar el deseo por la vida que, de otro modo, se le hubiera escurrido como agua entre los dedos, después de las graves heridas sufridas en el accidente.

Ahora, ese deseo acababa de irse tan lejos que casi se volvía inalcanzable. Y para empeorarlo todo, *también* recordaba aquella tarde en que su horrible padre lo había esperado, oculto en el bosque…

…para violarlo.

El círculo comenzaba a cerrarse. Que muriera de un infarto algunas semanas más tarde, sólo había sido un acto de justicia divina…

Era increíble cómo todos sus recuerdos de aquel tiempo volvían a acomodarse y a ocupar el lugar *real* en la memoria. Y allí estaba su madre, pálida y serena, tomando su pequeña mano, en el funeral de su padre.

Pálida y serena.

¿Ella había sabido de lo ocurrido aquel día? ¿Había sospechado alguna vez acerca de las enfermizas intenciones que corrían bajo la piel de su espantoso marido, como asquerosas ratas de alcantarilla? ¿Qué relación se imponía entre la distancia defensiva que él siempre había guardado con aquel hombre de carácter violento y abusivo y la necesidad de su madre de pasarlo inadvertido?

Si se detenía a pensarlo, creía recuperar en el recuerdo, las miradas temerosas que ella le dedicaba cada vez que ese hombre abominable a quien *tenía* que llamar padre, regresaba alcoholizado al hogar.

Una nube de odio tan intenso que parecía estallarle en las sienes se abrió paso en él, desbastando su último refugio de olvido. *¿Qué hogar?*

Hasta donde ahora podía recordar, su infancia no había sido más que una miserable etapa de su vida, arruinada por el terror y el abandono que lo aguardaban cada día, en su propia casa.

Un hombre que golpeaba, maldecía y vomitaba sobre el piso de linóleo en la cocina y una mujer que lloraba, asustada, por los rincones: ¡esos seres patéticos a quienes había llamado padres y ya no eran más que rescoldos de su pasado, cargado de dolor!

¿Por qué tenía que recoger ahora aquellos restos? ¿Con qué resabio de sus propias fuerzas podía hacerlo?

Nadie violado por su propio padre podía sobrevivir sino por el empeño de imponerse olvidarlo. Como él lo había hecho hasta ese momento, prefiriendo reemplazar el recuerdo de aquella aberración que arrasó con su niñez desolada, por la acechanza de un monstruo inexistente.

"¿Inexistente?", se preguntó con sorna. Había existido para estar a su lado los primeros diez años de su vida…

Pero, por último, tomaba la decisión de abandonar el círculo y continuar con su camino, ahora que por fin comprendía por qué había crecido como un niño taciturno y solitario que pasaba la mayor parte del tiempo encerrado en el precario refugio de su habitación. Paradójicamente, la soledad había sido su mejor compañía. Exactamente igual que ahora. Los recuerdos de aquel tiempo eran tan terribles y dolorosos que, ni siquiera en ese momento, regresaban por entero.

"¡Basta!", se dijo, arrancando aquellas imágenes de su cabeza como si se deshiciera de viejas y descoloridas fotografías inservibles. *"¡Eso no volverá a lastimarme!"*

De ese modo dejaba el círculo atrás. Ojalá que lo hiciera para siempre…

Su mundo había cambiado, al menos. Había dado un pequeño giro hacia otra parte, pensó con cierta ironía, y ahora estaba en condiciones de hablar con los muertos. ¿No era, acaso, maravilloso?, se preguntaba con su fino sentido del humor. Consecuencia del peor acontecimiento de su vida «*"¿el peor?"*»: una contusión en su cabeza y todo quedaba ya listo para espiar por la ventana prohibida.

¿Y si el fantasma de su padre decidía aparecerse un día? ¿Qué haría él, como un Hamlet moderno, preguntándose por su propia encrucijada? Pero el alivio regresó al momento. Lavinia le había confiado que quien moría en su cama, partía hacia la luz con toda felicidad. De hecho, su padre había muerto en el baño, pero suponía que para el caso, eso era lo mismo. También suponía que aquel maldito no había podido contar con esa suerte. Tenía que haberse… *¿disuelto?* antes de alcanzar la luz. Se esperanzaba en que el rechazo por las acciones negativas «*"y esto es demasiado poco para decir de ti, padre"*» llevadas a cabo en este mundo, según lo expresado por su fantasmal amiga… ¡le hubiera arruinado hasta su muerte!

Empezaba a darse cuenta que por haber estado caminando por allí al amanecer, al regreso, su memoria había traído a rastras…*todos los paquetes abiertos.*

Las lágrimas caían del borde de sus ojos, como pequeños ríos sin destino. Lo atravesaba la sensación de no ser más que un despojo malherido, a cargo de sus propios recuerdos. Los peores. Los insoportables. Los *verdaderos*...

Lo único a lo que podía aferrarse ahora era...al mundo de fantasmas que lo rodeaba. No podía ni quería alejarlo de sí. Era, eventualmente, su mundo y, en cierto sentido, debía descubrirle su comodidad.

_ El señor Hornfeld, el anterior propietario de la casa, llegó a pensar exactamente lo mismo que tú...

Otra vez el sobresalto que Lavinia siempre le causaba al aparecer, lo hizo girar en redondo.

_ ¿Puedes leer en mis pensamientos? _ preguntó, avergonzado por cierto recuerdo. Uno de los recientes...

Lavinia lo miraba de un modo que evocaba, de golpe, la razón de aquel gesto familiar que había creído encontrar en tantas miradas. Era un sutil hilo de unión con algo sin brillo, pero a la vez intenso, que se movía en el trasfondo de todas las expresiones. En Lavinia, era cierta actitud taciturna, más allá de las sonrisas. ¿En Thomas Neville? Quizás, un dejo de fino sarcasmo. En Gail había tomado la forma del rencor. O lo que él había confundido con ello. No obstante, en todas aquellas miradas persistía –ahora lo sabía, por fin- la extraña desolación de lo que ya no tenía vida.

_ No siempre es posible _ respondió Lavinia _ Sólo en ocasiones, cuando un pensamiento posee la intensidad suficiente.

"¡Oh, no!", se lamentó Nick, conociendo de antemano cómo definir "intensidad". Pero Lavinia no agregó ningún comentario, lo que hizo que él se sintiera profundamente aliviado.

_ Decías algo en relación con el señor Hornfeld...

_ Ese anciano caballero nos aceptó desde un primer momento.

Nick se sentía atrapado y absorto en sus palabras. Lavinia explicaba hechos y situaciones que formaban parte de un mundo desconocido por él hasta entonces. Un mundo al que no se atrevía a llamar "de los muertos", nada más que por respetar sus propias aprensiones.

_ Poseía el don de comunicarse con nuestra dimensión y aceptaba esta circunstancia con toda naturalidad. Desde luego…eso no es tan sencillo de sobrellevar.

¡Vaya si él lo sabía!

_ ¿Quieres decir que ese…don al que te refieres estuvo con él desde siempre?

_ Algo así _ concluyó la muchacha.

Ese día, Nick Troiano logró asomarse por entero a cada cornisa que Lavinia construía con su relato, para que él pudiera sondear, en el paroxismo de su asombro, en su mundo fantasmal.

_ El señor Hornfeld pertenece al grupo de los que naturalmente ven moverse a su alrededor a estas almas desorientadas, en busca de su luz.

Según Lavinia, no se trataba de una habilidad adquirida sino que era, efectivamente, un don. Pero esto había tenido un precio para el anciano. A su edad, aquel don lo había sobrepasado hasta causarle algunas dificultades de salud.

Vender la casa de Carven Hills había sido el primer intento en toda su vida, de poner distancia con aquella cacofonía eterna a su alrededor, y también con las visiones. Vivir en un pueblo fantasma para quien poseía el don, podía en cierto punto tornarse peligroso.

Otros, como él mismo, llegaban a la experiencia a través de un accidente o una circunstancia fortuita pero lo bastante intensa para conmover la apretada y estrecha dimensión de la realidad que ofrecían los hechos cotidianos. Y habían quienes apenas lograban alguna vez, captar algún murmullo leve e inespecífico o, incluso, creían ver ciertos movimientos extraños. No obstante, jamás se permitían preguntarse por aquellos detalles de lo inexplicable o misterioso, como un modo de permanecer aferrados a la cómoda cotidianeidad de sus vidas. Eran los que seguían de largo, quizás un poco asombrados, pero indiferentes al final.

_ Es una experiencia que se consigue al producirse cierta *fricción* entre las dimensiones. Generalmente, se trata de personas con ciertas ideas "fuertes", no necesariamente conscientes, que hacen de puente hacia este lado...

Y estaban quienes a lo largo de toda su vida, jamás obtenían un solo contacto.

_ La mayoría de los mortales pertenecen a este último grupo.

"Afortunadamente", pensó Nick. Pero se cuidó de expresarlo en voz alta, por si acaso resultara de un tono ofensivo para Lavinia. Esperaba que aquel pensamiento no hubiese sido lo suficientemente poderoso para ser leído.

Para permanecer fuera y lejos del círculo de su propio dolor, se percataba que la aceptación de aquellos "momentos de contacto", como había aprendido a llamarlos, llenaban el vacío de su vida con algo que hasta podía ser esperanzador.

¿Por qué no?, se preguntaba, en medio de tanta revelación. Si la vida continuaba después de la muerte, ya tenía un motivo para saber que alguna vez volvería a encontrarse con sus seres amados. Y esto, de momento, podía funcionar como el alivio del consuelo.

De modo que se atrevía a conjeturar que todos ellos –*sus* fantasmas- no eran sino maravillosos entes luminosos. Ese pensamiento era recurrente en él porque le ayudaba a ubicar a aquellos a quienes tanto había amado y ya no estaban con él, en un lugar básicamente apartado de la oscuridad, a la que tanto había temido por tanto tiempo.

Si los dejaba partir le quedaría tan sólo su vacía vida solitaria. Si, en cambio, los acogía sin ningún prejuicio de su parte, ellos también lo aceptarían en su mundo. Sabía que, a veces, perduraban nada más que en el sonido de las palabras que solamente él podía escuchar. Y en esas imágenes que se movían a su alrededor y únicamente para él eran visibles...

181

O estaba volviéndose loco.

Tal vez lo insoportable de su propio sufrimiento lo había llevado al borde de aquella alucinación. Era el precio de haber recordado lo que, en verdad, deseaba haber olvidado para siempre.

Aunque Lavinia estuviese a su lado para ayudarlo a sobrellevar el dolor, tendría que aceptar en algún momento que esa hermosa muchacha...*muerta* era sólo la creación de su propia imaginación afiebrada o de su cabeza golpeada en un accidente, una especie de delirio que había brotado como pus infecto, de sus heridas más profundas.

Sin embargo, estaba dispuesto a dejarse llevar de la mano, como un niño, por la experiencia que ella le proponía. El mundo del que le hablaba y del que él apenas había obtenido una pálida visión hasta el momento, estaba lleno de secretos y misterios a los que deseaba alcanzar...*como a aquella vieja piñata de sus fiestas infantiles.*

Como un niño...

Pero como un niño feliz. Eso que nunca había sido.

Y la piñata se rompía en el aire, por fin, y él reía –en parte porque imitaba a los otros niños- en su fiesta de cumpleaños, mientras las golosinas y los juguetes caían sobre él, como una sorpresiva y maravillosa lluvia de felicidad.

Un poco más allá estaba la mirada de su padre, siempre atenta, socarrona y amenazante. Pero por ese día al menos, él fingía no haberla visto. Y seguía sonriendo como si fuera feliz.

Lavinia también le contaba de los *despliegues*. Se refería a los movimientos y las acciones que, posibilitados a medias por una ilusión óptica subyacente, los fantasmas daban la impresión de realizar para quien pudiera verlos, manipulando ciertas sustancias sutiles con las que impregnaban el aire. De ese modo, Nick había creído ver a Gail y a Joel "viviendo" en su misma casa, moviendo objetos y desplegando acciones concretas. Pero lo que él había confundido con un viejo encono de su mujer, traducido en cierto distanciamiento, había tenido mucho más que ver con su imposibilidad *real* de tomar contactos físicos que no fueran ilusorios, que con el enfado que él le había atribuido…

Un mundo extraño, diferente. Pero una vez logrado el acercamiento y superados el primer temor y la incredulidad, todo se volvía más fácil, en medio de esta nueva lógica de los hechos. Si acaso ésa era su locura, también era su tabla de salvación, ahora que el velo del olvido se descorría.

Nick sabía que todas las preguntas agolpadas en él estaban destinadas a la búsqueda de sus seres queridos. Deseaba saber cómo haría Joel para superar su confusión y poder así encontrar su camino hacia la luz. Por qué él y Gail habían desaparecido de su vista de un modo tan repentino.

_ Tal vez ella no me ha perdonado…su propia muerte y la de nuestro hijo. ¡Soy el único responsable del accidente!

Lavinia lo miró de manera apacible, quizás procurando transmitirle algo de esa paz que a Nick siempre se le escurría como arena entre los dedos. Y era así cada vez que evocaba las terribles consecuencias de lo ocurrido aquel día.

_ No deberías hacerte tanto daño, por algo que pese a todo no pudiste evitar que sucediera. Tu propia vida corrió peligro en ese accidente.

¿No es suficiente motivo para aplacar tus remordimientos?

Nick no conocía la respuesta a esa pregunta. Pero tuvo la certeza en el momento, que si alguien que "había cruzado la línea" y sabía cómo eran los hechos del otro lado, podía liberarlo de su carga con aquel comentario, algo de cierto debía haber en sus palabras.

_ Ella no te abandonó porque estuviera enfadada contigo _ le aseguró Lavinia _ Simplemente, comprendió cuál era su condición y se marchó hacia la luz. Todos lo hacemos, tarde o temprano…

_ ¿Por qué ella lo ha hecho tan pronto y tú aún permaneces aquí, después de tantos años?

La expresión de Lavinia, pese a su sonrisa, se volvió oscura y cargada de verdadera amargura. Pero se sobrepuso para responderle.

_ Si Gail se ha ido ya, ahí tienes la mejor prueba de que no hay rencor en ella hacía ti. Lo que les ha ocurrido ha sido obra de la fatalidad. Nada tiene de qué culparte. De lo contrario se quedaría, en cierto modo, para tratar de ajustar cuentas contigo. Ella y Joel permanecieron a tu lado sólo porque te amaban y aún sentían que no sabían hacia dónde ir.

Los ojos de Nick se anegaron en lágrimas. Lo que Lavinia le explicaba tenía para él todo el sentido de una revelación. Quizás, una de las más bellas revelaciones pero, además, una de las más dolorosas…

_ En cuanto a mí… _ continuó Lavinia, para responder por completo a su pregunta _ No ha sido tan sencillo. El que causó mi muerte…quien me violó y asesinó, quedó por mucho tiempo en tu mundo, sin sufrir consecuencias, sin remordimientos, sin pensar demasiado en lo que había hecho. Era un verdadero pervertido…Sin embargo, contrajo matrimonio, formó una familia y durante todo ese tiempo fue un hombre feliz y respetado por la sociedad. Sé que tuvo ciertos problemas a raíz de sus perversas inclinaciones. Pero siempre pagaba fuertes sumas de dinero para comprar el silencio de los demás y nunca volvió a perder el control hasta el límite en que lo hizo conmigo. De modo que todo terminaba en habladurías que jamás fueron probadas. Su impunidad llenó mi alma de tanto odio y dolor que nunca logré el estado de pureza necesario para llegar hasta la luz. Quizás me lleve todavía algún tiempo…aunque no mucho más.

Por su expresión, Nick comprendió que no había llegado al final de su relato.

_ Pero su impunidad terminó cuando a Jimmy-*rezongos* se le ocurrió una idea brillante...

_ ¿Jimmy-*rezongos*? _ no pudo evitar preguntar, estupefacto.

_ El empleado de la estación ferroviaria...

_ ¿Así se llama? _ remarcó Nick, incrédulo _ Quiero decir... ¿así le dicen?

_ Es por su mal carácter _ le aclaró Lavinia.

Pero ahora Nick esperaba por la conclusión de aquel relato.

_ Ya sabes el resto...

_ ¡Por supuesto que no lo sé!

Lavinia mostraba cierta renuencia a continuar, aunque lo hizo pese a todo.

_ El descarrilamiento del tren a Londres. No fue azaroso que solamente Thomas Neville muriera en él...

A Nick no le llevó más de un segundo comprender el sentido de sus palabras. Pero algo bien distinto era poder asimilarlas y aceptar que el fantasma que había estado persiguiéndolo hubiera sido en vida, el perverso asesino de Lavinia.

_ Lo siento _ dijo ella, insinuando un sincero malestar por ello _ Creo que arremetió contigo porque en medio de su confusión inicial, lo único que le resultó conocido fue Carven Hills. Tus pensamientos debieron estar llenos de ese nombre, de modo que él supo desde el comienzo que tú vives aquí.

_ ¡Es...increíble! _ exclamó Nick con lo que le restaba de aliento.

Aunque ésa era la palabra que ya no se ajustaba demasiado bien a ningún hecho de los que lo rodeaban.

_ No lo es tanto _ le aseguró Lavinia _ es bastante común que al desmaterializarse, alguien regrese al lugar donde cometió su crimen.

_ ¿Y qué es lo que, entonces, se supone que hace? ¿Salir por allí a gritar "buuu" para asustar a los niños por las noches?

Lavinia no aceptó su broma.

_ No es gracioso _ dijo, mientras lo amonestaba con la

mirada_ Lo hizo contigo y estuvo a punto de causarte un ataque al corazón.

_ Bueno… _ admitió Nick, a medias _ Si tu condición te permite estar al tanto de tantas cosas, te diré que quemar su fotografía o apoyar su mano sobre el cristal de una ventana, resultó ser algo bastante inofensivo.

_ ¿Eso crees?

Ahora, la mirada de Lavinia se había transformado. Pasó de admonitoria a socarrona, pero con algo oscuro e inquietante como trasfondo. Nick no se sintió feliz de contemplar aquella expresión. Se encogió de hombros y trató de restarle importancia. Parecía un buen modo de no ceder a su repentina intranquilidad.

Lavinia se le acercó, sin importarle quedar expuesta en aquello que iba a desagradar a Nick. Cuando hablaba de Thomas Neville o pensaba en él, la marca amoratada y sanguinolenta en su cuello, surgía casi con la misma apariencia del día en que la degollara. Su *corporeidad* adquiría la misma fuerza de entonces. Y, por lo que exhibía de pronto la expresión en su rostro, Nick temió que aquello también estuviera causándole dolor.

No le gustó su cercanía en aquellos términos pero se sobrepuso al rechazo y permaneció, inmóvil, junto a ella.

_ Tal vez lo de la fotografía no tenga tanta importancia _ dijo _ Por lo general, un fantasma se deshace de sus retratos en vida, si tiene la ocasión. Lo hacemos porque no nos agradan los recuerdos de nuestra vida pasada.

Nick la interrogó con la mirada.

_ Duele… _ se limitó a explicar Lavinia _ Sólo al llegar a la luz, el olvido y la felicidad se convierten en una misma cosa. Ya ves…que no se la pasa tan bien mientras permanecemos en esta dimensión.

_ ¿Ya te sientes en condiciones de…marcharte?

Ella volvió a recuperar toda su belleza y el feo corte en su cuello ya no estaba allí, cuando Nick miró otra vez.

_ Gracias a Jimmy-*rezongos* ya estoy en paz. Fue mucho el tiempo que aguardé por mi revancha…

_ ¿Eso quiere decir…? _ no se atrevió a concluir su pregunta.

_ Que ya estoy en condiciones de marcharme, sí…

_ ¡Por favor, no lo hagas! _ exclamó Nick con desasosiego _ ¡Ni yo mismo esperaba escucharme decir algo como esto pero…si tú también te vas, me quedaré completamente solo!

Lavinia intentó acariciarlo y él se percató del gran esfuerzo que debió desplegar para hacerlo. Finalmente, aquella caricia tuvo apenas el efecto de una suave brisa vivificante sobre su rostro.

_ Lo siento _ dijo _ No es algo que dependa de mí…

Por un instante, Nick se sintió sumido en la intensidad de un deseo absurdo: el de haberla conocido en vida.

Aunque sus épocas habían sido diferentes –él apenas un niño de muy corta edad cuando su juventud era truncada por la mano impiadosa de un asesino- creyó con todas sus fuerzas que hubiera sido verdaderamente agradable haber podido cruzar sus destinos, aun por un corto momento. Haberla conocido *viva*; eso era algo que encendía su sangre. No obstante, no sólo no era posible sino que, además, muy pronto iba a perderla de todos modos, cuando emprendiera su inevitable viaje hacia la luz. Pero fue esta idea lo que trajo a su mente, otra pregunta acerca de los hechos de aquel mundo, al que sólo podía limitarse a contemplar, sin poder influenciar en nada de lo que allí ocurriera.

_ ¿Qué es lo que sucede cuando alguien tan malvado como Thomas Neville, muere tranquilamente en su cama, en lugar de hacerlo de manera violenta?

_ Su alma se disipa en la oscuridad…

_ ¿Qué significa eso exactamente?

_ Recuerda…la maldad que hayas cometido en vida, le impedirá a tu alma su eternidad. Eso es lo que llaman *infierno*.

_ ¿Eso? _ repitió Nick, a lo tonto.

_ Para los que han permanecido en nuestro plano intermedio, todo es aún peor. Saben que en un tiempo relativamente breve, en los términos de nuestro mundo, terminarán desapareciendo porque la luz no los recibirá. La *dispersión*, así sin más, es algo verdaderamente temible. Sólo te conviertes en *nada*…

Pero Nick creía que aquello no era suficiente castigo para ciertas acciones.

_ Sí que lo es _ respondió Lavinia a su silencioso pensamiento.

Esta vez él no se sorprendió. Se quedó observándola alejarse, de un modo que jamás le había visto desplegar a ninguno de ellos. Bueno, quizás había notado un poco de eso con Thomas Neville cuando cruzó el pasillo del vagón aquel día. Lavinia se movía a través del espacio de la sala, sin que ninguno de sus muebles pareciese estar en su camino… ¡aunque lo estaban!

Era algo impresionante como espectáculo y ella se volvió a mirarlo, comprensiva y segura del efecto causado.

Nick sonrió y se encogió de hombros.

_ ¿Qué puede ya afectarme? _ preguntó como si no quedaran más sorpresas.

La mirada de Lavinia se tornó preocupada.

_ Nunca abandones tu recelo ni te vuelvas tan confiado para moverte entre nosotros…

_ ¿Es un consejo?

_ Lo es… _ susurró ella, apenas.

Si el tono de su voz hubiera sido más claro y elevado, si él no se hubiera distraído al verla perderse como un punto de luz, sobre una de las paredes de la sala, tal vez se hubiera sentido más seguro acerca de lo que había creído escucharle decir, al final: *Una mano sobre un cristal…es una marca.*

Ahora la casa está marcada. Habrá un crimen aquí…

TRECE

Si algo había odiado Russell toda su vida, eran los mapas de ruta. Por lo general, tendían siempre a confundirlo y se le arrugaban entre las manos con increíble torpeza.

Cuando Carl lo vio arrojarlo contra el piso del coche, mascullando improperios, no se sorprendió por su actitud y más bien le causó gracia.

_ ¡Seguro que hemos equivocado el camino! _ exclamó, alterado _ ¡Te digo que hace al menos cuarenta minutos que debimos llegar a Carven Hills!

Carl no agregó nada al comentario porque sabía que sólo ayudaría a enfurecerlo. Pero también para él, aquella apreciación era correcta. Sin embargo, no habían visto ningún cartel de señalización en largo tiempo. Cuando finalmente divisaron uno a la distancia, ambos quedaron perplejos.

Según el "bendito" mapa de rutas «irónica palabra utilizada por Russ», el próximo pueblo llamado inapropiadamente Springmouth, en medio de la gélida cercanía del invierno, estaba a cincuenta millas del punto exacto en que ellos se encontraban. Esto significaba «siguiendo las terribles indicaciones del mismo mapa de rutas» que habían dejado atrás Carven Hills, hacía ya un buen rato.

_ ¿Cómo es posible que hayamos seguido de largo sin verlo?
_ se quejó Russ.

_ Me parece que la explicación es bastante obvia. No había ningún cartel de señalización en ese tramo del camino. Alguien lo quitó o jamás lo pusieron.

Russ miró a su amigo, anunciándole con su expresión que las explicaciones racionales lo exasperaban aún más en aquel momento.
Pero, por último, decidió resignarse a las circunstancias y dejar que la ira se aplacara en su sangre.

_ Te diré lo que haremos, habida cuenta de la hora _ cuando Russ se rendía al sentido común, solía expresarse con mejores palabras que sus incontenibles maldiciones _ Tomaremos una cena ligera en Springmouth, pernoctaremos allí y mañana bien temprano volveremos sobre nuestros pasos para dar con Carven Hills, de cualquier manera. Seguramente, alguien del pueblo sabrá brindarnos buena información al respecto.

Era cuanto menos una idea, en medio del cansancio del viaje, de modo que Carl lo aceptó sin chistar. Apenas en cuarenta y cinco minutos llegaron al parador junto a la estación de servicio. Y fue para ellos lo mismo que alcanzar el paraíso.

Pidieron sendas tazas de café, mientras estiraban las piernas y recibían el saludo de bienvenida del encargado. La "sugerencia de la casa", para la cena, resultó ser una buena tajada de *yorkshire pudding* con ensalada, que prometía devolverles el alma al cuerpo.

Se sentaron cerca del único parroquiano en el lugar, que momentáneamente distraído por sus presencias, abandonó la lectura absorta del periódico, para saludarlos con amable cortesía.

_ Te aseguro que esta vez *nuestro* Nick Troiano no se saldrá con la suya. No después de todo el trabajo que estamos tomándonos por él…

A pesar del comentario, Russ ya había recuperado su buen humor, frente a la apetitosa cena que el muchacho de la cocina acababa de acercarles. Lo miró moverse diligentemente por un momento, mientras disponía el servicio y luego lo encaró con el tema de su interés.

_ ¿A qué distancia de Carven Hills nos encontramos exactamente y cómo llegamos allí?

El muchacho parpadeó brevemente y le devolvió una mirada de desconcierto. Russ creyó que no había escuchado bien su pregunta.

_ ¡Carven Hills! _ repitió _ En nuestro mapa figura como el pueblo anterior a éste…

_ No existe tal lugar, que yo sepa… _ respondió el muchacho, sin inmutarse.

Carl y Russ cruzaron sus miradas y las dejaron caer luego en el rostro del camarero hasta incomodarlo.

_ Lo siento _ terminó por decir _ No conozco ese pueblo. Deben estar confundidos o desorientados…

_ ¡Maldición! ¡Claro que no! _ estalló Russ, mientras su pesado puño golpeaba la superficie de la mesa y ponía a mover la vajilla en ella.

_ ¿Estás seguro de lo que dices? _ preguntó Carl de un modo más calmo _ Puede que tú no lo conozcas pero ese pueblo existe. Tenemos un amigo que está viviendo allí…

El muchacho pareció sorprenderse.

_ Toda mi vida ha transcurrido en este lugar. Me parece que veinte años es tiempo suficiente para haber oído hablar de él, alguna vez.

Las miradas de Carl y Russ volvieron a encontrarse, ahora absolutamente desalentados. En el fondo, creían que el chico no podía ser sino uno de esos patanes desinformados que pasaban el tiempo con auriculares en sus orejas y goma de mascar en la boca, a toda hora. Esos eran de la clase de los que no sabían qué pasaba más allá de sus narices…

_ ¡Tom! _ exclamó el muchacho, llamando la atención del encargado _ ¿Has escuchado hablar de un pueblo llamado *Carlton* Hills, cerca de aquí?

_ *Carven*…Carven Hills _ lo corrigió Russ.

_ Yo, sí.

Pero no había sido el encargado quien respondiera. Todos se volvieron hacia el lugar de donde había surgido aquella voz: la mesa ocupada por el único parroquiano que estaba en el parador, junto con ellos. Sonreía en forma amigable y parecía disfrutar con el efecto causado.

_ He estado allí hasta hace dos horas y conozco a…*vuestro* Nick Troiano _ les aseguró, sin evitar cierta broma _ Lo lamento…Fue inevitable escuchar la conversación.

_ ¡Oh, eso no tiene ninguna importancia!

Cualquier cosa que aquel hombre dijera, sonaría como música para los oídos de Russ, si acaso insistía en lo único y verdaderamente importante: ¡Que conocía Carven Hills! Aquello parecía, efectivamente, un milagro caído del cielo. ¡*También* conocía a Nick!

Russ y Carl se presentaron, entusiasmados, invitando al hombre a su propia mesa. Este aceptó la invitación, sonriente, pero aclaró que ya había cenado y sólo tomaría su última pinta de cerveza.

_ Mi nombre es Daniel Morgan. Pueden llamarme Dan, como todo el mundo…

Siempre se presentaba así y, por lo general, esto caía bien a la gente. Pero como los dos hombres frente a él habían enmudecido y parecían expectantes acerca de lo que iba a decir, Dan continuó hablando, sin esperar reacciones.

_ Es increíble que Carven Hills figure aún en los mapas de ruta. Hace muchísimos años que nadie vive allí. Por alguna razón inexplicable, el lugar fue abandonado y hoy no es más que lo que todos llaman "un pueblo fantasma".

_ Nick *vive* allí… _ remarcó Carl, con un hilo de voz.

_ ¡Oh, sí, claro! También lo hizo el viejo señor Hornfeld _ aclaró Dan _ Nunca faltan esa clase de excéntricos. Pero por lo demás, sólo las ardillas del bosque se ven por allí.

Russ se sorprendió de que alguien hubiera llamado "excéntrico" a Nick. El hubiera podido describir a su amigo de diversas maneras pero jamás se le hubiera ocurrido incluir aquella palabra en su descripción. Sin embargo, si lo pensaba detenidamente y sin negar que Nick había cambiado mucho en ese último tiempo, el hecho de haberse instalado en un sitio como Carven Hills, lo convertía exactamente en un excéntrico.

Lo cierto era que después del accidente que les costara la vida a Gail y a Joel, su amigo se había encerrado en su propio mundo, transformado en un hosco ermitaño.

Quizás, pensaba Russ en aquel momento, el no haber podido estar presente en el funeral de su familia por encontrarse aún hospitalizado, el no haber tomado verdadero contacto con la *realidad* de sus muertes, había dañado su ánimo de un modo profundo y permanente…hasta el extremo de hacerlo tomar la descabellada decisión de ir a vivir a un pueblo fantasma, como Dan Morgan lo definía.

Con más fuerza que nunca, Russ sintió que ardía en su propia necesidad de rescatarlo. Si acaso no era demasiado tarde…

_ Es lógico que ese muchacho no tenga idea de la existencia del lugar _ continuó Dan _ Nadie ha quedado por aquí que lo recuerde ni lo mencione en, al menos, los últimos treinta años. Parte de mi familia vivió allí aunque hoy me parezca increíble.

_ Eso es extraño _ meditó Carl _ Quiero decir…está bien que el lugar haya desaparecido como tal, hace tanto tiempo, pero ¿por qué no perduró en la memoria de nadie?

_ Si aún hablamos de la Atlántida _ remató Russ, risueño _ ¿Cómo es posible tanto olvido sobre un pequeño pueblo pintoresco?

_ Muy gracioso... _ exclamó Dan _ Pero lo cierto es que así ocurrieron las cosas. Y, de hecho, no me parece que Carven Hills tenga nada de pintoresco.

_ Promocionar un lugar como "pueblo fantasma" hasta podría ser lucrativo en el negocio turístico.

La observación de Russ dejó a Dan pensativo, por un momento.

_ Hum... no lo creo _ dijo, finalmente _ Los lugareños decidieron borrar cualquier indicio de su presencia. No dejaron en pie ni el cartel de señalización con su nombre. Los pocos que quieren llegar allí, generalmente se pierden o no pueden hacerlo.

_ Por lo visto no es su caso _ estableció Carl.

Y tampoco había sido el de Nick.

_ Conozco muy bien el camino. Solía visitar el lugar, de niño. Pero esta vez fui a cerrar definitivamente ese capítulo de mi vida _ Dan aclaró su voz y bebió un buen trago de cerveza _ He pensado en vender los pocos acres de tierra que hay ahí como propiedad familiar. Aunque por lo que he visto, eso es una verdadera ruina. No creo poder encontrar a ningún comprador dispuesto a encarar tan mal negocio...

_ No debería desanimarse antes de tiempo, Dan _ le aconsejó Russ jocosamente _ Nuestro amigo es la prueba viviente de que los negocios nunca son malos hasta demostrar lo contrario. ¿Acaso él no ha comprado su "maravillosa" mansión en un pueblo fantasma?

Russ reía como a borbotones, acosado por cierto nerviosismo. Pero a Dan no le había parecido que hubiera dicho nada gracioso.

_ ¿Qué clase de casa pudo comprar en ese lugar abandonado? _ la pregunta intentaba ser el remate de un buen chiste.

O aplacar su preocupación, en realidad _ ¿Un *bungalow* plagado de comodidades?

Dan dio la impresión de meditarlo por un momento.

_ No _ dijo _ Su casa es enorme pero horrible. Pudo ser una mansión en su época, pero ahora es una verdadera ruina.

Las miradas de Russ y Carl volvieron a cruzarse. Algo había en ellas que les decía acerca de la mutua preocupación en aumento.

_ Ya estaba bastante deteriorada en mis tiempos _ recordó Dan _ Creo que fue por entonces que el señor Hornfeld la compró. Fue una pena…

_ ¿A qué se refiere? _ El comentario de Dan Morgan había despertado la curiosidad de Carl.

_ Mis tíos y mi prima Lavinia vivían allá por entonces. Yo solía visitarlos en mis vacaciones de verano. La mayoría de nuestros juegos «me refiero a Lavinia y a mí» consistían en llegar hasta la casa, incursionar en el viejo cobertizo y espiar por sus ventanas. Ya su fama era terrible por aquella época…Decían que había fantasmas en la mansión.

Dan había bajado la voz para expresar esto último. Quizás, se sentía un poco avergonzado de una observación relacionada con sus viejas creencias infantiles.

_ Y cuando el tipo compró la casa, les arruinó la diversión _ concluyó Russ.

_ Sólo en parte…

Tanto él como Carl esperaron, en silencio, por su explicación. Dan se mostraba verdaderamente entusiasmado con sus recuerdos, como si aquellos viejos tiempos le acercaran una antigua felicidad perdida.

_ Hornfeld era una persona sumamente agradable. Pero todos en el pueblo decían que estaba un poco chiflado.

_ ¿Y lo estaba? _ preguntó Russ tratando de apurar el relato.

Dan Morgan pareció hundirse aún más en su evocación. Un atisbo de sonrisa se plasmaba en su semblante, atento más bien a algo que no estaba allí para nadie, excepto para él.

_ Cuando nos encontraba husmeando cerca de la casa, solía invitarnos a escuchar viejas historias del pasado y a tomar el té en su sala. Con Lavinia jamás aceptábamos y huíamos cobardemente.

Quizás, en el fondo, creíamos a pies juntillas lo que se decía de él...Bueno, un par de veces, espiando por las ventanas, lo habíamos descubierto hablando solo. Pero eso es algo que la mayoría de la gente solitaria suele hacer. Sólo que él lo hacía con tal convicción de estar conversando con alguien *real*, que más de una vez nosotros mismos pensamos que quien estaba allí con él, se mantenía fuera de nuestra vista, oculto por algún mueble o la saliente de una pared...

_ Pero estaba *chiflado* _ sentenció Russ.

_ Prefiero recordarlo como un...excéntrico – lo rectificó Dan.

_ Tal vez hablaba con los fantasmas de la casa.

Dan y Russ contemplaron a Carl, agradablemente sorprendidos por el comentario. Todos rieron, festejándolo. Pero un poco después, Dan Morgan había recuperado su seriedad.

_ Creo que la superstición comenzó cuando Lavinia fue asesinada...

_ ¿Su prima? ¿Mataron a su prima?

Las preguntas provenían de Russ, ahora interesado en el tema.

_ Ocurrió muchos años después _ rememoró Dan _ Yo ya no visitaba Carven Hills por entonces. Pero su muerte, nunca esclarecida, causó mucho daño en nuestra familia. De hecho, mis tíos se mudaron al norte de Inglaterra y, prácticamente, perdimos todo contacto con ellos. Supongo que ya han muerto o estarán muy ancianos...

_ ¿Por qué dice usted que ese crimen dio lugar a una superstición? _ preguntó Carl.

A esta altura, Dan Morgan tenía un brillo diferente en la mirada, ocupada por los destellos evocadores de un pasado que, de pronto, parecía cubrirlo todo.

_ No lo sé exactamente. Quizás, porque como les dije, el caso nunca se esclareció. Algunos pobladores habían comenzado a tomar en serio el asunto de los fantasmas. Y no faltó algún bromista que aseguró haber visto a Lavinia rondar por el cementerio, después de su muerte. Lo cierto es que fue ese crimen el que hizo que la gente del lugar se volviera aprehensiva. Aunque la mayoría creía que lo había cometido un forastero y se resistía a sospechar de los pocos habitantes de Carven Hills. Por aquellos días se hablaba de un joven y atildado caballero al que se había visto rondar por allí, la misma noche en que Lavinia fue asesinada y que luego había desaparecido misteriosamente. Unos decían que los fantasmas se lo habían llevado y otros aseguraban que él mismo era un espectro llegado del infierno. Los más inteligentes sospecharon que se trataba del asesino. ¿Qué creo yo? Que la policía no investigó lo suficiente y ese criminal se fue de Carven Hills tan tranquilo como había llegado. Pero un par de años después, gran parte de los pobladores se habían marchado del lugar. Ya nadie era feliz ni se sentía cómodo en Carven Hills tras la tragedia de aquel horrible crimen. Y en unos pocos años más, ya nadie vivía allí…a excepción del excéntrico señor Hornfeld.

_ ¡Qué historia! _ exclamó Russ impresionado.

_ Ni que lo digas _ estableció Dan con aire sombrío _ En mi familia, se contó por años, de generación en generación. Mis hijos y mis nietos la seguirán repitiendo para sus descendientes…

_ Y hoy Carven Hills es un lugar abandonado, casi maldito, del que ya nadie quiere volver a hablar…

Las repentinas palabras de Russell impactaron a Dan, por lo acertadas y patéticas en la descripción del final de aquel pueblo. Pero algo aun peor conmocionó a Russ, al momento.

_ ¿Cómo es posible que Nick se haya marchado a vivir allí?

_ Sus razones habrá tenido… _ dijo Dan Morgan, como al pasar. Pero enseguida decidió mostrar su parecer _ Si me disculpan…creo que ese amigo tiene una buena pieza suelta en la cabeza.

_ ¿Por qué lo dice? _ preguntó Carl, con máxima preocupación.

_ Lo rescaté del río una mañana en que se había decidido a cruzarlo por un puente colgante en desuso y bastante deteriorado _ Dan bebió un poco de cerveza y continuó hablando según el curso de sus pensamientos_ ¿Quién haría algo como eso? Para no haber visto el estado de ese puente, debió estar bastante "salido" de la realidad.

_ Es posible que no lo esté pasando bien _ intervino Russ _ Perdió a su familia en un accidente del que seguramente se culpabilizó y, desde entonces, Nick ya no es el mismo…

_ Claro _asintió Dan _ Eso explica algunas cosas. Pero su imprudencia no me asombró tanto como lo que llegó a preguntarme después.

_ ¿Y qué fue eso?

Dan permaneció un momento en silencio, con su mirada reconcentrada sobre el vaso frente a él, con el que jugaba moviéndolo entre sus dedos.

_ Créanme…un escalofrío me recorrió por entero la espalda y no pude evitar pensar en la maldición de Carven Hills. Fue cuando me preguntó si yo era, acaso, el padre de Lavinia…

_ ¿El padre? ¡Eso no tiene ningún sentido!

En la exclamación de Russ se mezclaban miedo y sorpresa por igual. Ahora tenía la seguridad de que las cosas estaban aún peor de lo que él suponía.

_ Es lo mismo que yo pensé al escucharlo…

Todos se miraron, tal vez en busca de una respuesta racional en alguno de ellos. Pero pronto sus miradas delataron que, si acaso la había, ninguno estaba en condiciones de darla. En sus cabezas sólo rondaban respuestas sombrías…

_ ¿Cómo es que conoció algo…acerca de Lavinia? _ estableció Russ, con el peor de los interrogantes.

_ Pudo llegar hasta el cementerio y leer el nombre en su tumba…

Carl insistió con aquello a último momento. Pero Dan lo desalentó en esa dirección.

_ ¿Antes de cruzar el río y desconociendo cómo hacerlo? _ negó con un movimiento de cabeza _ Imposible…

Carl creyó encontrar de pronto la salida apropiada a aquel brete.

_ ¡El viejo Hornfeld debió hablarle de ella cuando le vendió la casa!

_ Si lo hizo… _ meditó Dan _ inexplicablemente su amigo confundió el tiempo cronológico de la historia.

Los tres hombres en el interior del parador ya nada dijeron al respecto. Quizás, era el momento de abandonar las conjeturas…

Afuera había caído la noche en forma prematura y un viento helado soplaba con voz espectral.

CATORCE

Si Nick hubiera podido expresar con palabras, el sentimiento que se había instalado en su ánimo por aquellos días, apenas habría farfullado algo como "magulladuras en el alma". Y si hubiera tenido fuerzas para hacerlo, lo habría escrito en su *notebook*, exactamente debajo de *"demasiado joven para morir"*.

Lo que iba a quedar en el medio de aquellas frases, quizás sería más adelante y con suerte, el relato de su próximo libro. Pero, de momento, lo único que hacía por las mañanas, al despertar, era permitirse llorar con toda la fuerza de su corazón gravemente herido, mientras preparaba sus desayunos de café negro y tostadas de pan congelado, en su cocina de ventanas desnudas. Todos los días veía a través de ellas, el mismo bosque, el mismo río, las encinas a un lado, el campo de girasoles, al otro...

La brillante luz matinal penetraba casi hasta el límite de hacerle doler los ojos abotagados por la falta de buen descanso. El aire frío traía consigo los olores del invierno en ciernes, que se colaban por el panel de cristal roto de la puerta trasera.

Empezaba a notar, indiferente, que vivía en un mundo que se caía a pedazos a su alrededor. Él mismo era un despojo que arrastraba su cuerpo por la casa, dejando pasar las horas, sin sentido.

Llevaba puesta su bata de abrigo que, con el transcurso de los días, empezaba a notarse sucia y desaliñada. El cabello le había crecido y ahora, para que no le estorbara, lo ataba en la nuca con el lazo de la propia bata. De modo que ésta quedaba suelta sobre su cuerpo, como si flotara a su alrededor. Hacía una semana que ya no se afeitaba ni se miraba al espejo. Suponía que su aspecto debía ser terrible porque el reflejo en los cristales de las ventanas, le devolvía aquella imagen desalentadora...

Ni siquiera podía decir que era feliz a su manera, aunque se engañara a sí mismo en ese sentido.

No había un solo ser humano en el lugar, a excepción de Lavinia, en caso de poder incluirla en esa categoría. Su primo, debía haberse marchado hacía algún tiempo, porque no había vuelto a verlo por allí. La soledad, el silencio y la proximidad del invierno lo habían sumido más bien en la depresión.

"No le eches la culpa a estas cosas...", se reprochaba.

"¡Dilo!", se exigía.

Pero no podía decirlo. Cada vez que su mente se acercaba apenas a aquella idea, su llanto incontrolable comenzaba, abriéndose paso en él como un torrente que llegaba para arreciar el cauce seco de un río.

Era el llanto de un hombre pero, a la vez, era el llanto de un niño...

De un hombre seco como el cauce de un río seco. De un niño herido por su *torrente* de dolor innombrable...

Bueno, también estaba Jimmy-*rezongos* dando vueltas por ahí, seguramente. Y Lavinia volvería en cualquier momento, para continuar con sus fascinantes relatos de ultratumba.

Click. Ya estaba. El interruptor en su cabeza había hecho lo suyo. Ahora, nuevamente entretenido en esa clase de pensamientos inofensivos, todo se acomodaba del modo apropiado.

Así que el viejo empleado de la estación había resultado ser un buen tipo, nomás. Probablemente Thomas Neville no pensara lo mismo pero en lo que a él le concernía, le había impedido subir a aquel tren destinado a cumplir con una tardía venganza para evitarle, eventualmente, un disgusto. O su propia muerte, nada menos. Sin dudas, lo había juzgado mal…

¡Ah, claro! El no había nacido con el *don* como el viejo señor Hornfeld, con la experiencia de tratar con fantasmas. Esto le dificultaba las cosas.

Ya aprendería…

¿Habría alcanzado Joel, finalmente, la luz? Si algo tenía que agradecerle a Lavinia era el modo en que le había enseñado el camino…para ayudarlo a trascender. Para no ser un obstáculo, colaborando con su confusión inicial.

"Si sigues creyendo que eres el culpable de su muerte, tu propia culpa lo detendrá aquí, por mucho tiempo. Déjalo partir, Nick. El mismo te lo ha pedido mostrándote el cementerio. Quería que supieras que está muerto. Tu propia confusión acrecentaba la suya…"

Eran palabras que de una buena vez, le habían traído la paz. Aquello que un día perdiera en el camino de regreso a casa desde Heathrow.

Ahora que su memoria se había acomodado a los recuerdos *reales* y había recuperado gran parte de los hechos reprimidos hasta entonces, aquella evocación se volvía sencilla, en su crudeza.

Sabía, porque Lavinia se lo había dicho, que no era bueno invocar con angustia y dolor a quienes habían hecho su *transición* recientemente. Podían ver entorpecido su ascenso, al menos en forma transitoria. La pena que dejaban en sus seres queridos operaba como una atracción negativa para ellos. Era preferible serenarse para que el recuerdo no resultara avasallante y obstaculizador. Y aunque se esforzara en ese sentido, no podía evitar recordar dolorosamente a Gail, llorar finalmente su muerte y pedirle perdón por el error cometido.

"Disculpa…", decía mientras moqueaba, "no estorbaré tu transición. Ni la de Joel…que mucho le ha costado. ¡Pero los amo tanto! ¡Los echo tanto de menos!"

En el fondo, odiaba haber visto saltar por el aire su falsa realidad protectora. No obstante, comprendía que los hechos debían ser de esa manera y de ninguna otra.

Gail y Joel eran ahora *sus luces de un misterio inexplicable* y él las dejaría *desplegarse* para encontrar alguna vez un nuevo punto de apoyo y un nuevo sentido desde donde poder volver a comenzar…

Si acaso no era demasiado tarde.

_ Eso dependerá exclusivamente de ti.

Nick sonrió, sabiendo que Lavinia acababa de…*hacerse presente*. Era bueno eso de haber aprendido a expresarse correctamente y ya no sobresaltarse por sus abruptas apariciones. Pero al mirarla, algo lo entristeció de golpe.

¡Lavinia se estaba *desdibujando*!

_ No soy un dibujo, para que pienses eso.

_ ¡Deja de leer mis pensamientos!

_ Entonces, piensa con menos fuerza.

_ Sí, claro…pensaré en voz baja, la próxima vez _ ironizó Nick. Y se quedó mirándola con una mezcla de temor y expectación.

_ Mi tiempo aquí se está agotando _ dijo _ Ya no me queda ningún motivo para permanecer en este lugar…

Nick sabía perfectamente a qué se refería. Y no creía ni por un momento que él mismo pudiera ser ese motivo para un fantasma.

_ Tal vez sea Jimmy el que tenga algunas dificultades…

Y como Nick la mirara sin comprender, Lavinia optó por continuar con su explicación.

_ No estuvo bien lo que hizo, en un sentido *estricto*. Pero salvó tu vida en compensación y sólo quitó del mundo una vida malvada. Es posible que pueda ir hacia la luz, después de todo…

Nick se sintió de golpe recorrido por una suerte de esperanza muy particular. El modo en que Lavinia hablaba acerca de los misterios al otro lado de la delgada línea, tenía básicamente un enfoque muy positivo.

_ ¿Sabes? _ dijo, mirando la suave transparencia que su cuerpo había adquirido _ El viejo Jimmy y tú corren el riesgo de encontrarse con Thomas Neville en persona, un día de éstos.

También su risa había cambiado. Se había vuelto apagada y lejana pero él igual podía escucharla, resonando en la sala.

_ *¿Correr el riesgo? ¿Un día de éstos? ¿Un fantasma…en persona?* Estás usando los parámetros equivocados, Nick. Nada de eso es así en nuestro mundo…

El comprendió que aun en forma condescendiente, estaba siendo blanco de cierta burla. Y se decidió por seguirle el juego.

_ ¿No hay…pullas entre fantasmas? ¿No se miran con recelo entre ustedes?

Lavinia volvió a reír, huecamente.

_ ¡Por supuesto que no!

_ ¿A pesar de que él te haya hecho tanto daño en vida para luego matarte?

_ Parece una enumeración de grandes calamidades _ acotó ella _ Pero sólo se trataba de vengar todo eso cuando pertenecíamos a dimensiones diferentes. Entre él y yo…las cosas ya están claras.

Cierta penumbra incipiente que avanzaba desde los rincones había comenzado a volver dificultoso contemplar el contorno y los rasgos de su bello rostro, en retirada. El efecto era impresionante porque en ciertos momentos, Lavinia parecía haber quedado decapitada.

Ella se había alejado hasta el borde de la escalera y daba la impresión de estar dudando acerca de qué más hacer allí. Afortunadamente, su semblante había vuelto a hacerse perceptible y esto le permitió a Nick ver su mirada, recorriéndolo todo.

_ Recuerdo esta casa _ dijo, de pronto _ Solía venir hasta aquí de niña, atraída por las historias que se contaban en el pueblo. Sobre todo en verano, cuando Dan llegaba a visitarnos y compartíamos nuestras travesuras. El señor Hornfeld no se molestaba por nuestras intromisiones, pero nosotros le temíamos...

_ ¿Alguna vez hubo fantasmas en esta casa?

Nick había aprendido a preguntar ciertas cosas con suma naturalidad.

_ Siempre los hubo en el pasado _ respondió Lavinia _ Pero hace un buen tiempo que se marcharon.

_ ¿Y eso por qué? ¿No les resulté de su agrado?

_ Ya no estaban cuando tú llegaste. Tal vez no les interesó permanecer aquí, sin la presencia del señor Hornfeld.

Nick se sintió particularmente distendido y dispuesto a escuchar un nuevo relato. Pero ella no se explayó demasiado en el tema.

_ En realidad, sus desapariciones se dieron de un modo natural. Muchos partieron hacia la luz. Algunos decidieron rondar en otros sitios. Muchos de ellos eran los fantasmas de soldados que corrieron a refugiarse aquí, durante los bombardeos alemanes, pero no llegaron con vida...

_ Creía que un fantasma conservaba su apego por el lugar en que había muerto. Bueno...eso era, al menos, lo que decían las historias que leí o escuché en otro tiempo.

_ ¡Desde luego! _ le aseguró Lavinia _ Pero eso no significa que siempre sea así. En general, permanecemos en un mismo sitio mientras dura nuestra confusión por nuestras muertes traumáticas. Pasado ese tiempo, algunos se quedan y otros se marchan, antes de ascender.

_ Tú perteneces al grupo de los que se quedaron... _ observó Nick.

Ella asintió mientras preparaba algunos comentarios extras.

_ Sé cómo se tejen historias y leyendas acerca de nosotros, en tu mundo. Algunas condensan lo ridículo y lo verdadero para terminar siendo sumamente divertidas. ¿Sábanas blancas y cadenas? Es una forma un poco grotesca de representarnos... Pero, a su modo, tiene cierto sentido. Con el tiempo, las transmisiones orales acaban por ser totalmente tergiversadas. Es casi seguro que alguien que ha podido hacer contacto con uno de nosotros, escuchó alguna vez que sólo quienes mueren en sus camas *no* se convierten en lo que ustedes llaman un fantasma.

Fue fácil asimilar camas a sábanas, pero, o bien se escuchó mal desde el comienzo, o se fue contando de un modo diferente cada vez, hasta concluir siendo lo contrario. En cuanto a esto de arrastrar pesadas y ruidosas cadenas...debe significar algo relacionado con estar detenidos en esta dimensión. Detenidos, atrapados, *encadenados*...todo pasó a ser más o menos lo mismo.

A esta altura de su relato, Nick la escuchaba boquiabierto. Se había familiarizado con un saber extraño y ajeno, si bien siempre surgían nuevos detalles que lo devolvían al punto de su fascinación. Desde luego que a Lavinia no se le pasaba por alto y hacía tiempo que notaba cómo su método estaba dando buenos resultados. Al menos, había acercado a Nick a cierta idea del consuelo que nunca hubiera alcanzado de otro modo. Aun así, ella sabía que el profundo llanto que atravesaba su corazón, cotidianamente, estaba relacionado con un dolor más antiguo...

_ También hay confusiones en cuanto a corporizarnos o materializarnos _ continuó, feliz de retener su interés _ No es para nada lo mismo. Te explicaré la diferencia... ¡ya va siendo hora que algún mortal la conozca!

_ Espera, Lavinia _ se adelantó Nick _ Me parece que sé a qué te refieres. Creo que he asimilado mucho más de lo que tú misma supones. ¿Tendrías la paciencia de escucharme? Si acaso me equivoco, tú me rectificarás...

Lavinia sonrió de un modo tal que su sonrisa se plasmó con fuerza en los rasgos difusos de su rostro. Esta vez, ni siquiera se trataba de una sonrisa nostálgica. Era una expresión de rotunda alegría y Nick fue feliz en ese instante por haberlo conseguido.

_ Me di cuenta de esa diferencia observando a Joel _ comprendía, de pronto, que ya era el tiempo de poder hablar de ello con entereza _ Su piernecita rota, que en nada afectaba sus movimientos ni parecía causarle dolor es lo que tiene que ver con la corporeidad. La materialización, en cambio, es simplemente el proceso por el cual la concentración de cierta energía libre, los vuelve...visibles.

Lavinia asentía mientras lo escuchaba.

_ Y esto último _ agregó ella _ es un atributo que sólo pueden otorgarnos quienes están vivos. Es a causa de la capacidad para hacer contacto con nuestro mundo que esa materialización es posible...

_ ¿Sabes? _ en la expresión de Nick se había concentrado el efecto de un viejo recuerdo _ Cuando Joel se volvió a mirarme el día que me llevó hacia el bosque, hizo algo especial.

_ ¿Especial? ¿Qué significa eso?

_ Solíamos jugar al "susto-mayúsculo", en el jardín de nuestra casa en Londres...

_ ¿El "susto-mayúsculo"? ¡Suena a un juego de fantasmas! _ bromeó Lavinia.

_ Consistía en asustarnos mutuamente mientras nos perseguíamos el uno al otro. Debíamos hacer gestos terroríficos y...gritábamos mucho y actuábamos como dos tontos, según

Gail, que en ocasiones se enojaba cuando hacíamos demasiado escándalo.

_ Parece un juego divertido _ acotó Lavinia _ Al menos para Joel.

Nick tenía en su mirada el brillo reconcentrado que provocaba la añoranza de aquel tiempo de su pasado y las lágrimas rodaron por sus mejillas, mientras aquel recuerdo lo golpeaba...

_ Lo era. Para Joel y también para alguien que nunca pudo disfrutar de su infancia.

_ Entiendo.

Y Nick sabía que era cierto, aunque jamás había hablado de eso con Lavinia. Como, de hecho, no lo había hablado con nadie. El monstruo de la oscuridad había venido a deformar aquellos recuerdos, prácticamente de inmediato. ¡Nadie hacía comentarios sobre un absurdo monstruo salido de su propia fantasía infantil!

_ Cuando me miró ese día, mientras yo le iba detrás casi sin comprender nada, él se volvió con su rostro desfigurado bajo un gesto de supuesta malevolencia... ¡Era su carita del juego! ¡Y no pude descifrarlo en ese momento! ¡Él sabía que yo estaba completamente confundido y no podía reconocerlo! ¡Fue su recurso desesperado para que me diera cuenta, de una vez por todas!

_ Está bien _ en ocasiones, Lavinia parecía susurrarle al oído, a pesar de conservar la distancia _ Seguramente, ese recuerdo maravilloso se fue con él para formar parte de su felicidad, para siempre. Joel ya es un...*espíritu.* Y eso es algo muy bueno.

Con sus ojos anegados en lágrimas, Nick la enfocó con dificultad. Ella había empezado a ser apenas una sombra.

_ En el momento en que vamos hacia la luz, dejamos de pertenecer a esta categoría bastante descalificada. Ya no somos *fantasmas* sino espíritus. Es una transformación muy bella,

Nick. Y yo también estoy a punto de experimentarla.

_ ¡No sabes cuánto te envidio, Lavinia! ¡Estarás en un lugar que describes como maravilloso, junto a Gail y a Joel!

_ Quizás nos crucemos alguna vez _ intentó bromear _ Pero todo a su tiempo, Nick. También llegará para ti…

_ Es probable que no.

_ ¿Por qué lo dices?

_ Sé que poseo energía negativa…

_ No me parece.

Por alguna razón, Nick ya no deseaba seguir con el tema. Tenía la impresión de estar dejando de lado lo importante.

_ ¿Cuánto tiempo crees que…queda para ti, antes de marcharte?

_ Sería difícil calcularlo en tus términos _ le aclaró Lavinia _ Pero tal vez mucho menos de lo que yo misma supongo.

_ Sabes que no me hará feliz el no poder volver a verte… _ su voz se había enronquecido y había una profunda tristeza en sus ojos enrojecidos.

_ Lo sé, Nick.

Ella intentó cierto acercamiento. Pero fue apenas un movimiento fallido de sus manos que revolotearon en el aire, junto al rostro de Nick, como dos pájaros heridos en pleno vuelo.

_ ¿Crees que deba quedarme en Carven Hills, cuando tú ya no estés?

_ Yo siempre estaré. Y también estarán *ellos*, amándote en la distancia _ hubo una breve pausa en su comentario y cuando volvió a hablar, la inflexión de su voz se había dulcificado _ ¿Sabes? El viejo señor Hornfeld me conoció en vida, cuando era una niña. Y aunque nunca me lo dijo, sé que le agradaba encontrarse conmigo después de mi desmaterialización. Y lamentaba profundamente lo que me había ocurrido. Solía sonreírme y al hacerlo, pensaba algo en relación con la proximidad de su propia muerte. *"Nunca te fuiste, Lavinia"*, se atrevió a decirme un día, *"pero yo tendré que hacerlo muy pronto. No es tan fácil sobrellevarlo de este lado de la línea".* Por supuesto que se refería al don…

_ ¿Estás tratando de decirme que también yo debo hacer lo mismo que el señor Hornfeld?

_ Sólo trato de decirte que debes conocer tu propia fortaleza.

_ No soy fuerte _ le aclaró Nick _ Lloro mucho últimamente y la soledad me agobia.

_ El hecho de llorar no te hace débil sino…sensible.

Nick consideró por un momento aquellas palabras. Eran agua fresca para la sed en el desierto. Si algo llevaba herida desde siempre era su propia sensibilidad.

_ Me quedaré…lo que más pueda _ se escuchó decir, sorprendido de sí.

_ No es una mala opción. Supongo que de tanto en vez, sabrás de nosotros…si acaso aprendes a *verlo* a tu alrededor.

_ Eso aliviaría mi soledad…

_ Ese alivio te lo darán los recuerdos. Y nunca olvides que es algo bello para un espíritu ser recordado. Cuando evocas la sonrisa de un ser querido que ya se ha marchado, un diálogo, una imagen, cualquier cosa buena que regrese a tu memoria…ese espíritu adquiere la gracia maravillosa, propia de un ángel. Aunque nunca vuelvas a verlo, siempre estará cerca de ti…

_ ¿Cómo saber que eso ocurre?

_ Acabo de decírtelo: debes aprender a verlo.

Nick la vio apartarse. Caminaba del modo convencional pero su andar era leve como una brisa. No tuvo valor para preguntárselo pero suponía que ya no volvería a verla. En algún sentido, se daba cuenta de que ella estaba despidiéndose…

No obstante, a pesar de la tristeza que lo embargaba, una especie de cálida y reconfortante esperanza se abría paso en él, que ahora sabía cuál era el mejor camino donde dejar morir el dolor por las ausencias.

De pronto, lamentó haber olvidado mencionar lo que había creído escucharle decir algunos días atrás. Si ella no regresaba –como lo sospechaba amargamente- ya no tendría ocasión para salir de aquella duda. *"Seguramente se refirió a un crimen del pasado"*, se dijo. *"Debió decir que **hubo** un crimen, no que lo habrá..."*

La idea lo inquietó pero, por fin, decidió no darle importancia. La antigüedad de la casa permitía suponer que algún crimen se había cometido allí, en el pasado. Era inevitable que historias como ésa formaran parte de su misterio. O, después de todo, quizás sólo había imaginado oír aquellas palabras.

Porque si ese crimen quedaba aún por cometerse, él estaba *solo* en el lugar...

¡Y no era el asesino!

QUINCE

Susan tenía la suficiente experiencia en viajes para saber que, tratándose de lugares apartados o desconocidos para la mayoría de la gente, el mejor medio de transporte para arribar sin altibajos era, indudablemente, el tren.

Sabía, también por experiencia, que lo que le había informado el poco amigable empleado de la estación no era desechable. Lo que te advertían en Paddington era mejor tomarlo al pie de la letra.

_ No espere grandes recibimientos. En ese lugar no queda ni el maletero. Sólo descienda allí cuando se lo indiquen y que Dios la ayude.

Susan le sonrió a través de la ventanilla, pero por lo que su humor mostraba, no esperó de él ningún otro comentario. Sin embargo, el empleado era un hombre de sorpresas.

_ Hace algo más de un mes alguien compró aquí un boleto a Carven Hills. ¿Acaso ese lugar se ha puesto de moda? ¡Suena increíble!

Susan acomodó la solapa de su abrigo mientras ensayaba cierto gesto de picardía.

_ Allí vive el padre de mi hijo _ se limitó a decir.

Y a sabiendas de que no era un tema de interés para el empleado, se apartó de la ventanilla, aún sonriente. A decir verdad, tampoco lo era para ella en aquel preciso momento. Mensuraba otras posibilidades y el hecho de estar embarazada, después de ser asistida en el Centro Rootsinal por el doctor Lehvenson en persona, parecía por ahora un asunto menor.

Lo que verdaderamente la preocupaba era no saber con qué se encontraría a su llegada a Carven Hills. Que Nick Troiano supiera o no algún día, que ella iba a dar a luz un hijo suyo, dependería de muchas cosas y no era el tema central de nada.

Al menos, para él no lo sería. Pero no que no lograra comprender a tiempo lo hecho por su esposa y el destino corrido por Victoria…eso sí tenía una gravedad extrema.

En medio de aquellas cavilaciones, abordó su tren.

Se dispuso a tener un viaje tranquilo, de ésos donde uno podía dormitar un poco para escapar a la monotonía del transcurso del tiempo y, en su caso, a cierto nerviosismo anticipado. Desafortunadamente, hubo toda clase de incidentes en el vagón, de modo que su propósito se aguó, apenas iniciado el viaje.

Un guarda desprevenido pareció golpear contra algo «que él mismo juró no haber visto ni explicarse de qué se trataba» y cayó sobre un pasajero que leía el periódico en ese momento. Este lo miró enfurecido, mientras aquél se deshacía en disculpas y observaba a su alrededor como si estuviera en busca de eso que lo había hecho cometer su torpeza. Desde luego, allí no había nada y Susan pudo ver su rostro atravesado por un profundo gesto de preocupación, al alejarse.

Poco después, una de las puertas al final del pasillo se averió súbitamente y comenzó a fastidiar con el ruido que provocaba al volver sobre sí misma, todo el tiempo.

Más tarde, las luces en el interior del vagón se apagaron, causando uno que otro sobresalto entre los pasajeros. Al momento volvieron a encenderse, pero oscilaron un par de veces más. Por último, y luego de haberse solucionado el problema de la puerta, la calefacción se apagó y todo el mundo se sentía a punto de congelarse.

A esta altura, Susan ya escuchaba a su alrededor las quejas de algunos pasajeros que aseguraban estar dispuestos a demandar a la compañía de trenes.

Desde luego no había dormitado ni un solo minuto, pero cuando un guarda se acercó a comunicarle que la próxima parada era su destino, ella se sonrió, segura de haberlo pasado bastante "entretenida".

Nada de lo advertido en Paddington se ajustaba a la realidad. Aquello era mucho peor de lo que ella hubiera podido imaginar jamás. La estación de Carven Hills consistía en una plataforma desierta y un sucucho desvencijado que hacía las veces de oficina y sala de espera.

Todo eso se veía abandonado y solamente porque su hora de llegada se producía ya bien entrada la tarde, en un frío día de comienzos del invierno, las luces del tendido eléctrico se encendieron automática-
Mente. Junto con ellas, una bombilla cubierta de suciedad y telarañas, en el interior de la oficina, se esforzó por cumplir su cometido de alumbrar, sin conseguir demasiado en ese sentido. Por fortuna, los focos que pendían del techo del andén ayudaban en algo, bajo aquellas circunstancias.

Lo que tenía ante su vista podía desalentar a cualquiera. No había nadie a quien preguntar nada, el cielo estaba encapotado y se olía en el aire el presagio de la lluvia. No tenía la menor idea de cómo empezar a salir de la estación y cómo hacerlo en la dirección correcta.

"...Y que Dios la ayude". Esas palabras cobraban un vigor apabullante.

Susan permaneció de pie, en medio de aquella desolación, mientras recorría con ojos atemorizados el paisaje que la rodeaba. Poco era lo que podía apreciarse por fuera del círculo luminoso del andén, porque las sombras del anochecer habían comenzado a extenderse hasta donde alcanzaba la vista. Había pastizales por todas partes y un poco más allá, estaba la solitaria carretera que terminaba por perderse en una curva.

No le pareció seguro tomar aquel camino. Andar de noche a la vera de una ruta podía ser sumamente peligroso. Y hasta era posible que se alejara, sin saberlo, de la calle que buscaba. Pero también era su única posibilidad real de conseguir que algún automovilista, apiadado de su situación, le diera un aventón hasta la casa.

¿Cuál era exactamente la decisión que le convenía tomar? Susan vacilaba en medio de sus pensamientos, cuando para complicarlo todo, comenzó a llover. Era una lluvia fina y copiosa que el viento arrojaba contra el andén, obligándola a retroceder para resguardarse de ella.

"*¡Maldición!*", masculló, absolutamente desanimada. Pensó que había cometido un descuido imperdonable al no pedir información apropiada acerca de aquel lugar olvidado de la mano de Dios. Era la misma clase de error que no previó cuando armó su personaje de aficionada al arte, sin poder pasar el examen frente a Morris Brewster. Quizás, en el conjunto de los hechos eran sólo tonterías, pero una de ellas al menos estaba costándole su precio en aquel momento.

Finalmente, decidió afrontar la situación con calma y aguardar a que la lluvia amainara.

Para darse ánimo, se dijo que esto ocurriría de un momento a otro, porque se trataba apenas de un aguacero fugaz. Y en esto, por fortuna, no se equivocó.

Unos minutos después, la lluvia había cesado y aunque la amenaza de volver persistía, Susan aprovechó la circunstancia para "largarse" del lugar.

Ya era noche cerrada, de modo que toda su odisea dependía de la escasa iluminación que proveía el tendido eléctrico. Y, desde luego, éste en nada se parecía al alumbrado urbano de neón.

Era consciente de la inseguridad que la rodeaba pero también sabía que no tenía tiempo para arrepentimientos. De una u otra manera, tenía que llegar al número 191 de la "maldita" calle East. Esta determinación la hizo avanzar en el único sentido que tenía al alcance: el camino hacia la carretera.

Escuchaba a su alrededor toda clase de ruidos extraños. La soledad del lugar y la noche eran la peor combinación de peligros que había enfrentado alguna vez. Sabía lo que iba a costarle a su depresión el hecho de pasar por aquella circunstancia, pero de momento no podía ocuparse más que del terror que estaba experimentando. Íntimamente, pedía porque alguien pasara por la dichosa carretera y la rescatara a tiempo…

"¿A tiempo de qué?", se preguntaba en el fino trasfondo de sus pensamientos, casi sin saber que lo hacía. Ni siquiera buscaba respuestas para aquella pregunta. Sólo quería salir de allí antes que…

"¿Antes de qué?". Esta vez prestó atención a su propia pregunta. Y, además, conocía la respuesta: Antes que tomara conciencia de que estaba cometiendo la peor estupidez de toda su vida, caminando sola en medio de la oscuridad, en aquel paraje inhóspito.

Los escasos minutos que le llevó recorrer el sendero casi imaginario hasta la ruta, fueron siglos de angustia para Susan. Estaba prácticamente segura de que *algo* la perseguía. Se movía tras ella con cierto sigilo pero, a la vez, se *sentía* furioso, por algún motivo. Susan pensó en algún animal salvaje y hasta creyó escuchar una especie de gruñido bajo y contenido. No tuvo valor para darse la vuelta y mirar. Hubiera jurado que hasta su aliento le llegaba como un airecillo frío contra su espalda.

Cuando las luces de un automóvil hendieron la oscuridad sobre la carretera, justo al tiempo que ella llegaba hasta su borde, corrió los últimos pasos, desesperada, agitando un brazo y gritando por ayuda.

El automovilista se detuvo…

Quizás fueron segundos los que Susan dedicó a pensar si estaba haciendo lo correcto, subiéndose al coche de un desconocido. ¿Pero acaso contaba con alguna opción mejor?

Apretó su bolso de mano contra sí y con su brazo libre empujó su pequeña maleta al interior del vehículo, aprovechando que su conductor también había abierto la portezuela trasera.

Cuando se acomodó en el asiento delantero, bastante mojada y sin aliento, tuvo la primera ocasión de observarlo detenidamente. Era un joven de aspecto bonachón y Susan se inclinó por imaginarlo un lugareño de buen corazón. En medio de sus circunstancias, no quería caer en ninguna idea paranoica que le hiciera pensar otra cosa. Algo del estilo *"no te confíes en su sonrisa amable"*.

_ Gracias _ fue su escueto e inevitable saludo.

_ ¿Qué hace una mujer como usted parada en medio de la nada, en una noche lluviosa?

Ella comprendió que "como usted" significaba cuanto menos "con aires de ciudad" pero, además, podía estar refiriéndose a que era joven y atractiva. No le pareció que nada de esto fuera una buena observación, para la situación creada. Pero la pregunta del conductor provenía más de su asombro que de su curiosidad o de alguna intención aviesa.

_ ¡Esto no es la nada! _ se apresuró a responderle, aun dudando de su propia respuesta _ Es Carven Hills y estoy en busca de una casa en la calle East.

El muchacho no pudo evitar una expresión de máxima sorpresa.

_ ¡Vaya, vaya! _ exclamó, soltando el aliento _ ¡A veces las coincidencias se reúnen como verdaderas comadres chismosas!

A Susan le pareció bastante extraño aquel comentario.

_ ¿A qué se refiere? _ preguntó, deseando palabras menos Complicadas en una circunstancia en la que cualquier cosa fuera de lugar, la sobresaltaba.

Mientras ponía el coche en movimiento y volvía su mirada al frente, su respuesta no tardó en llegar.

_ ¿Puede creer que acabo de atender a dos tipos en el parador de Springmouth que estaban buscando *exactamente* este lugar? – soltó un soplido, inflando los carrillos _ Con que Carven Hills existe en verdad y está ubicado en medio de este páramo…

_ ¿Por qué no puede haber más personas en el mundo que se interesen por Carven Hills?

El joven se volvió a mirarla, fugazmente.

_ ¿Realmente necesita que responda a esa pregunta?

Desde luego que no lo necesitaba. A ella misma le parecía inverosímil que Nick Troiano hubiera elegido un lugar como ése, para vivir.

_ Usted ha tenido suerte, señorita _ añadió el joven, de un modo comedido _ Es viernes por la noche así que me largo a la ciudad a divertirme y no regreso hasta mañana. Por eso ha conseguido dar conmigo y no me importa perder un poco de mi tiempo en ayudarla. ¿Adónde me dijo que se dirige?

_ Al número 191 de la calle East…

El la miró como si hubiese dicho un disparate. Y, en parte, ella entendía el sentido de aquella mirada.

_ Será como buscar una aguja en un pajar _ comentó el muchacho.

Susan asintió al borde de las lágrimas.

_ Me llamo Ricky… _ se presentó, de pronto, tratando de colaborar para que ella superara aquel momento de desaliento.

_ Yo soy Susan _ se limitó a decir.

_ Bien, Susan _ había disposición y ánimo en su voz _ No puede ser imposible de hallar. Ahora veamos…todo es cuestión de saber dónde está el este… ¡Y está a nuestra izquierda! Ninguna calle se llamaría East en el lado oeste del pueblo…o lo que haya quedado de él.

De modo que, en primer lugar, daremos la vuelta…

La explicación parecía tener sentido. Al menos, Susan se aferró a ella, casi con desesperación. En tanto, Ricky dio un giro bastante audaz con el vehículo y, en un momento, se encontraron en el carril opuesto de la carretera.

_ ¿Hay animales salvajes en esta zona? _ preguntó Susan repentinamente.

Ricky ya se estaba acostumbrando a escuchar preguntas extrañas por ese día.

_ ¡Animales salvajes! _ repitió, igualmente sorprendido _ No estamos en medio de la selva ni hay un zoológico cercano.

Creo que la respuesta es no.

_ Tuve la impresión de ser perseguida por uno, justo cuando se detuvo a recogerme…

_ ¿Y qué le hace pensar eso?

Ella dudó por un momento de lo que su memoria evocaba como percepción.

_ No estoy segura. Pero *algo* respiraba a mis espaldas y me arrojaba su aliento frío.

_ Caliente…

Susan lo miró sin comprender.

_ Su aliento… _ remarcó Ricky _ El aliento siempre es caliente cuando recién toma contacto con el aire.

_ Era *frío* _ le porfió ella.

Ricky soltó una carcajada.

_ Entonces, no podía tratarse de un animal salvaje. ¡Sería un fantasma!

_ Muy gracioso _ remató ella.

_ Pero los fantasmas no sueltan aliento. Sencillamente porque no respiran _ Ricky volvió a reír con ganas, convencido de estar enunciando una divertida teoría _ De modo que estoy en condiciones de asegurarle que lo que usted percibió no era más que su propio miedo corriéndole por la espalda.

Cuando ya la conversación parecía destinada a girar hacia algún tema intrascendente, los dos descubrieron al unísono la pequeña caja postal junto a la carretera, un poco oculta en medio de la hierba crecida... ¡con el número 191 escrito debajo de East St.!

Los focos del automóvil la estaban alumbrando, mientras ambos tomaban nota del comienzo de un estrecho camino que atravesaba lo que parecía ser un campo abandonado. Un poco más allá, se alzaba una enorme mansión, apenas iluminada en su interior.

_ ¡Allí está! _ exclamó Susan, recuperando su ánimo _ ¡Esa es la casa del padre de mi hijo!

_ A decir verdad... _ se explayó Ricky, metido en su propio asunto _ He pasado cientos de veces por aquí sin prestarle atención jamás a esa tonta caja de correo.

Entusiasmada por el fortuito hallazgo, Susan se volvió hacia él.

_ ¿Tendría usted la amabilidad de acercarme hasta allí?

_ No había pensado en hacer otra cosa... _ respondió él cortésmente.

Viró hacia el camino y las luces del coche lo iluminaron, mostrando su estrechez y lo descuidado que se veía. Las ruedas del

viejo *"Dodge"* habían dejado dos profundas huellas, que exhibían, al menos, un detalle de actualidad sobre ese telón de fondo que era Carven Hills: un lugar perdido y olvidado en el tiempo, según la apreciación que Ricky optó por no comentar.

Al acercarse a la casa, ambos notaron lo vieja y fea que se veía, erigiéndose en medio de la oscuridad, como una especie de mausoleo lleno de secretos del pasado. Pero una luz mortecina en su interior, les indicaba que alguien estaba lo bastante loco para vivir allí.

_ ¿Quiere que aguarde hasta que salgan a recibirla? _ la pregunta de Ricky parecía sensata.

_ No será necesario _ respondió ella, al ver cómo se abría la gran puerta de entrada.

Lo ocurrido en aquel momento tuvo el efecto de causarle a Ricky un escalofrío que recorrió su cuerpo.

Un hombre de aspecto sucio, casi un pordiosero, con la expresión de su rostro tensa y alterada, salió por aquella puerta como una exhalación del infierno.

_ ¡Victoria Marville! _ gritó, en medio de un silencio impresionante _ ¿Qué *demonios* haces aquí?

A pesar de lo sorprendido que se mostraba por la presencia de la mujer, parecía aún más impactado por algo que estaba ocurriendo detrás de ellos, una vez que ambos descendieron del automóvil.

De un modo inexplicable, Ricky sintió la imperiosa necesidad de regresar a su lugar, frente al volante. Y así lo hizo, mientras ella, en cambio, avanzaba con una determinación temeraria.

Ricky encendió el motor y se marchó, decidiendo a último momento que ya había hecho demasiado por alguien que, además, le había mentido acerca de su nombre. Susan permaneció de pie, con su maleta en la mano, dejando que la mirada de Nick la recorriera entera.

Le parecía lógico que la hubiera confundido con su hermana y, hasta cierto punto, su rostro transfigurado tenía un sentido que ella aceptaba, sin dificultad.

_ ¿Señor Troiano?... _ preguntó casi como una formalidad.

_ ¿Ya no me reconoces? _ preguntó él a su vez _ ¿Y a qué se debe ese trato tan circunspecto?

Susan se percató que pese a sus palabras, la miraba de un modo ciertamente distraído. Y eso le llamaba la atención…

_ Usted no comprende. No soy Victoria. Mi nombre es Susan…Soy su hermana gemela.

Nick ya no sabía por qué razón asombrarse más. Que Victoria tuviera una hermana y, además, gemela, era la primera noticia que tenía al respecto. ¡Pero el hecho de haber visto a Thomas Neville descender del asiento trasero de aquel coche, y verlo ahora detenido junto a ella, como un centinela impertérrito, no sólo lo sorprendía sino que también lo horrorizaba!

Quizás fue en ese momento que tomó buena cuenta de la traza con que había salido a recibirla. Pero se dijo que él no estaba para visitas inesperadas y decidió no disculparse por ello.

_ Será mejor que entremos _ dijo, no obstante _ está haciendo mucho frío aquí…

Si acaso creía que podía ser una manera de poner distancia con el fantasma, amargamente sabía que no sería posible. Pero entrar a la casa, le daba cierta seguridad extra en aquel momento, aunque además sabía que en su interior, nada era tampoco demasiado seguro.

Susan parpadeó ligeramente ante la propuesta y esta vez fue ella quien dirigió sus ojos hacia otra parte. Había clavado la mirada en la puerta de acceso, mientras los latidos del corazón comenzaban a retumbarle en las sienes.

_ ¿Adentro está su familia? _ preguntó, ahogadamente.

Nick comprendió en ese preciso instante que había mucho de qué hablar, en esa larga noche…

_ No _ respondió con una serenidad elaborada _ Pero ya que usted es la hermana de Victoria, tiene derecho a saber lo que ha ocurrido.

Ambos ingresaron a la casa y ella sintió que no estaba preparada para lo que sus ojos veían.

_ Aún no llega la cuadrilla de trabajo que contraté en Londres _ comentó Nick al interpretar su expresión de disgusto.

Pero nada dijo acerca de las muchas semanas transcurridas desde que lo hiciera. Ni de su desinterés por volver a reclamar su presencia.

Susan sonrió sutilmente para no comprometer ningún gesto de su cortesía y aceptó sentarse sobre un sillón cuyo tapizado roto permitía apreciar el inesperado detalle de algunos resortes oxidados.

_ Acabo de terminar mi cena. Pero puedo prepararle algún emparedado o una sopa. Debe estar hambrienta...

_ Le agradezco pero no será necesario _ se apresuró a establecer, temiendo por más sorpresas esa noche _ Una taza de café será suficiente...

Cuando Nick regresó de la cocina con dos humeantes tazas, ella daba la impresión de estar ya más relajada. Y él tuvo su oportunidad de observarla con detenimiento. Desde luego que era toda una novedad que se tratara de la hermana gemela de Victoria, pero aun en medio de aquel extraordinario parecido, podía apreciar alguna diferencia en cuanto a su actitud. Susan se veía más mundana y desenvuelta, aunque a sus ojos les faltaba el brillo encantador que poseían los de Victoria.

_ Lamento que haya sido así _ dijo Nick, de pronto _ Pero Victoria jamás mencionó nada acerca de usted.

_ Es lógico de algún modo _ respondió Susan _ Tuvimos un tiempo de nuestras vidas en que estuvimos bastante distanciadas.

_ Alguna tonta pelea de hermanas... _ aventuró él mientras esperaba encontrar fuerzas para encarar otro tema.

_ Es posible _ aceptó ella _ Pero fue doloroso a su manera.

Antes que Nick pudiera siquiera preverlo, Susan se le adelantó a todos sus comentarios.

_ De todos modos, señor Troiano, estoy aquí por un motivo en particular y quisiera abordarlo cuanto antes.

Nick percibió la tensión otra vez en su rostro y una incierta preocupación desacomodó todos sus pensamientos.

_ Se trata de su esposa y de mi hermana…

Algo parecido a una decepción lo embargó de golpe. Y esa misma decepción fue el camino de llegada de un enojo profundo y soterrado. ¿Acaso había aparecido allí, a fastidiar con su inesperada presencia, sorteando todas las dificultades que otros parecían tener para llegar a Carven Hills, nada más que para hablarle de una vieja historia, conocida por él al dedillo? ¿Y solamente por eso había conseguido, además, que un maldito fantasma indeseado volviera a salirse de su polvoriento rincón?

Todos sus músculos se tensaron y estuvo a punto de soltar una maldición.

_ Me parece que se ha tomado demasiado trabajo para venir a hablar de algo que no desconozco y ya no guarda demasiado sentido.

Susan no disimuló su preocupación por aquella reacción. Sabía que él estaba confundiendo los términos de la historia: no se trataba de los celos de su esposa o algunas discusiones alrededor de todo ese asunto, en el pasado. ¡Se trataba de un crimen! Y eso modificaba todas las circunstancias.

No obstante, a Susan no le agradó aquella actitud que ya lo predisponía al recelo y la ofuscación. ¿Cómo iba a tomar, entonces, lo que debía revelarle? Y aun más… ¿adónde *demonios* estaba Gail Troiano?

Al momento se dio cuenta que en esa casa no habitaba nadie más. Y que ese hombre que por alguna razón había adoptado una extraña vida de ermitaño, parecía ahora enfurecido por lo que ella acababa de decir y la observaba con una mirada cargada de odio genuino.

_ Escuche… _ empezó a decir para apaciguarlo.

_ ¡Escuche *usted*! _ La interrumpió Nick _ ¡Gail y Joel murieron en un accidente hace casi un año! ¡Déjelos descansar en paz!

Casi no podía dar crédito a lo que escuchaba. Susan cruzó sus manos sobre el regazo, sin saber ya qué decir.

_ Lo siento _ murmuró, apenas _ No lo sabía...

_ Entiendo _ dijo él, de pronto, con voz más serena _ Ni yo lo supe hasta hace algunas semanas...

Susan frunció el ceño. Eso sí que sonaba extraño.

_ Pero ésa es una historia de la que no deseo hablar _ concluyó Nick _ Y lamento mi reacción, señorita Marville. Es que creo que usted se ha tomado una molestia innecesaria al llegar hasta aquí para decir algo que yo conozco perfectamente. Sobre las diferencias entre mi mujer y su hermana, en el pasado...debo decir que no tiene ya ningún sentido sacarlas a la luz. Con Gail muerta...

_ Y con Victoria *muerta* _ acotó Susan.

El aire se llenó de una tensión casi perceptible. Nick quedó inmóvil, atónito bajo el peso de esas palabras. Y Susan nunca estuvo demasiado segura de la razón que la movió a decir aquello, al menos en ese preciso momento.

En el fondo, no hubiera deseado hacerlo, ahora que su plan parecía desmoronarse, ante la noticia de la muerte de Gail Troiano. ¿Cómo explicarle a un hombre compungido, abatido por la desgracia de haber perdido a su familia, esa parte de la historia que él desconocía?

La palidez de Nick bajo su tupida y desprolija barba, era notoria.

De pronto, ella recordó que, a su manera, él había apreciado profundamente a su hermana y, por un breve segundo, dudó acerca de dar el paso decisivo de contarlo todo.

Hasta que supo que *debía* hacerlo...

DIECISEIS

Esa mañana en Carven Hills amaneció lluvioso. Y nada hacía dudar que el frío invernal había llegado para quedarse por mucho tiempo. El termómetro junto a la puerta trasera indicaba que la temperatura había descendido hasta los seis grados bajo cero. Nick supo que no tardaría en nevar y ya se había percatado que la leña apilada en el cobertizo comenzaba a escasear.

No sería una tarea sencilla proveerse de más, puesto que entre todas sus habilidades, la de leñador no aparecía por ninguna parte en su "hoja de servicio". Quizás, más adelante tendría que pensar en salir a comprarla en algún sitio.

Los fríos que se avecinaban, seguramente aún peores que el de ese día, volverían inútil el esfuerzo de la vieja caldera. De modo que contar con una buena provisión de leña sería tomar una precaución importante.

Por lo visto, su idea era permanecer en Carven Hills el resto del invierno. No le preocupaba aquel deseo en lo más mínimo y había aprendido a convivir con él, sin cuestionarse nada.

Desde luego que la visita de Susan Marville lo había conmocionado y le había dado mucho en qué pensar. Quizás lo sucedido era más preocupante que la escasez de leña. Después de haber pasado meses sufriendo innecesariamente por la supuesta muerte de Victoria, un buen día alguien llegaba a su puerta para decirle que, *efectivamente,* había muerto. Y quien le comunicaba tan aciaga noticia no era *cualquier* persona sino su hermana gemela...un vivo calco de Victoria.

La congoja que ahora lo invadía, en medio de un sinfín de sentimientos encontrados, no lo abandonaría fácilmente. Aquella mujer, con su aire mundano, envuelta en un costoso perfume francés, donde él había podido reconocer el delicado aroma de las violetas y el espliego que acercaban a su memoria cierta fragancia en su madre, había llegado nada menos que para desarreglar los pocos hechos rescatables que quedaban en su vida.

El no hubiera deseado jamás volver a saber de Victoria, nada acerca de su vida o de su muerte. Cuando finalmente había podido dejarla atrás, en un pasado del que ya nada añoraba, cuando había enjugado sus lágrimas equivocadas para reemplazarlas por las que estaban destinadas al verdadero dolor, *aquella* mujer, aquella réplica de Victoria, de ojos vacíos y mirada patética, le arrojaba al rostro ese fárrago de circunstancias inconcebibles.

¿Cómo se suponía que debía sentirse ahora? Ya ni siquiera recordaba si acaso alguna vez había intentado, eventualmente, un tonto "flirteo" con ella, o todo había sido producto de los irrefrenables celos de Gail. Pero de ahí a aceptar todo lo que su loca hermana había ido a decirle, existía un gran trecho.

Seguramente, cuando volviera a serenarse, cuando cada idea regresara a su lugar, se daría cuenta de la clase de trampa que Susan Marville había tratado de tenderle. Palabras como ésas nunca eran gratuitas, siempre arrastraban un sentido malvado y escondían algún peligroso propósito.

Por supuesto que recordaba aquel lote de pinturas que Gail había exhibido en distintas ciudades y que había tenido por objeto regresarla a su profesión de un modo intenso, después de tanto tiempo de interrupciones en lo suyo, por diversas razones. Y también recordaba que ella jamás le había permitido verlas ni había compartido con él ningún comentario sobre ellas, como otras veces en el pasado. Todo estaba realmente mal entre ellos por aquel tiempo, a causa del eterno problema con Victoria. Y si su memoria no le fallaba en esto, poco después él le había pedido que se apartara de ellos, como un modo de intentar recomponer las cosas.

Pero no parecía posible lo que Susan había manifestado acerca de esas pinturas. ¡Todo eso era una locura! No podía creer que Gail se hubiera dedicado a realizar pinturas dobles, a utilizar técnicas de encubrimiento, a dejar pistas para Victoria sobre aquellos lienzos, acosarla, amenazarla... ¡y luego *asesinarla*!

Nada de todo eso encajaba en la personalidad de su mujer. Era como si alguien tratara de convencerlo de haber vivido, entonces, junto a una extraña en aquellos años de su matrimonio. ¡No podía ser posible!

¿Y qué era aquello de una carta fraguada para que todos pensaran, especialmente la policía, que ella se había suicidado? Cuando Susan puso ante sus ojos incrédulos, esa pequeña tira de papel que claramente se veía tomada de un papel más grande y prolijamente recortada, él pudo reconocer la letra de Victoria. Pero tampoco esto servía para convencerlo de nada...

"Perdónenme. No volveré a molestarlos". Según su hermana, aquellas breve palabras, aquel mensaje sin destino pero pensado a modo de alivio personal, había formado parte de cierta carta de despedida que Victoria había escrito para ellos y que jamás les había enviado, quizás arrepentida de pedir perdón por algo de lo que, finalmente, no se sentía culpable.

Entonces, según la línea conjetural de Susan Marville, Gail había tenido la suerte de dar con la carta fallida, cuando "visitara" a Victoria en Southampton, y la había utilizado en aquel perverso sentido. Preparada la escena del crimen para ser confundido con un suicidio, la había seguido hasta una estación de subterráneo y la había arrojado a las vías, como un bulto inservible, para que muriera arrollada, asegurándose de que no hubiera testigos. Porque esto había ocurrido muy temprano por la mañana, casi de madrugada, algo muy conveniente para su propósito.

""Pero en Southampton", le había rebatido él, "los obreros de las fábricas y los estibadores madrugan y están en las estaciones aun antes que despunte el día".

"Fue bastante antes de esa hora", había respondido Susan.

"¿Y qué hacía Victoria en un horario tan extraño, en una estación de subterráneo solitaria?"

"No lo sé".

Ella le había dedicado una mirada de fastidio. Era evidente que no aceptaba su resistencia a creerle.

Sí era cierto, no obstante, que Gail había estado en la ciudad, en un exitoso *cocktail*, realizado a raíz de la exhibición artística de su obra, y aunque a él le llamara la atención que el evento tuviera lugar, precisamente, en Southampton, también le constaba que había sido invitada por un importante experto en arte.

De modo que todo se había tratado de una terrible coincidencia. Y, a su regreso, había ocurrido el accidente…

Así había sido el final de todo. Aun cuando la duda acerca de esa invitación hubiera persistido como un maloliente gusanillo perforándole la carne, lo que Susan contara sobre lo hecho por Gail, no tenía ningún sentido y sonaba absurdo para cualquiera que la hubiese conocido en vida.

Aquello no era sino un disparate. Algo tan descabellado como el resto de lo que había ido a "desembuchar" allí.

"Desembuchar", pensó, "una palabra vulgar para ser aplicada a la dama del delicado perfume francés".

En tanto aquella conversación había tenido lugar, él se había distraído varias veces observando a Thomas Neville que recorría los rincones de la sala, como si los viera por primera vez.

"Ya has estado antes aquí", sintió deseos de gritarle, "¿a quién quieres engañar con esa actitud?"

Susan había vuelto su cabeza en varias ocasiones, mientras conversaban. Parecía seguir la línea imaginaria que él había tendido entre cierto punto y su mirada. Por supuesto que se daba cuenta de cuánto la incomodaba esto.

El resto de la conversación, en aquel tópico que involucraba a Gail de un modo sórdido y seguramente injusto, había girado más tarde alrededor de la posibilidad de que las supuestas pinturas ocultas fueran sacadas a la luz por un reconocido curador londinense. A esta altura, Nick ya descreía de la cordura de Susan Marville. Se daba cuenta de algo bastante peculiar: a la expresión de su rostro, tan bello, tan idéntico al rostro de Victoria, la animaba cierta intención vengativa.

Parecía, de pronto, la trasnochada vengadora de un viejo *comic* de héroes pasados de moda, con su patético convencimiento acerca de la realidad de aquellos hechos que, a su juicio, jamás pudieron tener lugar. Pero, en el oscuro resentimiento de sus ojos detenidos frente a él, como si esperara alguna reacción que fuera a servirle de pretexto para atacarlo, pronto comenzó a esbozarse la intención –quizás, hasta el verdadero propósito de su visita.

Y a Nick, esto le heló la sangre…

_ Estoy convencida que Victoria lo amaba en secreto…

Eso tampoco resultaba ser algo revelador o novedoso para él. En el fondo, siempre lo había sospechado, pero en algún sentido, creía que aquel sentimiento había sido probablemente nada más que una mezcla de afecto y admiración. Tampoco le había preocupado nunca; tenía que admitirlo. Sabía que ella jamás hubiera hecho o dicho nada que arruinara una relación ya difícil, por otras razones.

Permaneció en silencio frente a su hermana. Tanto como para indicarle que esto no lo conmovía ni lo sorprendía demasiado.

_ Pero su dolor más profundo y auténtico _ continuó Susan sin inmutarse _ tuvo que ver con haber engendrado a su único hijo y ser luego desechada como algo inservible...

Un rasgo casi imperceptible en la expresión de Nick comenzó a cambiar. Tenía ahora la impresión que iba a adentrarse en un terreno menos agradable e inofensivo.

_ Ese fue el trato desde un principio _ le había manifestado _ Y ella no lo desconocía...

_ Lo sé _ admitió Susan _ Pero no es algo que puede ser tan simple como usted lo enuncia, señor Troiano. Mi hermana también tenía sentimientos en relación con su embarazo...

_ Supongo que debió ser inevitable. Aunque no me gusta que lo llame *su* embarazo. Joel fue desde un comienzo, el hijo que concebí con mi esposa.

Sentía cómo el enojo que crecía dentro de él, llegaba hasta el filoso borde de sus palabras. Era consciente que deseaba decir frases desagradables en aquel momento, lo más hirientes posible. Y a pesar de tratar de reprimir ese deseo, algo más poderoso que su voluntad se lo impuso.

Thomas Neville disfrutaba de la escena. Hacía ampulosos gestos mientras reía a carcajadas que sólo él podía escuchar. Fue entonces cuando se dijo que iba a darle mejores motivos para divertirse.

_ Usted es una verdadera tonta, señorita Marville, si cree que estoy impresionado por algo de lo que ha venido a decir aquí. Su hermana jamás actuó con ingenuidad en todo este asunto. Y no podemos negar que ha sido un lucrativo negocio para ella.

El nunca tuvo forma de saber que en aquel momento, Susan se había preguntado acerca del supuesto aprecio que Victoria creía que él sentía por ella. No lo estaba demostrando, al menos en aquella circunstancia...

Lentamente, fue siendo notorio que Susan había ido perdiendo su limitada paciencia. Y, en algún sentido perverso, Nick disfrutó de eso como de una copa de buen vino. Se tomó su tiempo para paladearlo, en tanto ella, fuera de sí, parecía dispuesta a armar el escenario para una gran discusión.

_ ¡La mayor parte de ese maldito y sucio dinero que ustedes le entregaron, sólo permaneció depositado en una cuenta bancaria! ¡Y Victoria jamás dispuso de él! _ Sus ojos estaban desorbitados y su voz sonaba ahogada por la ofuscación _ ¡Su mujer no le dio demasiado tiempo para invertirlo en nada! ¡Y como yo lo he heredado, decidí utilizarlo en desenmascarar a quien la mató y vengar su muerte! ¡Oh, créame, señor Troiano, que Victoria debió estar ciega para no darse cuenta que usted la despreciaba tanto como su esposa! ¡Hasta es posible que hayan sido cómplices!

_ ¿Quiere detenerse, *por favor*? _ Su pregunta era sólo retórica. No obstante esperaba que, efectivamente, hiciera silencio _ ¡No ha hecho más que decir disparates desde que llegó!

En apariencia al menos, ella le hizo caso. Y Nick aún recordaba el modo en que se había sentido momentáneamente aliviado...hasta que la estocada que Susan Marville había preparado, llegó feroz e inesperadamente.

_ Lamento que Gail haya muerto porque ahora no podrá pagar por su crimen _ sus palabras comenzaron a desgranarse en sus oídos, como ásperos chasquidos, en tanto su mirada había adquirido un oscuro fondo reconcentrado que caía sobre él casi obscenamente _ Pero en cierto modo es mejor así. ¡Igual la acusaré ante la policía, cuando sus pinturas ocultas estén listas para ser exhibidas! ¡Y su muerte me allana el camino...porque usted, *querido* señor Troiano, responderá ante mí con su amor y su fortuna, por el hijo que crece en mis entrañas! ¡Su *propio* hijo, señor Troiano!

Todo había saltado por el aire como un estallido incontrolable del tiempo y el espacio. Lo que quedaba ahora de aquel momento, en su recuerdo, eran luces y sombras cuya incongruencia no lograba devolverle nada que tuviera sentido, en aquella repentina realidad.

Thomas Neville se había movido de un rincón a otro y ya no reía. Se veía más real que nunca…Susan Marville, en cambio, lo hacía de un modo tan perverso que él temió por su propia cordura.

Y por su propia vida.

¿Había dicho *amor*? ¿Se había referido a su fortuna? ¿Quién era, realmente, esa loca mujer que decía esperar un hijo suyo, si él sabía que jamás, pero *jamás*, había estado con ella antes de ese día?

Supo que había llegado a Carven Hills para arrasar con todos los límites por él conocidos… ¡Tendría que darle explicaciones por lo que acababa de decir!

Susan estaba de pie y se movía por toda la sala con inusitada agilidad. Daba la impresión de estar animada por una fuerza interior tan poderosa, que no la haría ceder fácilmente ante nada ni nadie. Asombrado, Nick la había visto tropezar con el fantasma, al menos en tres ocasiones. Thomas Neville no se había mostrado precisamente feliz por esto, pero ella sólo se dedicaba a moverse, ignorando desde luego, todo lo que ocurría a su alrededor. El había percibido un extraño despliegue de nerviosismo y ansiedad que parecía ser el motor de aquella agitación.

El relato había resultado asombroso, casi surgido de un realismo mágico que poseía la intensidad de lo fascinante y lo ominoso. Sólo que ella daba la impresión de narrar los hechos frente a un gran vacío, adonde le costaba descubrir su presencia…

El aguanieve había empezado a golpear contra el cristal de los ventanales y la sala se había vuelto el lugar más gélido de la casa. El fuego en el hogar se había consumido hacía largo tiempo, sin que él le hubiera prestado atención. Y tarde comprendía que había olvidado ocuparse de la caldera.

Sus pensamientos regresaban al día en que había llegado por primera vez al "Centro Rootsinal", para acompañar a Gail en su obstinado propósito de ser madre.

Aquellos habían sido días de un tiempo difícil en sus vidas, y el recuerdo parecía dolerle ahora mucho más que lo vivido. Pero si quitaba de ese recuerdo todo resabio sentimental, quedaban solamente ellos, sentados frente al escritorio del doctor Lehvenson, quien tamborileaba con sus dedos y les decía algunas palabras que a su mujer no le caían del todo bien. Su primera impresión había sido buena. Pero si se permitía dar una vuelta más alrededor de aquel recuerdo, no le era difícil traer a su memoria cierto resquemor que lo había embargado frente a la actitud del médico. Parecía mostrarle los escollos, al mismo tiempo que les confiaba el modo de superarlos.

El había comprendido rápidamente que aquello que era de una importancia gravísima en sus decisiones personales, se convertía en un buen negocio para Lehvenson. Sólo que, de acuerdo con lo dicho por Susan Marville, aquel hombre de mirada plácida y complaciente, había sobrepasado el límite…

Era algo realmente insoportable y enloquecedor pensar que *verdaderos* hijos suyos, concebidos con su esposa muerta, terminaran en un abyecto programa de fecundación asistida y adopción, para que otras mujeres u otras parejas –decenas de ellas, tal vez- acabaran convertidos en padres de su propia descendencia. Eso implicaba, al menos, un delito fragrante en cuanto a supresión de identidad, al mismo tiempo que sacaba de control toda posibilidad de conocer la real extensión de sus futuros lazos de sangre. Sentía que esto era del orden de la abominación y no encontraba fuerzas para sobrellevarlo.

_ ¡Voy a demandar a ese maldito Lehvenson y a desenmascararlo frente a todo el mundo! ¡Lo haré terminar con sus huesos en la cárcel!

Pese a sus palabras, Susan seguía sonriendo, con una mirada de apariencia estrábica donde a las claras se leía su indiferencia por la amenaza. Ni siquiera parecía haberlo escuchado. Esa trastornada y estúpida mujer había adoptado una actitud muy extraña. De pronto, bajaba su mirada como si intentara demostrar algún peregrino sentimiento de vergüenza y parecía sentirse derrotada por las mismas palabras que antes había ignorado. Por eso, él la observaba de hito en hito, intentando reunir un brillo triunfante en su propia mirada. Sentía que Lehvenson había cometido su primer error al no tomar en cuenta la posibilidad de que el deseo de venganza de una mujer, echara todo por tierra.

Fue entonces cuando supo que la mirada de Susan, nada tenía que ver con una derrota.

_ Todos los sistemas incuban su propia *chance* de falibilidad… _ había dicho, demostrando su indiferencia por la suerte que podían correr los demás _ El Centro Rootsinal no podía ser la excepción.

Otra vez su relato se volvía increíble. Básicamente confiable como cierto *pero* increíble. Y de nuevo aparecía aquel modo de hablar como si él no estuviera allí. Se trataba, sin dudas, de alguien muy desequilibrada…

Un psiquiatra del equipo clínico a cargo del "caso Troiano", había detectado ciertas anomalías en las pruebas psicométricas realizadas a Victoria. Las respuestas de sus *tests* no habían resultado satisfactorias, pero el inescrupuloso médico había prometido guardar silencio al respecto, a cambio de ciertos "favores" sexuales. Y aquella relación que había comenzado como una vergonzante extorsión, terminó reuniéndolos en algún sentido…incorrecto. Hasta el punto de las confidencias indiscretas y peligrosas…

_ Él fue quien nos confió acerca de los sobrevivientes. Me refiero a los embriones.

¿Susan Marville había dicho *"nos confió"* o sólo le había parecido a él?

Nick había comenzado a sentirse confundido. Era una confusión de ésas que, en ocasiones, precedían a la comprensión fina, como un último intento de defensa. Pero su pregunta no se había hecho esperar. Después de todo, Victoria había sido el vientre que albergara a su hijo durante nueve interminables meses. De modo que le concernía saber acerca de aquello.

_ ¿Qué fue lo que no estuvo bien en las pruebas de Victoria?

Susan sonrió de un modo que a él le había parecido cruel. Nunca estuvo seguro si estaba respondiéndole o, acaso, continuaba con el hilo de su relato.

_ Quizás no fue más que una tontería. Pero estos equipos médicos son tan estrictos…Ese horrible psiquiatra había detectado que Victoria y yo éramos…la misma persona. ¡Un verdadero disparate!

A esta altura, Thomas Neville ya lo había escrito sobre uno de los cristales, muy a su estilo. *"Hay que matar a la perra"*.

Y él estuvo de acuerdo.

DIECISIETE

La sala estaba insoportablemente fría...

En algún momento, había recapacitado. Lo suficiente para comprender que más allá de un primer impulso de odio y estupor, no hubiera podido cometer ese crimen.

No obstante, algo lo inquietaba profundamente. ¿Cuál era la posibilidad que un fantasma *sí* lo hiciera?

Todavía recordaba lo que Lavinia le había confiado acerca de los *despliegues*. Y él mismo había comprobado su alcance en aquel tiempo en que Gail y Joel habían permanecido a su lado. Eran movimientos más bien bizarros pero con un recorrido limitado. Tenían más apariencia de movilidad y desplazamiento de lo que, en realidad, poseían. El había estado pensando precisamente en esto, con respecto a lo hecho por el viejo Jimmy-*rezongos*, aquel día en la estación. Era posible que hubiera tenido mucho más que ver con su incapacidad para vender o cambiar pasajes que con la buena acción de haberle salvado la vida. O, tal vez, se había tratado de un poco de ambas cosas...

Quizás, Thomas Neville, quien había sido un maldito perverso en vida, dedicado a aprovecharse de las mujeres y hasta había llegado al exceso de asesinar a una de ellas, ya no podría repetir su "hazaña", convertido en un fantasma fanfarrón pero inofensivo. Sin embargo, como de todos modos recordaba lo dicho por Lavinia acerca de no confiar demasiado en ellos, su resquemor permanecía intacto, mientras no dejaba de vigilarlo. Tampoco entendía por qué ahora movía su cabeza como si estuviera renegando por algo…

Si alguna vez Gail hubiera sospechado que "su" bella y sana muchacha de Southampton había resultado ser, en verdad, una peligrosa esquizofrénica, con personalidad doble y capaz de "construir" aquella fantástica historia acerca de las pinturas, seguramente el desenlace de sus propias vidas había resultado diferente. Tal vez hubiera aceptado con más resignación aquella espera de años por su propio embarazo y Joel todavía no hubiera nacido, en lugar de estar ya muerto. Tal vez, no se hubiera tratado de Joel, porque en el amplio e incierto juego que permitía la ley de las probabilidades, otro embrión hubiera podido ser elegido a cambio. Quizás, hasta el accidente mismo jamás hubiese ocurrido. En alguna parte, una pieza de aquel tablero había sido movida de lugar, equivocadamente…

Pero de algo estaba completamente seguro. Gail –la mujer que había amado por encima de todos los sinsabores que les había deparado la vida- nunca había sido una asesina. Había ido hacia la luz, libre de maldad y de pecados…

¿Qué mejor razón para entender lo absurdo de la historia creada por la enfermiza imaginación de Victoria-Susan Marville, o cómo *diablos* se llamara? Atesorando esta seguridad, a la vez que sentía cómo ella aligeraba cualquier angustia, caminó entre alfombras enrolladas y algunos restos de muebles rotos que jamás habían sido retirados de la sala. Y lo hizo con asombrosa agilidad. Hasta quedar paralizado por su propio espanto, al descubrir la enorme mancha de sangre que crecía sobre el piso, bajo un cuerpo inmóvil…

Daniel Morgan sacó su brazo a través de la ventanilla del"*Buick*" color azul que conducía, en un característico gesto para indicar que iba a detenerse. Lo hacía justo frente a la pequeña caja postal que se encontraba al inicio del camino hacia la vieja casa.

Descendió del coche y corrió hasta el que se había estacionado detrás, mucho más moderno y lujoso.

_ ¡Allí es! _ les gritó, mientras trataba d protegerse de la densa aguanieve que caía _ ¡Verán el camino y enseguida llegarán a la casa!

Russ y Carl lo saludaron, como si se despidieran de un amigo de toda la vida. Se sentían agradecidos por la buena suerte de haberlo encontrado la noche anterior en el parador de Springmouth y que, además, se ofreciera a guiarlos hasta el lugar que buscaban, en la mañana. En el breve viaje de cuarenta minutos desde el pequeño pueblo donde habían pernoctado, un pensamiento insistente había mantenido ocupado a Carl.

No podía evitar seguir preguntándose cómo había sido posible que Nick llegara a saber de la existencia de Lavinia Morgan, muerta hacía ya tanto tiempo. Pero un estremecimiento lo recorría si asociaba su intranquilizadora pregunta, con lo que le había dicho, fuera de sí, aquella tarde en el *pub* de Dorset St., en Londres. Si acaso Nick podía ver fantasmas a su alrededor…

No se atrevía a concluir su idea. Porque aquello, sencillamente, no era posible. Entonces…

Si acaso Nick podía ver fantasmas a su alrededor…terminaría convenciendo a todos que estaba loco.

Pero en él, al menos, siempre quedaría el resto de una duda razonable.

Desde luego que decidió no compartir sus pensamientos con Russ, demasiado ocupado a su lado, contemplando la vieja mansión que se alzaba a la distancia. No obstante, éste se volvió por un momento hacia él, deseoso de manifestar su extrañeza.

_ ¿Puedes creerlo? ¿*Nuestro* mundano Nick metido en esa ruina espantosa?

Carl notaba que últimamente Russ hablaba de su amigo en común como de una "pertenencia" personal y, además, compartida con él. Si acaso había aprendido a conocerlo en algo, durante aquellos años, sabía que esto no era más que un indicio acerca de su preocupación por Nick y de cuánto estaría dispuesto a hacer por rescatarlo de aquella situación, y poder retornarlo a las viejas circunstancias de un tiempo muy querido por todos ellos. El bonachón y torpe Russ, también tenía su modo de demostrar los sentimientos...

El clima había empeorado desde que dejaran Springmouth y ahora los dos se sentían inmersos en un paisaje que, inevitablemente, cargaba sus ánimos de cierta molesta depresión.

_ Si trata de oponerse a regresar con nosotros... ¡voy a patearle el trasero!

Las palabras de Russ le llegaban como en sordina. Repentinamente, Carl sentía que esa depresión inesperada se había transformado en un malestar agobiante para él. Si hubiera podido explicar ese sentimiento, gustoso lo hubiera compartido con su amigo. Poner afuera, de algún modo, aquella extraña pesadumbre, seguramente lo hubiera aliviado. Pero por alguna razón, no podía hacerlo. Tampoco sabía qué era lo que se lo impedía; no obstante, la sensación era de imposibilidad.

Si Lavinia hubiera estado aún rondando por Carven Hills, Carl Morrison habría llamado su atención de inmediato.

No poseía el don, desde luego, pero sí había en él, en cambio, una fuerte capacidad de tener...*presentimientos.*

DIECIOCHO

Nick vio el automóvil que se acercaba por el estrecho camino desprendido de la carretera, contemplando la escena a través del ventanal de la sala. A medida que acortaba distancia, fue reconociendo el coche de Russell y una alegría tibia y mesurada lo invadió lentamente.

Seguro que Carl lo acompañaba y ya sabía de antemano a qué se iban a presentar esos dos testarudos. Quería a sus amigos y apreciaba todas las molestias que parecían tomarse por él, pero no estaba dispuesto a dejarse convencer para abandonar Carven Hills. Sentía, por fin, sin ningún resquicio de duda, que aquel era su hogar. Estaba en casa y debía hacérselo saber a ellos...

Se dirigió hacia la puerta de entrada y aquella dicha incipiente de un momento antes, se desacomodó en él de un modo extraño. Era algo que nunca antes le había ocurrido y se asemejaba mucho más a una sensación de cautela que al entusiasmo por el inminente encuentro.

Esperaba que ninguno de ellos se pusiera latoso e insufrible con propuestas que, desde luego, él no aceptaría. Y para completar su deseo de buena suerte, también esperaba que no criticaran demasiado...*su hogar*. Sabía que no podría evitar sus expresiones de disgusto y desaprobación; sólo pedía que no le afectaran.

Con un rápido vistazo, se aseguró que Thomas Neville no hubiera hecho "una de las suyas" a último momento, ya que le había confiado que se sentía frustrado y muy furioso, atrapado en una insoportable espera de su desintegración final.

Nick no lo compadecía precisamente, y sólo esperaba que, pese a su ánimo, se hubiera decidido por cumplir con su promesa.

Al menos, le había asegurado que estaba en condiciones de desenrollar una alfombra, colocar sobre ella un cadáver y volverla a enrollar.

Nick siempre dudada de que esos movimientos fueran efectivos, pero esta vez eligió creerlos posibles. Por alguna razón, no se sentía capaz de hacerlo él mismo...

Ya se había acostumbrado al frío de la sala, por lo que esto había dejado de ser un problema, al menos para él. Como todo parecía relativamente en orden «si acaso eso era posible en ese lugar», extendió su mano sobre el picaporte, dispuesto a darles la bienvenida. Le costó algún esfuerzo abrir la puerta. Seguramente, la humedad había afectado la madera y ésta se había vuelto demasiado pesada, al punto de ofrecer resistencia para abrirse. Pero, finalmente, lo logró...

Carl y Russ ya habían alcanzado el pórtico y se miraban sorprendidos. Nick recordó su deplorable aspecto pero de igual modo, no le pareció cortés aquella reacción de sus amigos. Las cosas empezaban mal...

Un silencio ominoso los rodeaba, mientras Nick se hacía a un lado para permitirles el paso. Abatido, aceptaba que el encuentro se había echado a perder desde el comienzo. Ni Carl ni Russ estaban prestándole atención, absolutamente absortos en la contemplación de la sala en ruinas.

Thomas Neville parecía aguardar por ellos, cómodamente sentado sobre el sillón de tapizado roto y resortes a la vista.

"Al menos así no podrán ver el estado de ese viejo sillón", se dijo, cuando al momento recordó que Thomas Neville no era alguien presente en el lugar, para sus amigos. *"Sólo pueden ver el sillón"*, aceptó, resignado. Y sonrió dispuesto a ubicar su pensamiento en el íntimo sitio que reservaba para hacerse bromas a sí mismo.

_ ¿Por qué encontramos *entreabierta* la puerta de entrada?

Era Russell quien había hecho la pregunta, aunque por supuesto no esperaba que Carl le respondiera. Pero Carl respondió. Necesitaba aferrarse a lo racional y era bueno para eso…

_ En un lugar como éste, la posibilidad de un robo debe ser nula.

¿Para qué cerrarla?

Por la expresión de Russ, comprendió que la respuesta no había sido convincente.

Nick se fastidió con ambos. ¡No podían seguir ignorándolo! Como broma ya era suficiente. O si querían castigarlo por algo, ésa no era la actitud correcta.

De pronto, se encontró pensando que los fantasmas eran bastante torpes para ocultar bultos y que eso, seguramente, se debía a la limitación en sus movimientos. Russell no tardó más que un momento en descubrir la alfombra enrollada que, para colmo de males, ya se había manchado con sangre.

Debió ponerse muy nervioso por esto, pero increíblemente, no escuchaba los latidos de su propio corazón. Quizás había entrado en pánico…

Entonces supo que Lavinia no le había advertido lo suficiente acerca del estado de confusión de un fantasma, en los primeros momentos de su desmaterialización.

Porque ese fantasma confundido… ¡era él!

Russ no podía dar crédito a lo que veía. Carl, tan asustado como él, se daba cuenta de que un malestar previo le había anticipado que no iban a encontrarse allí con nada bueno.

Nick paseaba su mirada de uno al otro y, finalmente, se decidía por *reconocer* el cuerpo que yacía, sin vida, sobre la alfombra desenrollada…

Su bata sucia, llena de manchas de irreconocible origen, estaba ahora cubierta por otra mancha, roja y oscura, aún más grande que todas las demás, a la altura del corazón. Su rostro estaba tan pálido que parecía tallado en cera y un pequeño hilo de sangre atravesaba la comisura de sus labios. Su cabello y su barba crecida, convertidos en un conjunto desgreñado y húmedo, se veían pegoteados por la sangre que había manado de su cuerpo.

Era un cadáver en el más estricto sentido, pero a él no parecía importarle ni preocuparlo, más allá de su sorpresa inicial. Sin embargo, veía a sus amigos tan compungidos, llorosos y horrorizados, que deseaba con todas sus fuerzas pedirles que se tranquilizaran. El se sentía bien, después de todo…

No había sido más que un breve instante de inexistencia. Ahora podía recordarlo y la sensación era la misma que aquélla que tuvo, el día que regresó del bosque. Ese recuerdo tenía la forma de una nueva realidad, recién descubierta. Un súbito pasaje a un lugar de luces, confundidas con el resplandor y el estallido de una bala salida de aquella pistola que Susan Marville sostenía entre sus manos, mientras le gritaba algo acerca de responderle con su amor y su fortuna…

El nunca se dio cuenta de dónde había surgido el arma, con la rapidez que le impuso a aquel momento, la insana determinación de…

"No había ninguna Susan ante mí. ¡Era…Victoria!"

Convertida en una mujer despechada, se había dedicado a seguir "hablando" con él después de muerto, cargada de un antiguo y oscuro resentimiento. Victoria…la mujer que, en otro tiempo, había causado en él tantos sentimientos de culpabilidad.

Dejó por un momento a sus amigos, en medio de su estupor paralizante, para volverse en busca de Thomas Neville. Quería asegurarse que su advertencia sería respetada…

_ ¡La dejarás partir de aquí sin hacerle ningún daño! _ le había exigido _ Por ahora, mi venganza quedará en suspenso. Al menos…hasta que nazca ese niño. Como sea… ¡también es mi hijo!

Pero de momento, éste no era ni siquiera el tema que convocaba su mayor preocupación. Un fantasma como él, debía preocuparse por saber si alguna vez podría ir hacia la luz…o se desintegraría en la nada.

DIECINUEVE

En el verano de aquel año en que perdieron a su más querido amigo, Carl Morrison y Russell Brighton comenzaron a espaciar sus encuentros. Se veían en forma ineludible por asuntos de trabajo, pero evitaban hacerlo cuando presentían que no podrían dejar de traer el aciago recuerdo a sus memorias, para introducirlo en una conversación que, en el fondo, ninguno deseaba entablar. Temían confiarse detalles, sentimientos y penas que sólo dañarían cualquier posibilidad de contención entre ellos.

Cada uno a su modo, se sentía culpable del trágico final de Nick Troiano Sin embargo, como si se tratara de una especie de sortilegio o de fórmula mágica que necesitaban invocar, en nombre de sus peores remordimientos, siempre dejaban para el final de sus confidencias, agotadas ya las evasivas, el dolor insuperable por el amigo muerto. Sabían que un momento después, cada uno regresaría a sus ocupaciones cotidianas, sin haber mencionado nada comprometedor acerca de su irremediable sentimiento de culpabilidad. Aún conservaban en el recuerdo, el horror ante el descubrimiento del cadáver de Nick y esto había quedado, por tácito acuerdo, definitivamente apartado de todos sus comentarios.

Russ maldecía cada vez que un nudo atenazaba su garganta y destruía su posibilidad de mudar en palabras su dolorosa angustia, como si éstas apenas se trataran de un puñado de vidrios rotos metidos dentro de su boca, que él mismo se ocupaba de masticar antes de permitirse gritar su culpa. De modo que nada más que cierto ruido gutural brotaba de él, en lugar de las lágrimas aliviadoras.

Los remordimientos se volvían insoportables cuando pensaba que él en persona había introducido a Susan Marville en la vida de su amigo, sin sospechar de quién se trataba en realidad, y que ella era con un alto grado de certeza, quien le había dado muerte.

Al menos, eso creía Russ y así se lo había dicho a la policía. Pero ésta no había encontrado pistas firmes de su presencia en la casa. Dos tazas de café habían quedado sobre una pequeña bandeja en la mesa baja de la sala, como mudos testigos de lo que allí había ocurrido. Ambas tenían las huellas dactilares de Nick y si, acaso, una había sido servida para alguien más, esa persona jamás la había tocado y todo su contenido había permanecido en ella.

El aguanieve caída durante todo aquel día y luego convertida en copiosa nevada, se había llevado cualquier huella alrededor de la casa. Y aunque se habían encontrado otras en su interior, concordantes con las pisadas dejadas por un calzado femenino, no había un paradigma de base con qué cotejarlas.

En la computadora portátil de Nick Troiano, tampoco habían dado con información relevante. A los investigadores les había llamado la atención una frase solitaria que apareció en la pantalla, pero que no ofrecía sentido alguno ni prestaba la menor utilidad al caso, ya que también en ella sólo se encontraban las esperables huellas de Nick, de modo que nadie más que él había escrito aquello…*Demasiado joven para morir.*

Podía tratarse del título de un nuevo libro o podían ser, incluso, las palabras de alguien que decidía acabar con su vida, afectado por un grave cuadro de depresión. Y nada hacía pensar que esto era lo que había ocurrido. El caso no dejaba dudas acerca de que se había tratado de un crimen...

Por su parte, Carl se preguntaba muchas veces, qué hubiera podido remediar o cambiar en el destino de Nick, de haber tomado con un poco más de seriedad su confesión de aquella tarde en el *pub de Dorset St.* El jamás había visto un fantasma en toda su vida y aceptaba que algo como esto era muy difícil de creer. No obstante, en ciertas ocasiones, había pasado por esas extrañas experiencias de recordar en un momento a alguien que no tenía ninguna razón para ocupar sus pensamientos en ese preciso instante, y recibir horas después, alguna noticia al respecto. De hecho, era lo que le había ocurrido el mismo día en que le comunicaran que su suegra acababa de morir en Boston. *"Eso sucede cuando el alma del que se va, pasa a tu lado".* Había escuchado esa rara explicación alguna vez y lo había tomado a broma. Sin embargo, algo similar le había sucedido en Carven Hills al ver a Nick muerto sobre una alfombra ensangrentada, cuando hubiera podido jurar que su amigo se despedía de ellos, en algún sentido. Desde luego que ya no quería pensar en eso porque sabía que sólo se había tratado de un modo en que la desesperación lo había tomado por sorpresa. El se sentía más cómodo acordando con que éstos eran nada más que crípticos mensajes inconscientes...

Pero últimamente había estado preguntándose acerca de la razón por la que Nick lo eligiera para comunicarle lo que creía haber visto en aquella oportunidad. Quizás, se dijo, había percibido en él cierta *predisposición*, sin que ninguno de los dos lo tuviera en claro. De cualquier modo, ahora Carl sentía que debió prestar mejor atención a lo que había ocurrido con su amigo, aquel día...

La televisión había "enganchado" uno de esos temas a los que recurría cientos de veces al día, para mantener a la audiencia atrapada frente a cada televisor, como la prensa lo hacía con los lectores de revistas y periódicos que trataban el misterioso crimen, cuyo móvil se ignoraba hasta el momento.

El accidente ocurrido hacía ya un año y medio, en el que la familia de Nick había fallecido y él sufriera graves heridas, fue pronto mencionado bajo un título llamativo para la morbosidad del público: *la desgracia ya lo había cercado. Sólo era cuestión de tiempo...*

A sus amigos les parecían palabras extemporáneas, dichas además, fuera de lugar y envueltas en una forzada idea de ominoso presagio. Todo esto también formaba parte de la angustia y la intranquilidad que ahora les quebrantaba el ánimo.

Fue un verdadero golpe de suerte –que más tarde languideció hasta esfumarse- que un muchacho llamado Ricky Norton, que vivía en un pequeño pueblo cercano al lugar de la tragedia, y atraído por el ruido
de las noticias generadas alrededor del crimen de un notorio escritor londinense, se presentara espontáneamente a declarar.

Él fue quien aseguró a la policía que había acercado con su coche a una mujer llamada Susan hasta esa horrible casa abandonada que, por aquellos días, mostraban todos los noticieros televisivos. *"Aunque todo me hace pensar que ése no era su verdadero nombre"*, había agregado, deseoso de incluir cierto tono de misterio en su "minuto de fama".

Sin embargo, aun en medio d aquella actitud narcisista, Ricky había podido establecer lo que faltaba hasta el momento para la investigación. Esa mujer, según sus palabras, se había referido a Nick Troiano como al padre de su hijo. Era, entonces, muy probable que el despecho de una amante hubiera sido el móvil de un crimen que ya todos incluían en la categoría de "pasional".

Después de escuchar el entusiasta relato de Ricky y sus dudas acerca de la utilización de un nombre falso, tanto Russ como Carl concluyeron que todo se había tratado de una confusión de Nick, a raíz del increíble parecido físico entre Susan y Victoria.

En cuanto a ese supuesto embarazo, era algo que sólo incorporaba más confusión a todo el asunto. Y ninguno de ellos estaba dispuesto a afrontar aquello como si se tratara de una verdad de Perogrullo, tomando en cuenta que Nick estaba muerto y jamás podría defenderse de tal infamia.

_ Por fin ese muchacho ha dejado de lado su goma de mascar... - masculló Russell para sí, reconociéndolo en la pantalla del televisor.

Como fuera, y a pesar de todas las investigaciones desplegadas por la policía, ya que después de lo dicho por Ricky Norton tuvieron la primera certeza acerca de la presencia de esa mujer en la casa, a ella –cualquiera fuese su nombre- se la había tragado la tierra...

Frente al *identikit* que mostraba la televisión, Nelson Sebastian se sintió verdaderamente intrigado. Podía jurar que se trataba de Monique Darcet, quien algún tiempo atrás le llevara un lote de pinturas que le había encomendado decapar.

El asunto había terminado siendo muy extraño y así se lo había comentado a su amigo Morris Brewster. Aunque ella jamás había regresado, no terminaba de comprender cuál había sido su intención o su propósito. Porque él había descubierto a tiempo, que debajo de los trazos luminosos de aquellos cuadros, no había absolutamente *nada más*...

El doctor Ferguson permaneció un largo rato observando las pequeñas cajas de *cassettes* dispuestas sobre su escritorio. Todas ellas llevaban una etiqueta que indicaba el nombre de su paciente y la fecha de la sesión grabada.

Allí estaban reunidas todas las grabaciones obtenidas en las sesiones de hipnosis, con su paciente Nick Troiano, alguien que había tenido verdaderos problemas con sus recuerdos encubridores.

Ahora que él había muerto, el médico se preguntó seriamente qué hacer con ellas. Consideraba que el material guardado allí podía ser altamente comprometedor para la buena memoria de un difunto y, si acaso algo le ocurría a él algún día, no podía asegurar que su secreto profesional quedara resguardado por alguien más.

En muchas de aquellas sesiones grabadas, se habían producido terribles momentos de regresión, en los que Nick Troiano había llegado al nivel más profundo e insondable de su inconsciente. Un lugar oscuro donde la mayoría sólo guardaba lo más arcaico y lo más feo de sí, como un antiguo desván en su propia casa. Nadie abría sus puertas para hurgar allí...

Sin embargo, Nick había estado en el desván, revolviendo entre sus horribles *cachivaches* del pasado. Y cada vez que regresaba, su permanente mecanismo defensivo volvía a ponerse en funcionamiento. Su conciencia lo había olvidado todo...

El doctor Ferguson supo, entonces, qué debía hacer con aquellas cajas. Se dirigió al incinerador y arrojó todas allí, una por una.

En un comienzo, tuvo dificultades para hacerse comprender. El idioma era, la mayoría de las veces, un obstáculo insalvable para dialogar con quien no hablaba la misma lengua que su interlocutor. Por fortuna, alguien podía expresarse en francés para facilitarle las cosas.

_ ¿*Madame*? _ la interrogó, sonriéndole al pequeño niño que llevaba en sus brazos.

_ Soy Abi*gail* Darcet. Mi nombre inglés es por parte de madre. Creo que es bíblico...

_ ¿Se quedará mucho tiempo con nosotros? _ preguntó el encargado del hotel, feliz por su presencia.

_ El necesario _ respondió la mujer _ Sevilla es una ciudad encantadora...

La cuadrilla de trabajo llegó finalmente a Carven Hills. Desde luego, ya no se trataba de la que Nick había contratado, hacía casi un año atrás, sino de otra que solventada por el condado, iba a introducir algunos cambios importantes.

La notoriedad adquirida por aquel desolado "pueblo fantasma", después del crimen jamás resuelto de Nick Troiano, del que se habían aprovechado todos los medios del país, había llamado a las puertas del ingenio de importantes empresarios de la construcción. De manera que cierta iniciativa privada también participaba del proyecto de convertir a Carven Hills en un lugar turístico en medio de la campiña inglesa, quizás tan populoso como lo había sido un siglo atrás.

La vieja casona sería refaccionada en su totalidad para convertirse en un lujoso hotel campestre. Tal como estaban las cosas, parecía que la antigua maldición había sido definitivamente erradicada. Había comenzado con un crimen y con otro, desaparecía...

Dan Morgan había visto incrementado el valor de sus tierras, de la noche a la mañana. Sólo un par de fantasmas se movían por allí, bastante fastidiados por tanto repentino ajetreo, sumidos en la preocupación de sus destinos mediatos.

Impensadamente, Laszlo Glimbert se benefició con aquella muerte que lo había sorprendido, en medio del rodaje de su última película.

Que la prensa ya se hubiera hecho eco de todos los pormenores del tema y todo el mundo supiera ahora que el argumento del *film* estaba basado en una de las novelas de Nick Troiano –que se vendían como pan caliente después de su desaparición física- hizo que el éxito de la película quedara asegurado y su camino a la nominación por un Oscar, también.

El estilo de vida de Hollywood imponía que Glimbert se mostrara desagradablemente asombrado por aquel crimen y que ninguna cámara televisiva o revista de espectáculos dejara de registrar su rostro azorado, declarándole a la prensa cuánto lamentaba lo ocurrido. Pero algunos periodistas habían conseguido llegar, en base a su proverbial insistencia, hasta el nivel de ciertas confesiones de un tomo más intimista.

_ Nick Troiano era un excéntrico en todo el sentido de la palabra _ había confiado ante algún micrófono _ La película que llegará a los cines en la próxima temporada de estrenos está basada en la historia de un pequeño niño abusado por su propio padre…

Mientras Russell, por su parte, llegó a editar cinco tiradas completas de la novela póstuma de Nick, en apenas unos pocos meses, para un público de estilo diferente, Laszlo Glimbert sabía cuándo detenerse y hacer silencio para los cinéfilos. El efecto logrado era un resto no dicho que se transformaba en millones de espectadores corriendo a las salas cinematográficas, atraídos por la historia que prometía un jugoso final.

Por eso, nada dijo acerca de ese personaje que un día, cansado de soportar tanto horror, y después de ser finalmente violado por este *monstruo*, aprovechaba la ocasión de vengarse y deshacerse de él, arrojando su afeitadora eléctrica encendida, dentro de la tina en que tomaba su baño de inmersión.

Lo vio morir electrocutado y disfrutó de la escena. Sólo retiró la máquina del agua, cuando estuvo seguro de que había muerto.

FIN.

www.ingramcontent.com/pod-product-compliance
Lightning Source LLC
Chambersburg PA
CBHW070340260626
47160CB00003B/1100